大唐雙龍傳

【修訂版】

黃易作品集

卷五

【目錄】

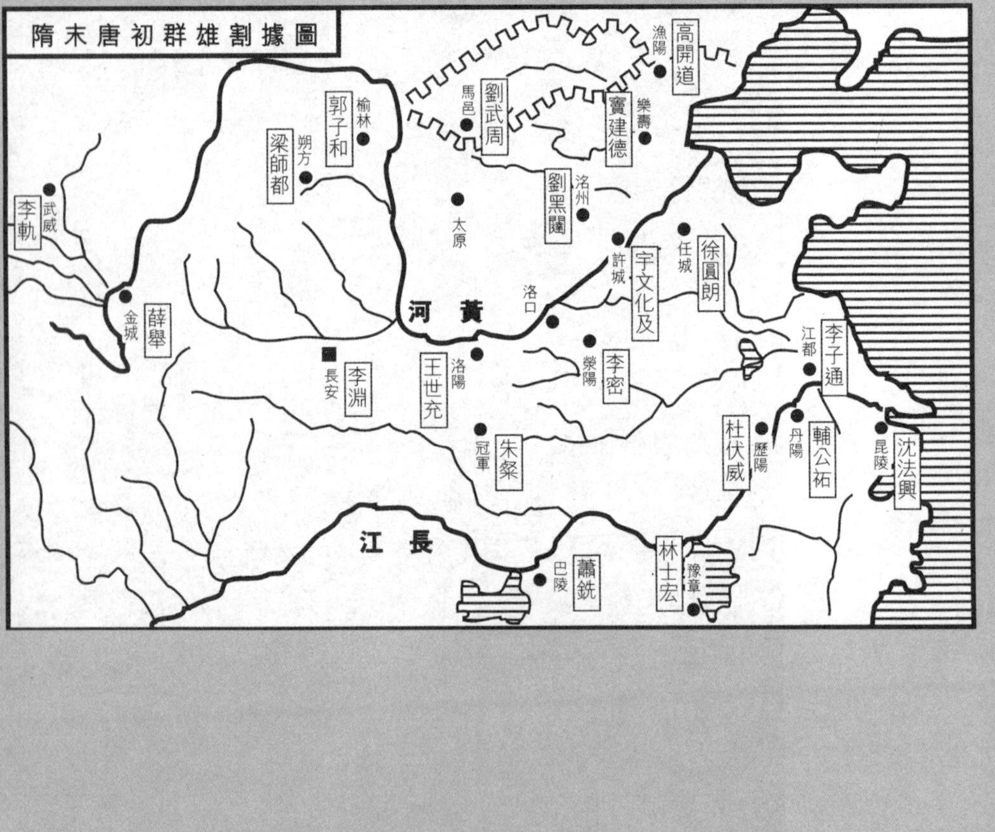
高開道
漁陽
劉武周
馬邑
竇建德
樂壽
郭子和
榆林
梁師都
朔方
李軌
武威
劉黑闥
洺州
太原
宇文化及
許城
徐圓朗
任城
薛舉
金城
洛口
黃河
李淵
長安
王世充
洛陽
李密
滎陽
李子通
江都
朱粲
冠軍
杜伏威
歷陽
輔公祏
丹陽
沈法興
昆陵
長江
蕭銑
巴陵
林士宏
豫章
隋末唐初群雄割據圖

第一章 乍聞噩耗

黃易 作品集

第一章 乍聞噩耗

王世充一邊策騎朝自己的官署緩馳而去，一邊皺眉問寇仲道：「若他擺的是空城計，我們這麼不戰而退，豈非惹天下人恥笑。」

另一邊的歐陽希夷、後面的郎奉和宋蒙秋露出同意的神色。

寇仲微笑道：「若我們眞的揮軍攻打宮城，只有兩個可能性，一是破城而入；一是傷亡慘重，僵持不下。而無論是哪個可能性，對我們有害無益。因爲我們志不在此，只要能擊潰李密，哪還怕楊侗和獨孤峰不乖乖屈服？獨孤峰剛才有恃無恐的姿態，便知他有李密在後面撐腰，根本不怕我們強攻。」

歐陽希夷不解道：「如能控制宮城，盡除獨孤一黨，於我們又有何壞處？」

寇仲恭敬答道：「前輩問得好，先不論破城的難易，假若洛陽重歸穩定，李密豈還肯揮軍西來？定會採觀望態度，待等得另一有利形勢後才來攻。那時勝敗難測，哪及得上現時的有利形勢？」

四週包括王世充在內的幾個人都聽得大爲服氣。要知以往王世充與李密交手，從沒有贏過半場勝仗。而王世充之所以仍能立得這麼穩，憑的就是洛陽這四面十二門，門門關口，內則層層設防，外則長塹圍護，又有天然屏障的堅城。所以李密一旦曉得洛陽有事，必不肯錯失良機，那他們就有趁虛機會。

王世充仍有疑慮，問道：「獨孤峰勢力雄厚，他又非善男信女，如此一來，豈非把主動之勢拱手讓與他嗎？」

寇仲胸有成竹道：「當然不可如此，現時只要我們枕重兵在端門外，獨孤峰勢將動彈不得，到李密來攻，我們再把宮城所有出入口封閉，卻不攻城，只截斷內外的糧路，那時便可迫楊侗交人，何須浴血攻城呢？」

歐陽希夷欣然笑道：「難怪小兄弟把南方鬧得天翻地覆，果然非是只逞勇力之徒。不過我們定要小心對方高手的暗襲，若尤婆子親自出手，恐怕不容易應付。」

王世充冷笑道：「我王世充若是這麼容易被殺，早死了十多遍。」

寇仲嘻嘻笑道：「這個當然，嘿！我也要去找些人來助拳呢！」

徐子陵來到新中橋，跋鋒寒早恭候多時，欣然迎上，笑道：「我剛才在數泊在橋東碼頭的船有多少艘，剛數到第三百八十三艘你就來了。這裏的水道陸路交通繁密，似乎天下的舟車盡到了這裏來塡塞河道和街道。加上中外客商來推銷他們的香料珍玩，錦絹絲綢，又或糧食茶葉等貨品，使洛陽成了中外貨物的集散中心，非其他城市所能媲美。」

徐子陵環目一看，橋上橋下確是擠得水洩不通，萬人雲集，旅店、酒食店鱗次櫛比，將洛水南北的市集連成一片，熱鬧非常，微笑道：「我還以爲會比鋒寒兄早到呢！」

跋鋒寒和他隨著人潮步下新中橋，過市不入，沿街而行道：「琬晶想見你一面，不知子陵意下如何？」

徐子陵嚇了一跳，皺眉道：「她爲何要見我？」

跋鋒寒微笑道：「她竟通過我來傳話，爲的當然不會是兒女私情，子陵放心好了。至於是甚麼事，她倒沒說出來。」

徐子陵欲言又止，跋鋒寒笑道：「你是否奇怪我和琬晶的關係？要怎麼說你才會明白？或者可以這樣說：在某一段時間內，我們很有機會發展爲情侶，不過我們任由機會溜掉，我是心有所屬……」大力一拍背上的斬玄劍，續道：「她卻是身有所屬。」

徐子陵洒然笑道：「說不定有一天你兩人回想起來，會深感可惜！」

跋鋒寒搖頭道：「我是不會爲這種事後悔的，你說我無情也好，甚麼都好。總言之男女間事缺乏一種永恆的價值。對我來說，男女亦是可作知己朋友般相處。」

這時一群體形慓悍的武裝大漢迎面而來，狠狠盯著兩人，可是給跋鋒寒銳目一掃，全都不敢地避開目光。

徐子陵微笑道：「鋒寒兄和公主似乎不止知己朋友那麼簡單吧？」

跋鋒寒聳肩道：「有些東溟派不方便做的事，交由我去做，例如收賬，又或找人算賬，否則我何以爲生？陵少滿意了嗎。」

徐子陵啞然失笑道：「少有見你這麼隨和風趣的，可見鋒寒兄見過佳人後，心情大佳呢！」

跋鋒寒訝道：「此事眞奇怪，人說君子好逑，世上像公主那種美女肯定罕有之極，我見了也爲之心動。偏是你徐子陵半點不把她放在心上，這是怎麼一回事？」

徐子陵隨著跋鋒寒轉入通往東門的大街，那是他們約定寇仲留下標記的地方。由於兩人各具獨特形相，這般並肩而行，自是惹得行人注目，女孩子則頻拋媚眼。

徐子陵卻對別人的注意和美女的青睞視若無睹，淡然自若道：「自古以來，多少男女爲了愛情而不顧一切，鋒寒兄可否告訴我那是怎樣的一種情懷？」

跋鋒寒伸手按著徐子陵的肩頭，苦笑道：「恐怕我、你及寇仲都是最沒有資格談這個問題的人。或者人生在世，會自然而然去追求某些事物，例如功名富貴、嬌妻美妾，只有通過追求的過程，人生方顯出意義。」

徐子陵想起寇仲，點頭道：「說得好！最有趣的或許只是追求的過程和成功的剎那，接著便要開始另一個追求。」

跋鋒寒有感而發的嘆道：「所以沒有結果的愛情反是最完美的。這說法似乎很悲觀灰暗，卻是千古不移的眞理。唉！任何愛上我們的女子，注定不會有結果的，想想也教人神傷。」又道：「你尚未答我肯不肯去見琬晶一面呢？」

徐子陵苦笑道：「饒了我好嗎？別忘了她曾餵我一劍，當時我已立下決定，以後不再與她有任何瓜葛。」

跋鋒寒默然片晌，走了十多步，點頭道：「這該是明智之舉！以後我不再在你面前提起琬晶的事好了！」瞥他一眼後續道：「你知否我們這樣大搖大擺地在街上走著，等若向我們所有的敵人宣戰和挑引。」

徐子陵笑道：「我倒沒想過這個問題，不過現在洛陽各路人馬齊集，互相牽制下，反便宜了我們。我不相信誰敢肆無忌憚的聚眾圍攻我們。」

跋鋒寒嘴角逸出一絲森寒的笑意，若無其事道：「所以現在正是我們趁機反擊的好機會，今晚我們就去收一筆爛賬，看看對方肯否欠債還錢。」

聽他這麼說，徐子陵立知跋鋒寒從單琬晶處得到了情報，微笑道：「這個欠我們債的究竟是何方神聖？」

跋鋒寒淡淡道：「此人乃陰癸派內長老級的人物，只要能抓住他，不愁不清楚你瑜姨的情況。」

徐子陵愕然道：「陰癸派的人出名行藏隱秘，但聽你的口氣卻像可輕易找上他的樣子！」

跋鋒寒解釋道：「此人表面上另有身分，誰都不知他實是陰癸派的重要人物，且是陰癸派在北方主理情報消息的最高負責人。你該知是誰告訴我這重要的消息吧！因爲我答應了你不再在你面前提起她的名字。」

徐子陵苦笑道：「不要耍我！說便說吧！我也想找個人來問問玉成他們的行蹤，只是苦於投問無門罷了！」

跋鋒寒在離東城中門數百步許處停下腳步，指著對街的一間麵食館道：「這是我們和寇仲約定留下標記的地方，這食館最出色是川麵，你若像我般無辣不歡，定會大快朵頤。」

徐子陵欣然道：「試試他們的擔擔麵吧！這回由我請客。」

兩人正要橫過街道，忽然一輛馬車在兩人前面停下，剛好攔著他們的去路。他們愕然止步，定神瞧去。車窗布簾低垂，透出一股神秘的味兒。駕車者是個面貌陌生的壯漢，此時咧嘴一笑，露出兩排雪白整齊的牙齒，沉聲道：「兩位爺兒要到哪裏去，讓小人送兩位一程！你們的仇家這麼多，隨處閒逛怕不太妥當吧！」

他一開口，兩人立即認出他是寇仲，笑罵聲中，欣然登車，分別擠坐到寇仲兩旁去。

寇仲誇張地一聲叱喝，操控著拉車的兩匹健馬往南拐了一個彎，轉入另一條與城牆平行的大街去。

又一手扯下面具，塞入懷內哈哈笑道：「終於來到洛陽了！我們的敵人有難矣！」

徐子陵和跋鋒寒這次在馬車御位處居高臨下瞧著闊敞無盡的長街，街上往來頻繁的車馬，兩邊道上熙攘的行人，又是另一番感受。寇仲興致極高，蹄起蹄落間，一口氣把先後與王世充和獨孤峰「交手」的經過全盤奉上，顯然對跋鋒寒的信任大大增多。

跋鋒寒聽罷微笑道：「那我們現在更要打醒十二個精神，尤婆子或仍不屑出手，但獨孤鳳卻肯定不會放過我們。女人幹起刺客，會比男人更不擇手段的。」

寇仲信心十足道：「我們的山中十日豈是白練的，而且來此途上的一番歷練，令我們三人不斷作出突破，正不知該到哪處找些眞正高手來試刀，他們肯送上門來，最好不過。嘿！我們由現在起最好不要分開。」

兩人聽他最後一句終露出了尾巴，差點爲之噴飯。

寇仲大感尷尬，忙岔開話題道：「你們兩個傢伙又幹過甚麼來呢？」

跋鋒寒聳肩道：「我與單琬晶碰過頭，收集了一些有關陰癸派的消息，就是這麼多了。」

寇仲失聲道：「甚麼？你兩人一起去見過東溟公主？」

徐子陵心中湧起一陣奇異的感覺。未和跋鋒寒相處前，總覺得他冷酷無情，但其實他也有感情充沛的一面。

跋鋒寒笑道：「兄弟如手足，妻子如衣服，更何況琬晶名份已定，一起見她有甚麼問題？不過事實上陵少臨陣退縮，自己逛街去了。」

寇仲向徐子陵道：「有到約定處找過玉成他們嗎？」

徐子陵搖頭表示沒有，然後輕描淡寫道：「我只見過四個人，依次序是李靖、劉黑闥、李世民和師妃暄。」

兩人齊齊失聲叫道：「甚麼？」惹得街上的人朝他們沿道緩馳的車子瞧來。

天津御柳碧遙遙，軒騎相從半下朝。寇仲策著馬車，轉入貫通皇城南端門和定鼎門的天街，槐柳成蔭的大街兩旁萬家樓閣林立，鐘樓鼓樓遙遙相望。客店、皮店、竹竿行、羊毛行、雜貨鋪、紙張鋪、棉花肆、鮮果行等競相設立，盛極一時。街道上自是行人如鯽，車轎川流不息，一派繁華大都會的熱鬧情況。徐子陵把今早的事交代出來，兩人都同意秦川有很大可能是師妃暄。馬車望著天津橋馳去，由於道上人車眾多，故行速頗緩。在南北對起四樓的襯托下，天津橋益顯其萬千氣象。橋南就是今早徐跋享茗的董家酒樓。

跋鋒寒皺眉道：「有一事非常奇怪，子陵剛才說從這個可能是師妃暄的秦川身上感應到一種玄之又玄的寧靜感覺，故出言問她是否佛道中人，對嗎？」

徐子陵點頭道：「這有甚麼好奇怪的。」

寇仲雙目寒光閃閃，卻沒有作聲。

跋鋒寒道：「那種感覺是否很強烈呢？」

徐子陵沉吟片晌，答道：「不能說是強烈，但卻非常清楚。」

跋鋒寒拍腿嘆道：「這就對了。若秦川眞是師妃暄，以她的高明，絕不會透露出本身的任何訊息，所以和氏璧定是在她身上，而子陵感應到的只是她身上的和氏璧，而傳說中的和氏璧正有鎮定心神的妙用。」

兩人均覺有理，並對跋鋒寒的智慧大為佩服。

寇仲吁出一口長氣道：「這麼說，秦川定是師妃暄了。」

跋鋒寒沉聲道：「也有可能是寧道奇本人。」

徐子陵嚇了一跳道：「我的娘！」

寇仲策車越過了前面由四名健僕抬著的華麗大轎，苦笑道：「無論秦川是師婆娘，又或寧老頭，我誓要把和氏璧明偷暗搶弄到手中，否則若給李小子得了，我就要回鄉下耕田哩！」

兩人倒抽一口涼氣，啞然無語。

由於正值午膳時刻，董家酒樓下層座無虛席，人頭湧湧，插針難下。寇仲自有他的一套，找來夥計亮出郎奉的大號，夥計立時變得必恭必敬，把他們領到三樓的廂房雅座。

寇仲靠窗而坐，瞧著下面船去舟來的洛水，嘆道：「這就是權勢的好處，只沾上點邊兒已可以高人一等。」

跋鋒寒笑道：「無論你如何自命清高，但不能否認清高本身也須有權勢支持，否則如何清高得起來。」

寇仲見徐子陵不悅地瞪著他，忙投降道：「我只是利用權勢來得點方便，絕不會以之欺壓別人，還會設法拿它來主持公道，哈！」

跋鋒寒笑道：「比起上來我和仲少是現實庸俗一些，不似子陵般超然於物外。」

徐子陵苦笑無語。

寇仲精神一振道：「現在王世充和楊侗的鬥爭正處於拉鋸的狀態，暫時可以放到一旁不理。嘿！至於和氏璧，哈！子陵你定要助我。」

跋鋒寒奇道：「你爲何只問子陵而不問我？」

寇仲愕然道：「老跋你與此事毫無關係，爲何卻要爲我拿性命來搏？我正爲當你是兄弟，故不想你牽連進去，你的煩惱仍不嫌多嗎？」

徐子陵亦不解地瞧著跋鋒寒。無論寧道奇或師妃暄，都是無人敢惹的勁敵，寇仲若非在這種成敗關鍵的形勢下，亦絕不會去觸犯他們。現在卻是別無選擇。

跋鋒寒默然半晌，又掃了兩人一眼，銳目射出充滿某一種情懷的異芒，徐徐道：「我之所以愛和你兩個小子廝混，而且愈混愈覺精采刺激、過癮有趣，皆因我們各有一個悲苦的出身和童年歲月，我最看不順眼正是那些高門大閥的人，更不屑自以爲至高無上的江湖門派。所以那天助你們對付長叔謀，皆因不服他們那種自以爲是的權霸姿態。」頓了一頓續道：「我最佩服是從一無所有創造出不世功業的眞豪傑，假設讓李世民設身處地與你們換了位置，他能有你們的成績嗎？這類事我最看不過眼。哈！挑戰寧道奇又或師妃暄，正好亦是我想做的事，我跋鋒寒焉能錯過此等良機。」

寇仲大喜道：「有跋兄相助，我兩兄弟會是如虎添翼！」

徐子陵苦笑道：「我總覺有點不妥當，說到底師妃暄只是爲造福天下而努力……」

跋鋒寒冷然道：「子陵太固執了。只問那麼幾句話，怎能決定某人是否能做個好皇帝？而我認爲只有貧苦出身的人，才有資格當好皇帝，蓋因深明民間疾苦，也熱心解除民間疾苦。」

寇仲拍案叫絕道：「寒少說得好，秦皇漢高便是個好例子，前者出身王侯，後者出身布衣，誰是好皇帝，乃不爭之史實。哈！」

徐子陵沒好氣的瞅著他道：「那你定是好皇帝吧？」

寇仲反問道：「你說呢？」

徐子陵爲之啞口無言。

寇仲雙目閃閃生輝道：「整件事已到了明知是送死也不能回頭的階段，要爭天下，就要無所不用其極。正如寒少說的縱使天皇老子、太上老君、如來佛祖擋在路前，也要一腳把他踢走。和氏璧我們是志在必得，否則若落到李小子手上，等於逼他造他老爹和老哥的反。」

跋鋒寒道：「最好師妃暄已把和氏璧給了李世民，搶起來會容易一些。」

寇仲盯著徐子陵道：「你究竟肯否全力助我，別忘了，嘻！一世人兩兄弟嘛！」

徐子陵除了苦笑外，還能說甚麼。

跋鋒寒道：「現在我們首先須查清楚和氏璧是否到了李世民手上，才能行動。」

寇仲道：「這個簡單之極，若李世民取得和氏璧，必立即秘密離開洛陽，所以我們只要旁觀他的動靜，可得端倪。」

跋鋒寒雙目寒芒爍動道：「聽說李世民得李淵眞傳，頗有兩下子，且手下能人衆多，若我們攔途截劫，絕佔不到便宜。所以應以偷爲上策，搶則顯非良方。」

徐子陵鬆了一口氣續道：「若不用從師妃暄處搶玉璧，我們尚有成功的希望。」

寇仲挨過來摟著他的肩頭大樂道：「陵少這句話令我幼懷大慰，照我看十有九成師妃暄會看中李世民，這小子只是賣相已可賽贏髮長似鬼的李密，又或老奸巨猾如王世充，只可惜我尚未冒出頭來，令李小子在全無威脅下獨佔魁首。」

跋鋒寒啞然失笑道：「若論自吹自擂，天下確無人可出你之右。好了！閒話休提，監視李世民之責包在我身上，他和東溟派必有聯繫，今晚西戌之交我們再聚首，然後決定如何行動。」

此時夥計端上酒菜來，跋鋒寒取了一個饅頭，逕自去了。

寇仲一邊大吃大喝，一邊笑道：「想不到跋小子這麼夠朋友，教人意想不到。」

徐子陵嘆了一口氣道：「尚未找到玉成他們，你難道不擔心嗎？」

寇仲放下一粒飯都沒剩下的空碗，苦笑道：「這種事擔心來有屁用，幸好他們四人全得我們眞傳，定會吉人天相。說不定待會下樓時見到他們在吃飯。待會我們到約定的地方看他們是否在那裏立有分曉。」

徐子陵道：「還記得那叫虛行之的人嗎？你不是約了他在洛陽見面嗎？」

寇仲點頭道：「當然記得。這人是天生的軍師人材。我已在約定地點留下標記，他明早看到後，會在指定處等我。我仲少辦事，陵少放心好了。」又道：「我對李小子沒有甚麼感情，翻臉動手亦沒怎樣。可是和李靖終曾做過兄弟，這就教人頭痛。」

徐子陵默然半晌，暗忖無論如何不滿李靖，終難對他狠下心腸，頹然道：「只要你肯答應我一個條件，我會全力助你得到和氏璧。」

寇仲戒備地道：「只要合情合理，我怎會不答應。此事你怎也要幫我，若李小子連和氏璧也保不住，必可令師妃暄和寧道奇對他印象大改。」

徐子陵不悅道：「你千萬不要輕敵，李小子文武全才，無論任何一方面比我們只高不低，就只不及你狡猾。一個不小心我們便要陰溝裏翻船。」

寇仲微笑道：「他和我一樣那麼狡猾，但可能及不上我們的靈活變通。以有心算無心，尤其這是王世充的地頭，王世充目前更與我像蜜蜂和蜜糖的關係，只要我動個指頭，李小子休想有命離開洛陽。」

接著雙目閃過森寒的殺機，沉聲道：「沒有李世民的李閥，就像沒有利爪利牙的老虎，怎都凶不起來，你明白嗎？」

徐子陵苦笑道：「這正是我的條件，李小子是因我而暴露行蹤，所以你絕不能利用這次機會殺他，要殺他就待下回好了。」

寇仲愕然片晌，嘆道：「大家兄弟，我還有甚麼話好說呢？好吧！我將來和他在沙場上見個眞章，誰輸了再沒得怨人。」接著從懷內掏出一卷帛圖，挪開桌上碗筷等物，攤開來道：「給你看這寶貝，若占道和奉義他們到了關中後能給我依樣葫蘆的再繪一張，便最好不過。」

高占道、牛奉義、查傑三人是他們所創雙龍幫的內三堂堂主，依照計劃早一步潛往長安，爲發掘「楊公寶藏」作準備功夫。

徐子陵定神細看，原來是一幅洛陽的城市圖，所有街道、里坊、河橋、城樓無不詳細的描繪出來。訝道：「王世充倒很信任你。」

寇仲微笑道：「他不是信任我，而是想故示信任來收買我，而我又裝出對董淑妮情根深種的情種樣兒。事實上王世充這人面懵心精，老奸巨猾，表面一套，暗裏又是一套，且能不動聲息，布置好一切後始肯讓你知道。」

徐子陵凝神細看宮城與皇城的關係，心中一動道：「李世民這次來洛陽，除了和氏璧外，會否還另有原因呢？可記得老跋曾說過，李小子的老子李淵想納董淑妮爲妃嗎？此事若成，等於李淵和王世充結成聯盟，你利用王世充來對付李世民的如意算盤再打不響！」

寇仲笑道：「你放心好了！董淑妮這妞兒反叛成性，凡是由王世充安排給她的男人，她都不會接受，只要好好利用她這心態，說不定可破壞李淵和王世充的關係。」接著苦思道：「有甚麼方法既可偷得和氏璧，又不教人知道是我們幹的呢？哈！有了！差點忘記你是疤臉大俠，而我則是你的拍檔麻臉巨盜。」

「篤！篤！」

兩人愕然瞧著被敲響的房門，大爲驚懍，只憑此人來到門後仍能瞞過他們的耳朵，來人絕非平凡之輩。

寇仲喝道：「請進來！」

門外全無反應。

寇仲跳將起來，一個箭步向前，把門拉開。其他廂房猜拳鬧酒的聲音，立時潮水般湧過來，可是門外和長廊連夥計都不見一個。

寇仲縮回探看著兩邊的大頭，關上房門，色變道：「這次糟了！」

徐子陵亦感心寒，沉聲道：「莫非是寧道奇又或師妃暄，躲在門外偷聽了我們的對話？」

寇仲回到他身旁坐下吐出一口涼氣道：「這個可以放心。唉！我只是指他在門外偷聽一事。因爲走廊處一直人來人往，只有剛才的一刻沒有人，而他就趁此一刻來向我們作警告，可知他一直在注意和監視著我們。」

徐子陵禁不住頭皮發麻，低聲道：「此人至少在輕功上勝過我們，問題是若對方是師妃暄或寧道奇，你的盜寶大計注定要慘澹收場。」

寇仲搖頭道：「我敢肯定此人偷聽不到我們的說話。皆因有你陵少在，誰能避過你的靈覺，其次是這家酒樓的木材質地極佳，能高度隔音，我們又蓄意低聲交談——」

「篤！篤！」

敲門聲再次響起，像上回般先前絕無半點聲息和足音。

寇仲湊到徐子陵耳旁道：「我們必須以出奇制勝的手法，才能爭回主動之勢，不會被人牽著鼻子走。嘿！扮扮膽小鬼如何呢？」

徐子陵與他心意相通，交換個眼色後，放下銀兩，收起帛圖，同時哈哈一笑，兩人溜煙般穿窗而出，先登上樓頂的瓦面，再橫過十多丈的空間，落到橋旁里巷密集的居處，幾個起落便已去遠。

此時一位長得千嬌百媚，嬌小玲瓏的妙齡女郎現身瓦頂處，狠狠瞪著兩人溜失的方向，猛一跺足，咬牙切齒的道：「看你們能逃到哪裏去，和氏璧落到你們手上時，就是你們死期到的一刻。」

寇仲領著徐子陵穿過刻有「洛陽坊」三字的門樓，後面就是橫貫洛陽東西的洛水，得意的道：「這一招果令對方跟無可跟，照我看敲門的人當非師妃暄或寧道奇，因為他們屬禪道之人，講求『點到即止』，怎會連敲兩次門那麼低招。」

徐子陵點頭同意，道：「不過此人絕不容易應付，最厲害是我們連他是男是女都不曉得。他在暗我們在明，使我們完全陷在挨打的局面中。」

寇仲伸手搭上他肩頭，笑嘻嘻道：「我們剛才用盡老跋教下的方法，在鬧市左躲右避了大半個時辰，若仍不能把他甩掉，我兩兄弟認命好啦！」

兩人步入一條深長的里巷中，徐子陵皺眉道：「你究竟要帶我到哪裏去？」

寇仲欣然道：「當然是回家！」

徐子陵愕然道：「回家？」

寇仲邊走邊察看兩旁房舍的屋中動靜，笑嘻嘻道：「我們兩人乃雙龍幫幫主，怎可沒有一個祕巢？哈！對了，就是這裏，進來吧！」

徐子陵眼睜睜的瞧著寇仲越牆而入，醒悟過來。當日他們和高占良等分頭北上前，寇仲和手下商量了多天，其中一項當然包括了在洛陽布置這個巢穴。而寇仲剛才則從高占良等人的暗記裏，知悉此處的方位地址，所以現在尋到這裏來。想到這裏，也不得不佩服寇仲思慮的周詳。這秘巢的最大好處，是讓幫內的人知道若抵達洛陽，該到何處去碰頭會面。

寇仲舒適地挨坐椅內，舉手挺足的伸了個大懶腰，嘆道：「這房子不錯吧？」

徐子陵在他對面坐下，望往窗外陽光漫天下的小院子，訝道：「這屋子為何能如此一塵不染、井井有條，院內的花草修剪整齊，究竟是甚麼人在打掃呢？」

寇仲想當然的道：「不要以為占良只是粗漢一名，其實他辦事極為細心，只有如此方不會教人生疑，照我猜想他是僱了人定期打掃，或三天一回，又或六天一次。」

徐子陵搖頭道：「我總覺得有點兒不妥當。」

就在此時，兩人心中同時生出警兆。

婠婠柔美低沉的聲音在大門外響起道：「子陵猜得對！是人家因等你們閒得發慌時，只好爲你們打掃房子來消磨時間罷了！」

兩人同時色變。兩人聽到婠婠的聲音，首先擔心的卻非本身的安危，而是擔心段玉成四人的境況。婠婠之所以能在這裏守候他們，定是從段玉成四人處逼問出聯絡標記的事，故可以做到；以此推之，段玉成他們自是凶多吉少。

寇仲和徐子陵交換了個眼色，均從對方眼中找到憂駭之色。這回不比從前，乃敵人蓄勢以待，精心布局來對付他們，以婠婠的才智和實力，絕不會教他們再有逃生的機會。

婠婠嬌甜的聲音又在外面響起，不過改了位置，從西窗的方向傳過來，柔聲道：「子陵兄和仲少不是駭得腳軟吧！爲何還不學以前般做兩頭落荒之犬呢？」

她的聲調雖是無比溫柔，內容卻流露出對兩人切齒的痛恨。

寇仲向徐子陵打個眼色，嘿然道：「凡是敵人喜歡的，我仲少一律反對。而且誰都有權留在自己溫暖的家中享受寶貴的生命吧！哈！請恕小弟沒興趣逃走！」

徐子陵會意，明白死守屋內，或許尚有一線生機，長身而起，立在廳心，功聚雙耳，監聽四面八方的動靜。剎那間，他忘記了生死，精神全集中到聽覺的奇異的天地裏去。然後他感到了除婠婠外另一個人的存在。那是無法解釋的感覺。事實上對方沒有發出半點聲息，徐子陵卻清楚知道他正在後院裏。而此人肯定若非是曲傲本人，亦是曲傲那般級數的高手。

此時寇仲剛把話說完，婠婠「噗哧」一笑道：「這房子是人家租的嘛！婠婠又未曾嫁給你，你卻來個鵲巢鳩佔，算哪門子的道理？」

這次她的聲音移至東窗外，使人心中泛起怪異莫名的感覺。好像她能化身千萬，同時存在於不同的地方，把房子重重包圍，再通過不同位置的化身跟他們說話。來自《天魔秘》的天魔妙法，果是不同凡響。

寇仲心中大是懍然，朝徐子陵瞧去，見他神色平靜如無紋的湖水，正向自己打出手勢，表示後院尚有一個人。

寇仲沉聲道：「我的四名手下若有甚麼三長兩短，我不理你是魔教妖女，又或天王老子，總之我定要血債血償。」

婠婠的嬌笑聲像輕風般送進他們耳內道：「人自出娘胎，一路營營役役，至死方休。既然早晚要死，早死豈非可省了很多活罪嗎？你的四名手下比你們幸運多了！能早一步躺下來休息，我本著讓他們好生安息的心意，爲他們在後院築了四座新墳，趁你尚有一口氣在，何不出來拜祭他們。」

寇仲深吸一口氣，把心中的憤怒、仇恨全排出腦海之外。這回可說他們出道以來最有機會丟命的一刻。而他們唯一求存之道，是要憑眞功夫保命，所以現在他拿出眞功夫來，進入井中月那空靈玄妙的境界。

後院的人絕不會是曲傲，因爲對殺子的大仇人，他不會有這種耐性。心中一動，寇仲放鬆一切似的挨到椅背處，道：「邊不負你既來此處，爲何卻要鬼鬼祟祟，做其縮頭烏龜？」

婠婠的聲音透過瓦頂傳來道：「算你這小子有點道行，不過邊師叔不喜與外人說話，你怎麼說他都不會有興趣答你的。」

寇仲哈哈一笑道：「你在外面走來走去，既可笑又累壞腿子，何不進來喝口熱茶！」

廳子的前門、後門同時無風自動的張了開來，令整個地方立時瀰漫著陰森的鬼氣。徐子陵凝望寇仲，露出一絲笑意，眼睛透出深刻的感情，打出要他逃走的手勢。寇仲虎軀劇震。徐子陵決定犧牲自己，讓自己能逃出去，既可繼續做爭霸天下的美夢，更可爲他報仇。

「鏘！」井中月離背而出。寇仲同時彈起，仰天長笑道：「我兩兄弟今天一是相偕攜手離開，一是雙雙戰死於此，再沒有第二個可能性。」

衣袂飄響，美得不可方物，一身素白，赤著雙足的婠婠現身正門處，笑意盈盈的道：「婠婠最欣賞的正是你兩個小子的英雄氣概，因爲殺起來時分外痛快。若是普通的凡夫俗子，縱使伸長頸項，奴家也沒興趣劈下去！」

徐子陵啞然失笑道：「妖女怕是色厲內荏吧！有哪一次對著我們你是沒有受點傷或吃些虧的？而我們則一次比一次厲害，你這次肯來助我們練功，我們求之不得才對。」

寇仲眼尾沒瞧往婠婠，全神審視手上的「井中月」，嘆道：「小陵啊！我這一生還是首次感到你動了眞怒，生出殺機呢！」

婠婠微聳肩胛，作了一個能使任何男人動心的嬌嬈神態，逕自在兩人間穿過。到了後門旁的茶几處，像妻子對丈夫般情深款款的道：「忘了告訴兩位！人家特別爲你們預備了一壺別離茶，趁熱喝好嗎？」

兩人訝然互望，心中同時想到一個問題：婠婠豈非故意讓出任他們逃生之路來嗎？接著又一起醒悟過來。婠婠現在用的是一種精神戰術，只要他們由此生出逃走之念，視死如歸的氣勢和強大的信心，立即土崩瓦解。那時將是她出手的一刻。此女果不愧是能比得上祝玉妍的魔教傳人，明白到《長生訣》的奇功最重精神境界，故要從這方面入手攻破他們的訣法。

刀身反映著窗外的陽光，金光燦然。剎那間，寇仲更深一層地於井中月的境界提昇。這是給逼出來的。可是這正證實了只要他們能保留在長生訣的境界中，連婠婠也要顧忌幾分，所以到現在尚未動手。無論她說的是已殺了段玉成等四人，又或像現在般故意讓出逃路，都是爲了攻破他們的訣法。

就在此刻，寇仲像徐子陵般感應到邊不負的位置。他已到了瓦面上去。寇仲心中湧起怪異無倫的感覺，因爲就在此一剎那，他眞正明白到「奕劍之術」的奧理。以前他的奕劍術，只是針對棋子的攻守而發，卻忽略了全局。棋盤是眼前可直接見到或間接感覺到的空間，棋子就是自己、徐子陵、邊不負和婠婠兩組敵對的對手。無論哪隻棋子移動，都會影響到全局。自己既爲其中之一，那自己若動，敵棋亦必相應。例如自己移往正門，裝作要逃走的樣子，敵人會怎樣反應？如果自己能料到敵人的反應，不正吻合「以人奕劍，以劍奕敵」的精神嗎？想到這裏，寇仲對奕劍術豁然貫通，心中湧起強大無倫的信心和鬥志，先朝徐子陵憑目寄意，接著笑嘻嘻道：「除非你那杯是合歡茶，否則婠婠小姐自己好好享用吧！哈！我忘了買點東西，要出去一轉，由小陵侍候你好嗎？」大步朝正門走去。

徐子陵知他出手在即，微微一笑，蓄勢以待。對天魔功他已有深入的認識，正是千變萬化，令人無從捉摸。

婠婠正為四個空杯子斟茶，背著兩人淡淡道：「不如我們來打個商量好嗎？只要你們肯告訴婠婠『楊公寶藏』所在，我們的恩怨從此一筆勾銷。以後大家河水不犯井水，兩位尊意如何？」

徐子陵從容自若道：「不知婠婠小姐是否肯相信，你們早錯過了殺死我們的時間和機會，所以現在無論你在言語上如何施展下乘狡計，亦將徒勞無功。」

婠婠雖被徐子陵一語戳破，卻絲毫不為所動，捧起放著四杯清茶的圓盤，以一個妙至難以形容的姿態，旋身面對靜立如山的徐子陵和正要走出大門的寇仲的背影，秀額微蹙的道：「人家句句發自眞心，你那樣看待人家，奴家的心給你傷透了。」

她的聲音充盈著一種強烈的眞誠和惹人愛憐的味道，寇仲差點被誘得停步回顧。

徐子陵朝她望去，淡然笑道：「婠婠小姐莫要枉費心機，《長生訣》與《天魔秘》一正一邪，天性相剋，如此口舌言語的雕蟲小技，怎能奏效？」

此時正門外響起邊不負的聲音道：「婠兒啊！你買的芍藥開了五朵花哪！」

寇仲剛跨出大門的門檻，陽光普照的門前空地處，高頎瀟灑的邊不負一身文士裝束，正負手觀閱擺在外院門旁的盆栽。寇仲心中湧起曼妙的感覺，體會到自己已完全把握到奕劍術的精要。假設自己不是料到邊不負會在前方院門處攔截，此刻必會停下步來，再決定進攻退守之道。現在當然是另一回事。井中月擱到左肩處，步伐不停，笑嘻嘻的道：「老邊你原來除了為老不尊外，還是貪花之人，難怪要採摘你婠婠師姪女這朵鮮花哩！」

邊不負和婠婠同時心中一震。要知此事乃邊不負和婠婠兩人間見不得光的隱秘事，寇仲卻隨口道破，怎不教兩人在猝不及防下心神受擾。在邊不負來說，得到婠婠是心底裏的渴望，但直至此刻仍未能達到，登時給勾起心事。婠婠則在思索寇仲如何能曉得秘密，迅即想到那晚在小谷內潭水旁與邊不負的對話。不用說寇仲等那時正躲在一旁，而自己卻未能覺察，竟然錯失了斃敵的良機。

換句話說，寇仲輕描淡寫的一句話，恰好使兩人心神波動，露出絕不該露的心靈空隙。敵對兩方的人，打一開始互以種種心理精神戰術務求擾亂對方無隙可尋的心境，最後終由寇仲、徐子陵一方佔了上風。如此機會，兩人焉肯放過。

寇仲大喝一聲，井中月從肩頭彈起，化作一道黃芒，朝邊不負砍去。徐子陵身子一晃，到了婠婠左側處。

邊不負和寇仲首先交上手。眼見寇仲井中月來勢凌厲，邊不負卻是夷然不懼，收攝心神，右手灑然揮迎。他的寬袍大袖滑了下來，露出右手扣著直徑約尺半、銀光閃閃的圓鐵環，晃動間完全封死了井中月的進攻路線。

寇仲此刀蓄勢已久，見邊不負落於守勢，哪肯錯過如此良機。「噹！」刀環相擊。兩人分別錯開兩步。表面看雖似是平分秋色，寇仲卻心知肚明自己既是蓄勢而發，又是在主攻的情況下，仍不能多佔便宜，立知在功力上這魔頭至少要勝上自己兩、三籌。正如跋鋒寒所言，此人只可以智取，絕不可力敵。井中月這一招並未奏功。

屋內的徐子陵和婠婠，亦到了動輒分出生死勝負的危險境況。就在徐子陵移往婠婠去時，心念電轉間，他已想通了一個問題。以往數次遇上，此女對楊公寶藏隻字不提。唯獨這次卻偏要提起，可見她從段玉成等人身上，逼出了他們要到關中起出楊公寶藏的秘密，起了覬覦之心。這資料極為有用，也解釋了為何婠婠要以種種心理戰術，來瓦解他們的鬥志和信心，皆因其目的是要活擒他們，好以魔教秘法問出寶藏所在。此念既起，徐子陵扭腰一拳朝婠婠擊去。

婠婠別過俏臉，泛起幽怨動人的神情，茶盤一擺，邊緣處剛好撞上徐子陵的拳頭。狂猛的螺旋勁道，吹得她衣衫捲拂，秀髮飛揚。徐子陵像早知她會施此一招般，冷笑一聲道：「你中計了！」拳頭忽地變得似是輕飄無力的，輕輕撞了茶盤邊緣一記。

以婠婠的高明，亦要駭然一驚。她已全力施展天魔功，欲以茶盤爲媒，盡吸徐子陵的螺旋拳勁後，然後趁機搶回主動之勢，務求在十招八招內擊殺徐子陵，再出手助邊不負活擒寇仲。這次他們來對付寇徐兩人，並沒有知會曲傲，原因是自問能穩勝兩人，更重要是希望能獨得楊公寶藏的秘密。但令她和邊不負意想不到的是：在闊別數日後，兩人無論在智計、武功任何一方面，都比以前提升了。當拳頭迎上茶盤，婠婠才發覺徐子陵針對的不是自己，而是盤上的茶杯，但已失去先機。

徐子陵靈台一片清明，所有精神意志全集中到送入茶盤的拳勁去。就在這刹那，他感到精神與內氣合成一體，再無分彼此。以往他發出拳勁，最多也只是能控制發勁的輕重，這回卻是完全不同。首先他感到全身經脈眞氣發動和流動的詳細狀況和每一個竅穴內所積存的氣勁，活似守城戰的統帥，清楚到城中每一個倉庫、每一枚兵員和每一座城樓的實力。那是曼妙無倫的感覺。他讓眞氣生生不息的從右足湧泉穴貫入，周遊全身，再積聚在丹田氣海處，然後通過任督二脈，提供戰鬥所需的眞氣。多少和快慢全在他控制之下，故而能臨時變化，擊出婠婠也意想不到的一招。至此深明爲何跋鋒寒要轉戰天下，以磨練意志和功力。若非曾數次受傷後強抗傷疲，他們的意志力絕不會強大至連這兩個魔教的頂尖人物亦不能動搖其分毫。若非有婠婠和邊不負的壓力，使他們拋開一切生出拚死之決心，亦絕不能突破至這種修武者夢寐難求的境界。螺旋勁由快轉慢，送入了四個茶杯去。徐子陵一個觔斗，翻到上方。茶杯先是斜傾，內中的香茗化作四股水箭，朝婠婠美絕人寰的玉容激射而去。

「叮！」邊不負一向引以為傲的絕技「魔心連環」，像送上門去般讓寇仲劈個正著。魔門的功法專講「損人利己」，邊不負走的路子並不例外。他的「魔心連環」僅次於祝玉妍和婠婠的「天魔大法」，能借勁發力，連綿不絕，狠毒厲害。像早先他硬擋了寇仲一刀，手中銀環回旋一匝，既化掉寇仲的螺旋勁，同時借勁反攻，趁敵人舊勁衰竭，新力未生之際，疾施還擊，搶回主動。然後再以連環招數，似水銀瀉地，無孔不入的環法，直接收拾敵人。豈知寇仲以料敵如神的一刀，粉碎了他的如意算盤。

銀環盪開。寇仲笑嘻嘻道：「老邊你不去尋女兒嗎？」橫移一步，左掌撮指成刀，運聚功力，硬劈在邊不負接踵而來的左手環上。「蓬！」的一聲，以邊不負之能，亦因失去主動之勢被他逼得蹬退一步。

寇仲知道這次自己兩兄弟是生是死，已完全操控在自己手上。要知無論徐子陵進步了多少，仍絕非婠婠對手，只能拖延點時間。所以刻下唯一生路，是用以命搏命的方法，擊傷邊不負，再回頭與徐子陵應付婠妖女，那時要打要逃，有把握多了。此念剛起，寇仲整個人的精氣神立時提升至前所未達的巔峰狀態，目光如電，罩定對手。他感到自己似能把邊不負的裏裏外外全部看個通透，更清楚知道當自己提起東溟公主的一刻，邊不負生出輕微的情緒波動。對邊不負這種頂級高手來說，在心靈上必須嚴防堅守，不能露出絲毫破綻與疏忽。高手相爭，往往就此毫釐之差，分出勝負。

寇仲見有可乘之機，哪還客氣，退了小半步後，再往前跨，挾著森寒徹骨的強大氣勢，盪開的刀回收而來，順勢攻出，直如石破天驚，有無人能抗、君臨天下的威風。

邊不負這才眞正大吃一驚，知道自己剛才實是過於輕敵，致屢失先機。怒叱一聲，手中一對銀環，舞出漫天銀影，搶前迎戰，免得寇仲能使足刀勁。

寇仲哈哈一笑，招式變化，老老實實的改直劈爲橫斬。取的竟是環勢最強的中心點。

茶盤上拋，婠婠閃電橫移，又發出十縷指風，襲向空中的徐子陵，避過了四柱水箭。徐子陵臨危不亂，冷然哂道：「你又中計了！」足點茶盤，「砰！」的一聲撞破瓦頂，到了外面去。

婠婠一向城府極深，喜怒不形於色，此時亦氣得臉現怒容。若講眞功夫，她有信心在十招至二十招內把徐子陵收拾。但動手至今，她卻一直處於下風，皆因爲寇仲說話所累，分了心神。而徐子陵卻是妙招橫生，使她無法扳回主動，到底被他脫身而去。正要趕往前院先收拾寇仲，千百塊瓦片蓋頭激射而來，令她欲離難走。

「轟！」環影消散。威猛無倫的螺旋勁道，硬生生把邊不負劈退兩尺。寇仲終在這面對生死的情況下，掌握到魯妙子所言的「遁去的一」。像邊不負這級數的高手，無論舉手投足，均無破綻可尋。但任何招式，必有攻擊力最強的一點，若此點被破，一切後勁變化均會被截斷，無以爲繼。

寇仲正是把握到他環勢最強的一點，集中全力，故一刀立把邊不負虛實難分的漫天環影化去，不過若他刀上帶的非是古怪至極的螺旋勁道，邊不負亦不會這麼容易被他震退。

寇仲哪會猶豫，跨步上前，配合可令三軍劈易的強大氣勢，井中月再次揮出。

此時徐子陵的長笑凌空而至，大笑道：「我宰了婠婠哩！」

邊不負眼中射出難以置信的神色，徐子陵卻真的是全無損傷的從屋頂斜衝而來，心神劇震下，井中月當胸搠至。心神失守下，邊不負哪敢硬擋，急往後移，撞得外院門炸成碎屑，消沒不見。

徐子陵落在寇仲之旁，搖頭嘆道：「只有魔門中人如此自私自利。」

兩人回頭瞧往屋內。

婠婠幽靈般俏立在大門處，秀眸射出令人難解的異樣光芒，盯著兩人。

寇仲踏前一步，以井中月遙指道：「你的邊師叔已棄你而去，今天我們順便把雙方間的舊賬新仇，一併算個清楚。」

婠婠黛眉蹙聚，神情楚楚動人，配上她修美婀娜的體態，帶著無人可及、只此一家的詭美秘艷，縱使徐子陵與寇仲和她站在敵對的立場，亦不得不承認她非常動人。寇仲的殺氣不由也減弱三分。

婠婠像憐惜他們的無知般輕嘆一聲，油然道：「邊師叔豈是那麼容易被騙的人，只是見你們銳氣極盛，故暫作迴避吧！現下則是奴家教他不要露臉，好讓奴家能和你們先閒聊幾句而已！」接著「噗哧」嬌笑道：「想不到你們竟想學人去爭霸天下呢！」

寇仲皺眉道：「除非你立即放回玉成他們，否則一切休談。我們就在拳腳刀劍上決一生死好了。」

婠婠緩緩移動，來到兩人身前半丈許處，盈盈淺笑道：「假若我們能衷誠合作，放回那四個小子只是小事一件。」

徐子陵想起飛馬牧場被她殺害的商鵬、商鶴等人，斷然搖頭道：「你似是不知我們間已結下解不開的深仇，而解決的方法只能以其中一方完全被殲滅作了結。儘管把你的邊師叔再喚出來吧！否則莫怪我們兩個對付你一個。」

婠婠若無其事的望往寇仲，淡淡道：「你怎麼說？」

寇仲訝道：「我兄弟說的話，等於我說的話，婠婠不是到今天才知道吧？」

婠婠點頭道：「我明白了，終有一天，我會教你們後悔說過這番話。奴家要走了！」

寇仲和徐子陵同時向她撲去。

婠婠一陣嬌笑，右袖內飛出絲帶，分別拂中寇仲的井中月和徐子陵拍來的一掌。接著借力飛起，像一陣風般到了屋頂處。

寇仲哈哈笑道：「你日前不是誇下海口，說要在七天內幹掉我們嗎？現在快七十天啦！為何你說的話仍未兌現？」

兩人均知道縱使聯手，要殺死婠婠仍是難比登天，她要走更留她不住，但為了段玉成四人，又怎能讓她溜走？

徐子陵亦道：「別忘了要在下次殺我們，會比這次更困難。」

婠婠千嬌百媚地甜甜一笑，美目深注的道：「師尊說過：若我們這次仍不能除去你們，她將會親自出手。以師尊的慣例，到時必會教你們嘗到求生不得、求死不能的滋味，給點耐性好嗎？」

寇仲和徐子陵都心中一寒。婠婠已厲害至此，祝玉妍豈非更不得了。

婠婠忽又幽幽一嘆道：「寇仲啊！若你肯和奴家師門合作，天下還不是你囊中之物嗎？何必還斤斤計較於幾條人命？大丈夫行事處世，豈能拘於小節。更何況兩方相爭，必有人受傷或送命！」

寇仲嘆道：「明明是看上我的寶藏，竟說是看上我的人，婠妖女你還是回去和你的邊師叔睡覺好了。」

婠婠一對美眸閃過森寒殺機，旋又被另一種更複雜的神色替代，露出一絲苦澀的笑意，倏地飄退，消沒在瓦背之後。

兩人交換了個眼神，看出對方心情沉重。敵人實在太難纏。

寇仲大力嗦了一下，低聲道：「你嗅到甚麼沒有？」

徐子陵點頭道：「是一種很奇怪的香氣，說到底婠妖女總是女人。」

寇仲嘻嘻一笑道：「玉成他們能否逃過此劫，要看老跋教下的追蹤大法是否靈光了。」

兩人分別變作疤臉大俠和痳臉巨盜，換過了平常武林人物的勁裝，坐在一座茶寮裏，一邊品茗，一邊留神瞧著斜對面位於新中橋口的宏偉府第，循著婠婠的香氣，他們直追到這裏來。

寇仲指著該宅，問夥計道：「那是誰人的宅院，倒有點氣派。」

夥計斜睨了他一眼道：「你定是初到洛陽的！竟不知道洛陽幫大龍頭的府第。」

夥計轉去招呼別檯客人，寇仲湊過去對徐子陵道：「今晚我們與老跋會合後，就到這裏來救人，你沒意見吧？」

徐子陵沉吟片晌，壓低聲音道：「我怕婠妖女盛怒下會立即把玉成他們處決，你認爲這可能性大嗎？」

寇仲道：「這叫關心則亂，你注意到嗎？剛才那答我們的夥計溜了出去，說不定是通知洛陽幫的人說我們在踩地盤。」

徐子陵道：「洛陽幫是否名列八幫十會的大幫會呢？若能弄清楚實際上上官龍是靠向哪一方，我們或可利用洛陽現時微妙的鬥爭形勢來對付他。」

寇仲道：「我回去找王世充問個清楚明白，順道看看他和獨孤峰有甚麼發展，待會在與老跋約定的地方見吧！唉！我真捨不得離開你。」

徐子陵啞然失笑道：「去你的！當我是你的妞兒嗎？快滾！」

寇仲走後，徐子陵想到很多問題。跋鋒寒曾提過陰癸派在洛陽有個人，表面上是有頭有臉的人物，暗裏卻是陰癸派在北方武林的「臥底」，專責情報收集工作。這或者解釋了段玉成四人為何逃不過婠婠的魔掌。

想到這裏，足音響起，五名體型慓悍、武裝勁服的藍衣大漢步入茶寮，目光很快就落在他身上，筆直走過來。徐子陵眼尾不看他們，繼續喝茶。其他茶客見狀，紛紛結賬離開，夥計都躲起來。

到了徐子陵前，兩個人站到他身後，另兩個則上前拉椅子在兩側朝著他的方向坐下，形成包圍之勢。

其中一個年紀較大約四十許間、唇上留著兩撇鬍子的漢子毫不客氣地在他對面坐下，目露凶光的道：「小弟陳朗，乃洛陽幫玄武堂香主，聽說朋友在查探我們的事。請問朋友是哪條線上的人？」

徐子陵悠閒地一口飲盡熱氣升騰的香茗，淡淡瞅了他一眼，微笑道：「陳兄是否有點小題大做？我只是見貴幫主的府第賣相特別，順口問一句。如此何罪之有，是否因此須動手相拚？」

陳朗見他神色鎮定，愕了一愕，皺眉道：「事非皆因多開口，朋友不是連這點都不知道吧？現時洛陽正值非常時期，若朋友不是居心不良，就報上門派姓名，如果只是一場誤會，我們絕不會為難。」

這番話在一向橫行洛陽一帶的洛陽幫人來說，已是非常客氣。皆因徐子陵一派高手風範，所以陳朗以這番話好讓雙方均容易下台。若徐子陵是以本來面目出現，這刻定會借機鳴金收兵，以免鬧起事來打草驚蛇。現在當然是另一回事。

徐子陵的目光落到他背上的長刀去，從容一笑道：「我今天心情不大好，陳兄可否借佩刀一用，好讓本人可藉之大開殺戒。」

陳朗和四名手下同時勃然色變，徐子陵已緩緩朝陳朗的咽喉探手抓去。

兩旁的大漢大怒撲來，豈知桌子分然中斷，變成兩半，分別朝他們疾撞過去。後面兩人拔刀朝徐子陵後腦猛劈，徐子陵微微一笑，坐著的椅子炮彈般由身下向後彈出，劇撞在兩人腿側處，登時人仰馬翻。

此時徐子陵和陳朗間已毫無阻隔，當茶壺茶杯掉到地上前，給徐子陵以腳尖閃電挑起，安然落到鄰桌處，就像夥計爲客人細心擺置般，用勁之巧，教人嘆爲觀止。

陳朗此時已是苦不堪言。表面上徐子陵只是平平無奇的一手抓來，但事實上對方指法精妙，又透出五縷凌厲指風，把他逃躲之路完全封死。最厲害是對方身上生出一股無可抗衡的森寒殺氣，令他呼吸困難，心跳加速，全身血液像凝固了似的，身體不能動彈分毫。

忽然間，徐子陵明白到自己經過了過去個多月來的驚濤駭浪，在武道上已作出全面的突破。連婠婠也在一時失神和猝不及防下，被他節節佔了上風。而他的進步可分兩方面來說。首先是精神方面。經歷了不斷的危險和激戰後，他培養出鋼鐵般的意志和信心，對任何事物一無所懼。而更重要的是他練就了先知先覺的奇異本領。每逢與敵手相搏時，他往往能先一步掌握到對手進攻退守的招數變化。這是無法解釋的事，只能歸功於長生訣的妙用。

另一方面是在武道上。由於他和寇仲的武功招數根本沒有成法，所以不受成法所囿限。每與敵人交手一次，他們的武技便精進一層，到了現在，每招每式，都是針對當時形勢、隨心所欲的發揮出來，即使以婠婠那級數的高手，亦感難於捉摸，窮於應付。而最大的突破，是他已能控制螺旋勁道的快慢強弱。這使他有信心巧妙地運用這奇異的氣勁，使人覺察不到他勁道裏螺旋變化的情況。這對隱藏身份極爲有利。救人如救火，他已沒耐性等到今晚。

「啊！」陳朗慘哼一聲，喉嚨給他捏個正著，隨著徐子陵由坐空椅的姿勢改爲站立，整個人給提得雙腳離地達半尺。徐子陵哈哈一笑，就那麼提著陳朗從後門去了。

寇仲回復本來面目，來到皇城端門外，只見門禁森嚴，守衛重重，一片風雨欲來的緊張氣氛。到皇城內，更見一隊隊兵員推著攻城的檑木、雲梯、擋箭車等工具，朝宮城推進。郎奉正在忙得不可開交，見寇仲回來，只說王世充在尙書府等他，逕自去了。

在十多名城衛的簇護下，寇仲在尙書府守衛森嚴的密室見到容光煥發的王世充。

坐好後，王世充冷笑道：「我已把皇城所有出入口封鎖起來，逼楊侗交出元文都和盧達兩人，現在宮城全賴獨孤家在支撐，只要能除去獨孤峰，宮城將不攻自潰，不怕楊侗不屈服。」

寇仲沉聲道：「若截斷宮城的糧草，他們可支持多少天呢？」

王世充道：「宮城一向儲藏了大批糧草，加上獨孤峰有心和我對抗，恐怕兩、三個月也不會有問題。」

寇仲問道：「李密方面有沒有動靜？」

王世充答道：「李密表面雖似是按兵不動，暗裏卻在調集糧秣軍馬，看來你的誘敵之計已經奏效。」

寇仲欣然道：「李密成功燒掉我們假糧倉之日，勢是他出兵之時，那時我們須以奇兵破之，所以當務之急，是派人偵查偃師附近的形勢，研究他的行軍路線。」

王世充開懷道：「李密一向以用奇兵和誘敵之計聞名天下，這次我們若能以其人之道還施彼身，定是痛快非常。」

接著話題一轉道：「洛陽這十天來到了很多江湖人物，我們因爲要專心對付獨孤閥，所以難以分神，你有甚麼消息或看法？」

寇仲暗罵「老狐狸」，口上應道：「我剛才找到我兩個兄弟徐子陵和跋鋒寒，並使他們四處探消息，現在最重要是你的安危，只要尙書大人安然無恙，這一仗勝的只會是我們。」

王世充笑道：「我那方面你不用擔心，但有一件事卻要請你去辦理。」

寇仲愕然道：「是甚麼事呢？」

「砰！」陳朗的背脊撞在院牆處，貼牆滑倒地上昏了過去。徐子陵仰首望天，心中悲憤。剛才他以令陳朗血氣逆行的雷霆手段，逼問出有關段玉成四人的遭遇。他們在六天前抵達洛陽，那晚便給上官龍率領好手聚衆圍攻。四人顯是武技大進，與上官龍等展開激烈的戰鬥。結果石介和麻貴當場戰死，包志復重傷被擒，只有段玉成一人負傷逃出。比較起來，包志復比壯烈犧牲的石介和麻貴兩人遭遇更慘，被上官龍以酷刑拷問出一切後，上官龍親手捏碎他的喉嚨。

經過了一段同甘共苦的日子，徐子陵已對段玉成等生出感情，現今乍聞他們淒慘的下場，怎能不怒火塡膺，說到底，包志復三人是爲他們而送命的。徐子陵深吸一口氣，把怒火完全壓制下去，離開小巷，朝上官龍的府第大步走去。

第二章
聽留之會

作品集

第二章 聽留之會

王世充沉吟片晌，道：「我想你們三人去替我偷和氏璧。」

寇仲愕然道：「你知道和氏璧在哪裏嗎？」

王世充冷哼道：「當然知道，洛陽是我的地頭，甚麼事能瞞得過我。」又瞅他一眼道：「若你給我辦成此事，淑妮就是你的人。」

寇仲忙道：「能爲尚書大人辦事，我哪會要求甚麼報酬的。但我卻有一事不明，要請教尚書大人。」

王世充皺眉道：「說便說吧！爲何忽然變得這麼文謅謅的？」

寇仲笑嘻嘻道：「據尚書大人所知，和氏璧是否在師妃暄手上呢？」

王世充苦笑道：「當然不是在她手上，否則教你去偷只是白走一趟。據聞師妃暄的武功已達致寧道奇那種超凡入聖的境界，要從她身上偷東西，就像要從天上把明月摘下來般的不可能。」

這次寇仲確是大爲錯愕，目瞪口呆的道：「這麼重要的東西，她竟不隨身攜帶嗎？」

王世充像怕給人聽見般，壓低聲音道：「此事乃江湖上一個大秘密，我也是因認識寧道奇的一個知交好友，才探悉此事。那人你也見過，就是王通老師。」

寇仲當然記得大儒王通。就是在那個宴會上，他初次見到王世充、跋鋒寒和傅君瑜，又聽到石青璇妙絕天下的籥技。

王世充續道：「和氏璧確是秘不可測的人間瑰寶，似玉卻又非玉，最奇怪是它能助長佛道中人禪定的修行，對修練先天眞氣者更有無可估計的裨益。」

寇仲不解道：「既是如此，師妃暄理該摟著它來睡覺才對。爲何反不隨身携帶呢？」

王世充啞然失笑道：「這是因你只知其一，不知其二的緣故。原來和氏璧有一奇異特性，會隨著天時而生變化，不但時寒時暖，忽明忽暗，極難掌握，以之練功，一個不小心會幻像叢生，動輒有使人走火入魔之險。」

寇仲哂道：「將它放在鐵盒中不就成了嗎？」

王世充道：「無論甚麼東西都阻隔不了它的影響力。除非你不是修習上乘先天眞氣的高手，否則只要進入它影響力的範圍內，便要賭賭命運，看它在怎樣的情況下，會變幻和怪誕至何種地步。」

寇仲吁出一口涼氣道：「那你還幹嘛教我去偷這麼可怕的東西？難道不知我修的正是玄門最上乘的先天心法。」

王世充欣然笑道：「我現在只是叫你去偷去搶，又不是叫你捧著它來打坐練功，你怕甚麼呢？只要你把寶璧拿到手，交給接應的人，便完成任務。」

寇仲奇道：「若只是在練功時它才會生出影響，那師妃暄爲何不帶它在身上，尚書大人不是要害我吧？」

王世充微笑道：「我最喜歡就是你這種直性子的人。和氏璧在兩種情況下會影響主人，一是打坐冥思，另一是與人動手行功運氣之時。所以無論是寧道奇又或師妃暄，絕不會捧著和氏璧四處走。」

寇仲一想也有道理。假若師妃暄帶著和氏璧時遇上婠婠，豈非糟糕透了。點頭道：「這個解釋倒有點道理，不過若我是師妃暄或寧道奇，必會把和氏璧藏在一個絕沒有第二個人知道的地方，令人無從下手。」

王世充從容道：「你這想法很有道理，但只是常理，不能應用到像和氏璧這一類的異寶上。從歷史觀之，和氏璧失去後總有方法教人尋找回來，它或發出奇怪的光芒，甚或默默召喚有緣之人，諸如此類。所以師妃暄若要保住和氏璧，必須交由她信任的人保管，明白嗎？」

寇仲皺眉道：「仍只是勉強明白了一部份。」

王世充似是心情極佳，欣然道：「還有甚麼不明白的地方呢？」

寇仲道：「我不明白之處，是王公你大有資格成爲被師妃暄挑中作爲和氏璧眞主，那時天下群豪俯從響應，又有寧道奇和整個慈航靜齋帶髮或光頭的尼姑撐腰，豈非勝過現在去幹偷雞摸狗見不得光的勾當嗎？」

王世充苦惱道：「你若是師妃暄，在李密和我之間會挑選誰人，只以我是胡人的身分，已絕不會入選。」頓了頓，續道：「所以我要央你爲我盜寶。因爲誰都以爲你寇仲不會聽人差遣，因而不會牽連到我身上來，這個忙你定要幫我，否則若讓李密得到寶璧，我和你休想有安樂日子。」

寇仲苦笑道：「王公打的確是如意算盤，但你不怕我得寶後會據爲己有嗎？」

王世充微笑道：「你得到和氏璧有甚麼用呢？古語也有云懷璧其罪。此璧正就是和氏璧，即使你蠢得將它據爲己有，總好過讓它落在李密或竇建德、李淵等人手上呀！」

寇仲心忖你這麼想就最好，故作煩惱的道：「好吧！和氏璧究竟在甚麼地方呢？」

王世充淡淡答道：「我不知道！」

寇仲愕然叫道：「甚麼？」

徐子陵正要走出橫巷，後方一聲乾咳傳至。他心中一懍，猛地回頭，見到戴上面具的跋鋒寒迅快來到他身旁，扯著他走向大街，道：「我替你把那人滅了口哩！究竟發生了甚麼事？看你的樣子是要到上官龍處大殺一場，但這麼做只是匹夫之勇，和去送死沒甚麼分別。」

徐子陵醒悟過來，轉頭瞧了落在右後方對街處的上官龍華宅一眼，道：「你說的陰癸派長老，便是上官龍吧！」

跋鋒寒點頭應是。當徐子陵把剛發生的事扼要說明後，跋鋒寒駭然道：「你眞是毫不畏死，明知婠妖女和邊不負大有可能藏在上官龍府內，你仍要硬闖進去爲手下報仇。幸好我到來查探，否則就截不著你。」又扯著他轉入一條橫街道：「來！我帶你去看一處地方。」

王世充微微一笑，從懷裏掏出一卷帛圖，攤在桌面上道：「這是位於洛陽城南郊野淨念禪院的示意圖，淨念禪宗一向與慈航靜齋關係密切，也學靜齋般從不捲入江湖的紛爭中，在武林中雖不著名，但卻有崇高的地位。所以師妃暄除非不把和氏璧交給別人，否則必是交予淨念禪院的禪主了空大師保管。最妙是由於和氏璧的怪異特性，沒人敢與接近，故和氏璧定是藏在寺內某處與人隔離的地方。」

寇仲朝寺圖瞧去，只見殿宇重重，頭皮發麻道：「要在這麼大的地方走上一圈，恐怕要花大半天，如何可以找到和氏璧？」

王世充苦笑道：「若是容易的事，我早遣人去做了。事實上我手下能人雖眾，但卻沒有一個在才智上及得上你，加上你又有兩個好幫手，理該比其他人更有機會。」

寇仲挨到椅背處，嘆息道：「了空的武功如何？」

王世充若無其事的道：「不知道！」

寇仲差點從椅上彈起來，失聲道：「甚麼？難道沒有人見過他？」

王世充無奈答道：「當然有人見過他，我也曾和他見過兩面，不過他修的是『閉口禪』，從不與人說話。」

寇仲訝道：「憑王公的眼力，仍看不破他的深淺嗎？」

王世充困惱地道：「能練得『閉口禪』的和尚，自然該是深藏不露的人吧！我甚至連他是否懂武功也不曉得，只知道他座下四大護寺金剛，全是深不可測的高手，否則就不用勞動寇公子的大駕了！」

寇仲苦笑道：「你比師妃暄更懂選人。最惱人是王公你只是事事憑空猜估，若我拚死打遍全寺仍找不到和氏璧，豈非冤哉枉也。」

王世充雙目放光道：「只要有一分機會，我們也不該放過。否則如讓李密得到和氏璧，你和我都只能拋棄尊榮，甚至過著任人宰割的日子。」

寇仲嘆道：「既是如此，聖上你怎麼說我就怎麼辦好了！」

跋鋒寒指著對街宅舍重重的一座院落道：「這是洛陽最著名的青樓曼清院，最紅的三個妓女是清菊、清蓮和清萍，人稱『曼清三朵花』，老闆就是子陵你恨不得將其碎屍萬段的上官龍。」

街上行人熙攘，熱鬧非常，他們要退在一旁，才不會阻礙行人。此時太陽快要沉沒在西山之下，有些店舖已亮起燈火。

徐子陵冷然道：「上官龍今晚是否會到這裏來？」

跋鋒寒道：「他在這裏有間長房，表面上是用來招呼朋友，實際上卻是收集各方面來的情報。」

徐子陵訝道：「東溟派爲何知道這麼多隱秘的事呢？」

跋鋒寒皺眉道：「這個我也不太清楚，問了琬晶兩次，她並沒有正面答我，我只好知情識趣不再問她。但琬晶既有邊不負這父親，又假若東溟夫人是琬晶的親母，那東溟派必和陰癸派有一定的淵源，故比別人知得更多有關陰癸派的事。」

此時有一批胡商想進入兩人身後的舖內看貨，他們識趣地退到一旁，跋鋒寒乘機扯著他繼續漫步，道：「琬晶對邊不負深惡痛絕，但又自知難以狠心下手殺他，而且這亦非容易之舉，所以央我爲她辦這件事。事實上邊不負確是強橫之極，即使我們三人聯手，若沒有有利的環境配合，休想留得住他。」

徐子陵邊行邊在他耳旁低聲道：「她要對付陰癸派，不怕陰癸派報復嗎？」

跋鋒寒道：「這正是琬晶要透過我來對付邊不負的另外一個原因。因爲只是南海派已使琬晶窮於應付，若再公然惹上陰癸派這硬得無可再硬的敵手，東溟派說不定會有滅派大禍。」

徐子陵愕然道：「南海派是甚麼東西？爲何我從未聽過。」

跋鋒寒啞然失笑道：「南海派並非甚麼東西，而是海南一座大島上名震南方的第一大派，聲威僅次於宋閥，其掌門梅洵七年前只二十歲就登上掌門之位，擅使長槍，非常有名。」

徐子陵嘆道：「中原實在太大了，奇人異士數不勝數，怎麼聽都聽不完。」

兩人再步上新中橋，沿著洛水朝東走，順道去與寇仲會合。

跋鋒寒微笑道：「不過南海派最令人驚懼的卻非梅洵，而是他的師公『南海仙翁』晁公錯，此人論資排輩，又或以武功而言，都可列入中原前十名的高手內，比之寧道奇亦所差無幾，幸好他已退隱多年，否則琬晶會更頭痛。」

徐子陵有點明白的道：「難怪你對中原的事如此瞭如指掌，至少有這位東溟公主肯毫無保留的向你提供資料。」

跋鋒寒淡然道：「早在突厥之時，我已知道很多關於中原的事。來！我們在堤邊坐下等仲大少好了！」

坐好後，徐子陵瞧著一艘在夕陽下駛過洛水的帆船，滿懷感觸地道：「你看這艘船多麼自由寫意，縱是在鬧市中心，但一切人世間的鬥爭似與它沒有半點關係，而我和你則深深被捲進了凡塵的是非圈內，難以脫身。」

跋鋒寒哂道：「子陵對這人世絕對是個不情願的參與者，不過即使是這條船，實情亦像我們般在人海中打滾。閒話休提，不如我們研究一下如何可活擒上官龍，再逼問出你瑜姨的去向。」

此時寇仲到了，興沖沖的跪倒兩人身後，神秘兮兮的道：「今晚我們去偷和氏璧好嗎？」

兩人聽得愕然以對，面面相覷。

三人戴上面具，換上一般江湖人物的裝束，坐在曼清樓對面街一座飯館靠街的座席，正享受膳後的甜點。

寇仲把王世充的話一點不漏地轉述完畢。跋鋒寒首先道：「原來和氏璧如此怪異，不過若慈航靜齋和寧道奇都勘破不了它的變幻秘密，恐怕天下再無人有辦法了。」

寇仲笑嘻嘻道：「管它有甚麼怪用奇蹟，最重要的是破壞師妃暄和李世民小子的好事。將來到我起事，便以之爲帥印，想想也風光過癮！你兩人究竟幫不幫我。」

跋鋒寒正容道：「幫你沒有問題，但得寶後須給我研究個十天八日才成。」

寇仲哈哈笑道：「這個當然沒有問題，大家既是兄弟，自須有福同享，有禍同當。」

跋鋒寒苦笑道：「你倒懂得打蛇隨棍上。咦！子陵爲何眉頭深鎖？」

徐子陵嘆道：「以鋒寒兄的見聞廣博，對淨念禪院似亦從未得聞。只此可知禪院裏的乃眞正方外高人，不問世事。我們卻要去擾他們的清淨，小弟怎快樂得起來。」

跋鋒寒冷哼道：「他們若眞是不問世事，就不該沾手和氏璧，若沾手和氏璧，便不能怪我們去盜寶。」頓了頓後，拍拍徐子陵肩頭微笑道：「子陵放心吧！我們先設法肯定和氏璧藏在寺內，然後動手或偷或搶，你便不用心中不安樂啦！」

寇仲愕然道：「想不到老跋能這麼體恤陵少。」

跋鋒寒哂道：「我跋鋒寒罕有與別人交朋友的，不知爲何卻偏與你們投緣，既是朋友，自應體諒對方，爲對方著想，如此方爲交友之道。」

寇仲皺眉道：「我不是不想爲小陵著想，但你剛才提出的辦法卻是知易行難。試想偌大一座禪院，除非騷擾其中一個和尚的清靜，抓起他來拷問，否則如何知道和氏璧是否在寺內？」

跋鋒寒胸有成竹道：「解鈴還需繫鈴人，你們先聽我的推論吧！」

兩人訝然道：「甚麼推論？」

跋鋒寒油然道：「假設那叫秦川的眞是師妃暄，那她可能剛從寧道奇手上接過和氏璧，便去考較李世民做未來天子的資格。於是給子陵感應到她身懷寶物——」

寇仲一震道：「我明白了。所以只要子陵到淨念禪寺閒逛一週，即可探知和氏璧藏在何處，又或根本不在寺內了！果是好計。」

跋鋒寒雙目閃閃生輝，沉聲道：「不過我們的如意算盤可能會完全打不響。」

徐子陵點頭道：「師妃暄既放心把和氏璧交給了空禪主保管，自是確信他有護寶的能力。只看他修的是甚麼『閉口禪』，又連王世充都看不破他的深淺，便知他的功行修養均是非同小可。」

寇仲道：「如果可輕易盜寶，王世充早已出手。咦！這事有點不妥當。」

兩人齊瞪著他。

寇仲露出回憶思索的神情，道：「當我問王世充爲何他自己不派人去盜寶時，他露出苦澀的神情，像是吃了啞巴虧的悽慘模樣。說不定他已曾派高手去探過虛實，卻是鎩羽而回，所以央我們出手。」

跋鋒寒和徐子陵聽得眉頭緊鎖，因爲若已打草驚蛇，縱使師妃暄不移寶別地，淨念禪院也將提高警戒，使盜寶一事困難大增。

徐子陵點頭道：「你這推測合情合理。我不信王世充肯在這麼短的時間如此信任你。且誰都看出你是野心極大，不肯屈於人下的野心家。所以說不定是他借刀殺人之計。和氏璧根本不在寺內，這叫狡兔未死，走狗先烹。」

寇仲苦笑道：「兄弟又來耍我！」

跋鋒寒啞然失笑道：「眞拿你兩人沒法。不過子陵的推測非常合理，整件事可能是王世充揑造出來的陰謀陷阱。和氏璧根本一直由師妃暄隨身携帶，至少在今早是那樣。咦！上官龍的馬車到了！」

跋鋒寒大步走到街上，正要橫過車水馬龍的繁華大道，給徐子陵和寇仲分別左右拉住，奇道：「你們扯著我幹甚麼？」

寇仲尷尬地道：「忘了告訴你我兩人從來欠了青樓運，到青樓去沒有一次是有好結果的。」

跋鋒寒啞然失笑道：「竟有這麼一回事，那現在我們該否回家睡覺？或是由我將上官龍轟下街來，再由你們動手收拾。」

徐子陵斷然道：「今晚當然要動手，但至少你該告訴我們你的作戰大計吧！」

跋鋒寒灑然道：「對付一個陰癸派的大嘍囉，何需甚麼手段。就以馬賊殺人的方式，來個迅雷不及掩耳，硬闖進去，擄人後找個地方由我行刑拷問，包他連歷代祖宗也要和盤托出。」

寇仲哂道：「這不就是計劃嗎？三十六計中這叫以快打慢，攻其不備。不過似乎你該告訴我們上官龍那間長房在哪一座院落和廂房，免得我們摸錯門口。」

跋鋒寒苦笑道：「這個恕我難以從命，因爲我也不知道。所以準備逐屋搜尋，鬧他一個天翻地覆，舒舒手腳。」

徐子陵和寇仲愕然以對。

跋鋒寒微笑道：「我辦事，兩位老弟請放心。我只是和你們開個玩笑吧！來！青樓是只要囊中有金就可進去的地方。先找四、五個美妙姑娘來談談心再從長計議好了！」

寇仲奇道：「我們只有三個人，為何你卻要找四、五個那麼多來陪我們？」

跋鋒寒凝望著對街曼清院的正門，目送一輛華麗的馬車駛進外院的大門，油然道：「這招是三十六計外的第三十七計，叫僧多粥少。在群女競爭下自會便宜了食色性也的諸君子，像你們的初哥定要學曉此計。」

寇仲和徐子陵均覺好笑，心想又會有這麼多學問。和跋鋒寒接觸多了，愈感到他非如外表般的冷酷無情，還要比一般人風趣多了。

此時有數人來到曼清院外，略一停步，昂然走了進去，其中一人風度翩翩，寇仲和徐子陵同時低呼道：「宋師道！」竟然是久違了的宋閥高手，宋玉致的二兄宋師道。想起當日宋師道因對傅君婥生出愛慕之心，邀他們乘船西上，其時的情景仍歷歷在目，有如在昨天發生。不由生出感觸。

三人橫過大街，又再有兩三起武林人物進入院內，像約好了似的。

跋鋒寒低聲道：「情況有點不對頭，曼清院定然有事將會發生。」

徐子陵和寇仲點頭同意。但因此時已到達院門前，不便交談，只好悶聲不響，邁步進門。

把門的數名大漢伸手攔著三人道：「今晚曼清院給長白的王爺包了，沒有請柬的恕不招待。三位請到別家去吧！」

寇仲一呆道：「洛陽有『皇爺』不稀奇，長白哪來甚麼『爺』呢？」

把門的大漢見三人體型雄偉，又一個疤臉，一個麻臉，一個黑臉，顯非善男信女，惟有沒好氣的解釋道：「王爺就是『知世郎』王薄大爺，而非甚麼皇爺。」

三人均聽得心中一震。王薄乃長白第一高手，若只論武功，在北方聲名之盛，尤在李密、杜伏威等人之上，寇仲和徐子陵更和其子王魁介交過手，其武技已可躋身一流高手的位置。由此即可推知王薄的高明。令人不解的地方，是王薄一向雄霸長白一帶，爲何竟會忽然到了洛陽，還大事張揚的包起了曼清院來大宴江湖朋友？這豈非視王世充如無物。不過再向深處想，王世充現在確是無暇去對付王薄。

寇仲哈哈一笑，見風轉舵道：「我們當然知道王公是誰！只是開個玩笑吧！我們今晚正是應約而來，不過因去方便了一轉，走慢半步，剛才入去的宋師道兄，是和我們一夥的，我們的請柬在他身上。不信嗎？麻煩老兄你帶我們去與他會合可問個明白！」

那批把門大漢無一不是老江湖，哪會這麼容易被他誆倒。其中一人笑道：「原來是宋大爺的朋友，請問三位高姓大名，待小人去問過宋爺，然後再爲三位爺們引路。」

此著早在寇仲算中，欣然道：「告訴宋爺就說傳人中到了！」那人匆忙去了。

三人識趣的站到一旁，以免阻礙其他賓客內進。來者不絕如縷，看氣派盡是江湖上有頭有臉的人物。

寇仲乘機探聽消息，先向其中一個把門的旁敲側擊的問道：「你們曼清院有多少位姑娘？你這位大哥貴姓？」

他問的是個年紀較大的漢子，人通常因經歷多了，都不願因小事開罪別人。

果然那人答道：「小人叫李雄，你們定是初抵洛陽的。我們曼清院共有三百多位姑娘，全是千中挑一的精選。」

徐子陵卻沒有興趣聽他們的對答，扯著跋鋒寒移離三、四步，低聲道：「王薄在此宴客的事理應無人不曉，爲何公主沒有告訴你？」

跋鋒寒皺眉道：「她並不知道我會向上官龍下手，不過她若知而不告，總有點問題。」

此時又有一批十多人持著請柬步入院門，徐子陵眼角瞥處，其中一人赫然是李靖，知他認得自己的疤臉樣兒，嚇得慌忙背轉身，又佝僂起身體。正套取情報的寇仲亦嚇得閉口不語，怕李靖認出他的聲音來。

李靖等還以為三人是把門的人，不以為意的進去了。

跋鋒寒湊到徐子陵耳旁道：「又會這麼巧的，剛生疑問，便有答案了。」

徐子陵愕然道：「甚麼答案？」

跋鋒寒苦笑道：「剛才琬晶穿上男裝，傍著不用說都是李世民那小子的人進來，明白了嗎？」

寇仲來到兩人旁，低聲道：「原來今晚這裏會同時有兩件盛事，一文一武，你們說是否精采！」

跋鋒寒神色復常，笑道：「說來聽聽。」

寇仲道：「文的是名聞天下的才女尚秀芳會在此表演一場歌舞，武的則是在王薄主持下，兩大域外高手將決一死戰。」接著神秘兮兮的道：「其中一個還是我們的老朋友！」

兩人訝道：「是誰？」

寇仲笑道：「不就是曲傲那老小兒。」

徐子陵和跋鋒寒聽得面面相覷。

「鐵勒飛鷹」曲傲乃緊追畢玄那般級數的頂尖高手，他不來找你麻煩已可酬神作福，現在竟有人膽敢跟他對陣決戰，自教人意想不到。

跋鋒寒沉聲道：「另一個是誰。」

寇仲道：「另一個來自吐谷渾，至於名字則尚未探得到。」

跋鋒寒一震道：「定是吐谷渾王伏允之子伏騫，我在北疆時早聽過此人，擅使長矛，在戰場上神勇蓋世，只他有此膽量和資格挑戰曲傲。」

寇仲和徐子陵同時記起劉黑闥曾提過這個人。還說吐谷渾和鐵勒乃是死敵，難怪到了中原仍不肯放過對方。

寇仲咕噥道：「原來是那個自嬰孩時期便留著鬚髯的小子。哈！」

宋師道的聲音遠遠傳來道：「人中！原來是你們來了！」

寇仲和徐子陵轉過身去，與正走來的宋師道打了個照面。

宋師道明顯認不出改了容的他們，愕然止步。

寇仲迎了上去，低呼道：「是我！不過戴了面具，唉！我娘死了。」

兩人以前對宋師道因傅君婥的關係，存著孩童式的嫉忌。但現在傅君婥已死，此時見到宋師道原本烏黑的頭髮，兩鬢已有些許星霜，雙目透出幽鬱難解的神色，都心生感觸，像見回親人般，湧起難言的滋味。

宋師道軀體微震，仰首望天，眸子隱泛淚光，長長吁出一口氣，又垂頭沉聲道：「是否宇文化及那奸賊下的手。」

寇仲頹然點頭。

宋師道狠狠道：「好！好！」接著仰天打了個哈哈，充盈著難解的悲憤之情，朗聲道：「我們進去再說！」轉頭領路先行，步履踉蹌，顯是情懷激動，難以自已。

寇仲和徐子陵哪想得到宋師道這種外表風流瀟灑的人物對傅君婥用情如此之深，既感可惜，又心酸難禁。正舉步欲行，後方足音輕響。回頭望去，貌美如花的沈落雁已把嬌軀移入兩人中間，一對玉臂穿進他們臂彎內，媚笑道：「找得你們眞苦呢！仲少爺你只得一副面具嗎？是魯妙子製造的精品吧？」

跋鋒寒移到三人身後，變得宋師道和跋鋒寒一前一後，寇仲、徐子陵和沈落雁則在中間，各懷心事的朝曼清院的主堂走去。

寇仲感到沈落雁柔軟又充滿彈性的酥胸緊壓到左臂處，心中微蕩，回頭與跋鋒寒交換個眼色，卻見沈落雁沒有隨人，奇道：「沈軍師爲何隻影形單？你的世勣情郎沒空陪你嗎？」

沈落雁先瞅了神情肅穆，像對她的親熱完全無動於衷，只凝視前方宋師道背影的徐子陵一眼，笑靨如花、媚態橫生的道：「人家像你們般遲來一步嘛！你們是到二少爺的廂房吧！姐姐待會再來找你們談心好了。唉！扔掉這三副面具吧！你們這麼見不得光嗎？」鬆開玉手，在寇仲和徐子陵踏上主堂正門的台階前，停了下來。

跋鋒寒來到她旁邊，淡淡笑道：「要殺我們請勿錯過今晚，否則說不定再沒有這麼方便的機會。」

沈落雁秀目殺機一閃即逝，沒有答話。

曼清院不愧爲洛陽最具規模的青樓，設計更是別具特色。王薄宴客的地方是主堂後的「聽留閣」。由東南西北四座三層重樓合抱而成，圍起中間廣闊達五十丈的園地。重樓每層均置有十多個廂房，面向園地的一方開有露台，令廂房內的人可對中園一覽無遺。比之南方的建築，曼清院明顯是以規模宏大，豪華富麗見勝。特別與江南一帶淡雅樸素、精緻靈秀的宅園迥然有異。「聽留閣」充分體現出「隔」與「透」的結合和運用。把一種龐大、嚴實、封閉的虛實感覺發揮得淋漓盡致。雖以樓房為主體，但實質上卻以中園為靈魂，把裏外的空間結合為一個整體，以有限的空間創造出無限的意境。重樓向中園的一面都建有相通的半廊，不但加強了中園的空間感，更使四座重樓進一步連接在一起。

園的核心處有個大魚池，更為這空間添置了令人激賞的生機。水池四周的空地是青葱的綠草和人工小溪，以碎石的小路繞池而成，從高處瞧下去可見由小路和綠草形成賞心悅目的圖案。當小路遇上溪流，便成拱起的小橋，使整個園景絕不落於單調沉悶。無論是有人在園中表演又或決鬥，四面重樓廂房的人可同時觀賞。可見王薄的確懂得挑選地方。

三人隨著宋師道登上位於北廂頂樓的廂房，既感今晚刺激有趣，又暗自叫苦，在這樣的情況下，如何可向上官龍下手？

這時四座三重樓閣每間廂房燈火通明，加上繞園的半廊每隔數步掛上宮燈，映得整個中園明如白晝，加上人聲喧鬧，氣氛熾熱沸騰。

宋師道在一道門前停下來，仰首深吸一口氣，情緒稍稍回復。寇仲、徐子陵和跋鋒寒三人來到他身後，靜待他發言。

廊道上盛裝的美妓俏婢花枝招展的往來於各個廂房之間，看得人眼花撩亂。見到四人，媚眼頻送，不過顯然對英俊的宋師道興趣最大，因為三人戴上面具，掩蓋了他們非凡的長相。

宋師道卻是視而不見，低聲喟然道：「我一直不肯接受君婥死了的事實，蒼天何其不仁，春未殘花已落，我定要手刃宇文化及那奸賊。」

三人都想不到宋師道用情如此之深，一時說不出話來。

宋師道嘆道：「三妹不想見小仲，我已請人安排了隔鄰另一間廂房，來吧！」

寇仲愕然和徐子陵交換了個眼神，知道宋玉致也來了。

宋師道把杯中烈酒一飲而盡，寇仲剛將傅君婥死前的情況詳細道出。其他廂房笑語遠喧，猜拳鬥酒的聲音夾雜在絲竹弦管中，令曼清院似若燃著了生命的熊熊烈燄。惟獨這個廂房人人神情肅穆，俏婢美妓都不敢上來打擾。跋鋒寒最是尷尬，直到此刻宋師道連他的名字尙沒問過半句。宋師道瞧著寇仲再爲他桌上的杯子斟滿第五杯酒，靜默得像沒有任何生命的石雕像。

寇仲探手脫掉面具，吁出一口氣道：「戴著這鬼東西眞不舒服。」

徐子陵和跋鋒寒亦覺得戴上面具再沒有掩飾的作用，隨手脫掉。

宋師道像全不知道他們幹甚麼的沉聲問道：「君婥沒有提起過我嗎？」

寇仲和徐子陵面面相覷，無言以對。

宋師道慘然一笑，拿著杯子長身而起，面對平台下有若一幅精美大圖案的中園，搖頭嘆道：「無論她怎樣對我，我對她的情此生無悔。那小谷在甚麼地方，待我殺了宇文化及後，到那裏結廬而居，令她不會寂寞。」

徐子陵胸口像給千斤重石壓著般，呼吸困難的淒然道：「將來若有機會，我帶二公子到那裏去探娘吧！」

宋師道搖頭道：「不！我只想一個人到那裏去。只要你們告訴我大約的位置，我有把握尋得到。」

寇仲乾咳一聲道：「告訴二公子沒有問題。嘿！但可否談點條件呢？」

宋師道大訝道：「這也要談條件嗎？難怪三妹不歡喜你。」

寇仲大感尷尬道：「我只是希望二公子能把殺宇文化及的事，讓給我們這兩個作兒子的去辦罷了！」

徐子陵接口胡謅道：「娘在臨終前，曾囑我們練好武功，好去爲她報仇的。」

宋師道默然片晌，頹然道：「好吧！憑你們刺殺任少名的身手，去對付宇文化及該沒有問題。」跟著雙目異芒大作，催道：「快說你娘墓地所在！」

寇仲與徐子陵交換了個眼神，斷然起立，湊到宋師道耳旁，說出了小谷的位置。宋師道聽畢，把杯中酒盡傾口內，哈哈一笑，欣然坐回位子內。三人目瞪口呆的瞧著他。

宋師道像傅君婥根本尚未身故，而他又已娶了她爲妻般，輕鬆的道：「今晚事了之後，我到那裏去陪君婥。」接著向跋鋒寒灑然笑道：「這位是否跋兄，即使以突厥人來說，也少有長得像你般奇偉雄悍。」

跋鋒寒正留神門外各式人等的往來情況，聞言回過神來，淡然道：「跋某人亦常感到上天待我不薄，故誓要以『不負此生』作回報。」

「砰！」宋師道完全恢復了往昔的風度，拍檯讚道：「不負此生，說得好！小仲斟酒，讓我敬跋兄第一杯。」

寇仲忙扮出謙虛誠實兼忠厚的怪模樣，爲兩人斟酒，設法沖淡剛才那股悲鬱難舒的氣氛。

跋鋒寒與宋師道對視半晌，哈哈笑道：「我跋鋒寒一向看不起高門大族的人，深信凡是豪門都會生敗家子。可是見到二公子能對一個只有一面之緣的女子如此情深如海，此生不渝。令我聯想起自己對武道的刻意追求，心裏對二公子只有一個『服』子，這一杯我就破例乾了。」

寇仲和徐子陵呆瞪著跋鋒寒，他們已久未得睹他這種霸道和鋒芒畢露的神態，心中均升起異樣的感覺。

宋師道微一錯愕，接著啞然失笑道：「上天既然待你不薄，跋兄弟又何須仇視其他同樣幸運的人。事實上這都是『心』的問題。像我知道君婥在那裏後，我便感到她在我心中復活過來，人生再無憾事。來！乾杯！」

「叮！」

對杯相碰。兩人均一飲而盡。

跋鋒寒雪白如玉的完美臉龐掠過一絲紅暈，迅又逝去，一對虎目精芒爍動，就那麼以衣袖抹掉嘴角的酒漬，冷冷道：「這杯就當是為我挑戰曲傲一壯聲色。」

寇仲和徐子陵同時失聲道：「甚麼？」

跋鋒寒雙目神光更盛，充盈著強烈的鬥志和信心，仰天大笑道：「曲傲那天殺不死我，實是他一生人最大的失誤。因為我已摸清楚他的底牌，所以怎能錯過此等良機。」

寇仲和徐子陵又大吃一驚，暗忖這回眞是乖乖的不得了。跋鋒寒雖是罕有的武學奇才，但礙於經驗、火候、功力，始終該與名揚域外數十年的曲傲尚有一段距離。

徐子陵被寇仲在檯底踢了一腳後，忙進言道：「跋兄若出手，不論勝敗，我們今晚休想拿得著上官龍那小子！」

宋師道一呆道：「洛陽幫的上官龍和你們有甚麼恩怨？」

寇仲苦笑道：「還不是因爲娘的妹子瑜姨。只有抓起上官龍來毒打一場，才有辦法救她。」

宋師道劇震道：「君婥竟有妹子？」

寇仲心中一動，湊過去眉飛色舞的道：「還長得很像娘呢！但不是形似，而是神肖，二公子一看便知。」

宋師道皺眉道：「爲何你們總是二公子前、二公子後的喚我？」

寇仲的笑容更苦澀了，尷尬但又老老實實的答道：「難道喚你作宋叔叔嗎？那我該叫你的三妹作甚麼？」

房內靜默了剎那光景，像時間已凝固了，接著幾個人同一動作的捧腹大笑，笑中卻有淚光。

寇仲忍著笑探手拍拍跋鋒寒的寬肩，湊過去道：「老跋你還是乖乖的助我們去救瑜姨算了。」

跋鋒寒嘆道：「我這人決定一件事後，從不回頭。何況在今晚的情況下，要刺殺上官龍還可以，活擒他卻是休想。」

宋師道微笑道：「若有我幫手，情況完全兩樣，對嗎？」三人呆了一呆，接著同時點頭。憑著宋閥的聲譽威望，要讓上官龍上個當，並非不可能的事。若然可以用計智取，自然勝於單憑武力。

「篤！篤！篤！」敲門聲響。一把悅耳的男聲響起道：「在下秦川，不知宋師道兄是否大駕在此？」

徐子陵、跋鋒寒和寇仲愕然互望。秦川豈非是師妃暄。難怪她到了門外衆人仍不生警覺。

宋師道驚異不定的道：「門沒有下閂的，秦兄請進！」

秦川在門外答道：「小弟有幾個問題，隔著門說，會比較方便點。」

宋師道皺眉道：「秦兄可否介紹一下自己，否則請恕宋某不肯回答隔門而來的問題。」

秦川淡然自若道：「人說宋閥以宋師道最是英雄了得，心懷大志，若只拘於身分關係，便拒問題於門外，秦某只好死心一走了之。」

宋師道哈哈笑道：「好一個『拒於門外』，確是說得有理，問吧！」

徐子陵三人明白過來，知道師妃暄在進行她挑揀皇帝的玩意兒。

秦川平靜地道：「我想問宋兄人生的意義是在哪裏？」

宋師道愕然半晌，嘴角露出一絲苦澀的笑意，神情落寞的答道：「在今夜以前，人生的意義在於能否盡展胸中抱負，成就一番有益人世的功業。但現在只覺生也如夢，死也如夢，人生只是一場大夢，每個人都在醉生夢死，浮沉於苦海之中，難以自拔。」

徐子陵等聽得直搖頭，暗忖師妃暄會揀宋師道才是怪事。

門外的秦川默然片刻，輕嘆道：「宋兄這番話實是發人深省，不過人來到塵世裏，有所不爲外還須有所必爲，宋兄所爲的又是何事？」

連跋鋒寒也露出欣賞的神色。秦川話內的機鋒確是無比出色。

宋師道苦笑道：「現在我只想喝兩杯酒，秦兄不如進來和我碰碰杯子好嗎？」

秦川淡淡道：「我明白了，小弟告退！」

寇仲一個箭步撲到廂門處，拉開房門，探頭外望，秦川已不見影蹤，忙抓著個經過的俏婢問道：「剛才站在門外的人是甚麼樣子的？」

俏婢嬌笑答道：「剛才哪有人呢？」又瞄了房內三人一眼，美目立時亮起來，獻媚道：「四位大爺不用婢子侍候嗎？」

寇仲哪有心情和她胡混，微笑道：「我們正在開機密會議，不必了！」不理她一臉失望，就那麼的關上房門，大惑不解道：「怎會是這麼樣？」

跋鋒寒皺眉道：「這可能是一種神乎其技的傳音術，能以武功駕御聲音，造成這種人在門外的效果。但她的人亦該在附近某處。」

寇仲瞧著徐子陵道：「陵少有甚麼感應？」

徐子陵思索道：「我沒有絲毫感應。」

跋鋒寒和寇仲同時一震，齊叫道：「那即是說——」又齊齊住口。

宋師道一臉茫然道：「那即是甚麼呢？」

寇仲嘻嘻笑道：「沒甚麼！那即是表示這秦川很厲害，所以小陵一點不覺。」

徐子陵當然知道跋鋒寒和寇仲想到的是和氏璧該不在師妃暄身上，否則自會生出感應，此點極爲重要，已可間接證實王世充沒有說謊。如此重要的寶物，不隨身携帶，必然有特別的理由。

宋師道給「秦川」勾起心事，又喝了兩杯悶酒，起立道：「王薄戌時中才到，尙有大半個時辰，晚宴才正式開始。你們要不要召幾個美人兒來陪酒消遣？」

寇仲等知他要離去，站起相送。

徐子陵道：「我們只想靜靜的喝杯水酒。」

宋師道朝廂門走去，點頭道：「那樣也好，待我到鄰房交代幾句後，再過來和你們商量救人的大計。」

跋鋒寒道：「跋某有一事請教，王薄遠在長白，爲何忽然會在洛陽宴客，又安排伏騫與曲傲的決鬥，還請得紅極一時的尙秀芳來獻藝？」

宋師道皺眉道：「這個恐怕誰都不大清楚。自半年前王薄宣布放棄爭天下後，在江湖上的聲望不跌反升。所以這回發出英雄帖，廣邀朋友到洛陽觀戰，更碰上和氏璧一事，所以誰都生出不想錯過的心意。」又微笑道：「我順便去和上官龍打個招呼，探聽一下敵情，回頭再向三位報告。」再對寇仲道：「剛才是三妹從『人中』猜到是個『仲』字，否則我也一時想不到是你們。」

宋師道去後，三人重新坐好。

跋鋒寒皺眉道：「此事非常奇怪，今晚之會會否是陰癸派的一個陰謀呢？因爲曲傲一向與陰癸派有勾結，曼清院更屬上官龍所有。」

寇仲笑道：「假若能一舉把來赴宴的人全部殺死，的確便宜了陰癸派。不過這是沒有可能的，即使王世充也不敢在自己的地頭幹這種蠢事。」

徐子陵猜道：「會否是陰癸派研製出一種厲害之極的毒藥，一流高手都要上當，事後則可把一切責任推在王薄身上。」

寇仲搖頭道：「世上仍沒有一種這樣的毒藥，照我看曲傲這次到中原來是有很大野心的，故想藉此立威，又可除掉伏騫這眼中釘，一舉兩得，何樂而不爲？」

跋鋒寒道：「曲傲和伏騫兩個名字掉轉或差不多！不過也難怪仲少會猜錯，皆因不知道伏騫的厲害。王薄退出爭天下，說不定與他有關係。」

寇仲咋舌道：「你是說伏騫有勝過曲傲的機會嗎？」

跋鋒寒道：「這個實在難說，但我們曾和曲傲交過手，你們不覺得曲傲並非若我們想像中那麼厲害嗎？在西域時我曾聽過人說曲傲近年縱情酒色。要知武功一事，有如逆水行舟，不進則退。看來此言不假。」

徐子陵吁出一口涼氣道：「他退步了仍這麼厲害，若沒有迷於酒色，我們豈非早完蛋大吉。」

跋鋒寒微笑道：「每個人自出娘胎後，便要和別人競爭，想出人頭地，自要付出代價。不過創業雖難，守成則更難，邦國如是，武功亦如是。」

寇仲像沒有聽到兩人的對答般，忽然插入道：「假若我們能在今晚這種沒有可能的情況下，抓走上官龍，豈非痛快之極。」

徐子陵點頭道：「世上沒有不可能的事。但問題是上官龍既為陰癸派的重要人物，手底下定是很硬，我們卻要活擒他，一次不成以後休想再能攻其不備，所以沒有七、八成把握，不宜輕舉妄動。」

寇仲道：「只要他落了單我們便有辦法，他怎都強不過邊不負吧！」

跋鋒寒搖頭道：「上官龍肯定是老奸巨猾的人，否則不能在陰癸派坐上這重要職位。即使宋二公子肯幫我們，也休想可把他騙到無人的地方下手。」

寇仲像想起甚麼好笑的事般，欣然道：「他上茅廁時總不能大批人前呼後擁吧？」

兩人為之莞爾。

徐子陵笑罵道：「首先你要肯定他會於何時和會到何處方便。只是這寶貴情報已是不易取得，還要他真個前去才行。咦！」

兩人知他才智高絕，拏眼瞪他，想聽他想到了甚麼。

徐子陵苦笑道：「不要那麼瞧我，我只是隱約把握到些甚麼似的，卻毫不實在。」

跋鋒寒道：「横豎我們現在一籌莫展，你何不說來聽聽。」

徐子陵道：「我們之所以把目標鎖定在上官龍身上，皆因他在陰癸派身分夠高，知曉很多陰癸派的機密，必要時尚可用他來交換瑜姨。但問題若只是要肯定瑜姨的行蹤下落，抓起上官龍左右手那類的人物，亦可以清楚這方面的消息，卻容易多了。」

寇仲想起包志復三人的慘死，雙目殺機大盛，道：「只要肯定瑜姨沒有落在陰癸派手上，今晚我就挑戰上官龍，取他狗命。」

跋鋒寒道：「曲傲交由我負責好了。」

徐子陵皺眉道：「這樣把事情鬧大，對我們有害無利。如果婠妖女或邊不負扮作上官龍的手下出來應戰，仲少仍這麼有把握嗎？」

寇仲哈哈笑道：「有師妃暄這大敵窺伺在旁，婠妖女怎會輕易出手，至於對付邊不負，我寇仲未必全無取勝的希望。」

跋鋒寒點頭道：「此計實是可行之極。邊不負一向深藏不露，在這種情況下絕不會現身露臉。」

寇仲劇震道：「我有辦法了！」

話聲剛斷，宋玉致的聲音在門外響起道：「寇仲你給我滾出來！」

寇仲隨著繃緊俏臉的宋玉致到了三樓背對中園一面的走廊處，這位宋家美女倚欄而立，冷冷道：「為何明知我在隔鄰，竟不過來見我？」

寇仲待一群不斷打量他們的江湖人物走過，嘆道：「我怕惹你生氣，想先看看風頭火勢吧！嘿！玉──嘿！宋小姐你清減了。」

宋玉致遙望曼清院外萬家燈火的洛陽夜景，秀髮迎風飄揚，美得像一尊女神的雕像；而從她那筆直豐隆、直透眉心的鼻管，更使人感到她堅剛不屈的性格，亦增添了她清秀高傲的氣質。

寇仲側倚欄杆，欣賞著她側臉的輪廓，忽然想起李秀寧，心中泛起灼痛的內疚感覺。

宋玉致淡淡道：「這段日子我的心情的確不大好。卻與你寇仲毫無關係，唉！為何壞人的命總比好人長呢？至少你寇仲仍未死！」

寇仲先是愕然，接著啞然失笑道：「已有這麼多人想我死了，宋小姐為何仍不怕人擠，還要來湊熱鬧？宋三小姐若憎厭我，只要一句話說出來就夠了。我的臉皮雖不算薄，但仍是有一定的厚度。」

宋玉致小嘴飄出一絲笑意，別過俏臉，盯著他狠狠道：「我不是憎厭你，而是恨你。恨你無端端的來擾亂人家的心。現在擺明洛陽遲早會落到李密手上，而我則須依約嫁入李家，你是因此不敢來見我吧？」

寇仲挪近了點，到差點碰上宋玉致的嬌軀才停下，笑嘻嘻的道：「洛陽一天未落入李密的手中，事情仍未算數。我擔心的卻是令尊翁『天刀』宋缺他老人家。礙於我出身寒微，縱使我發掘出寶藏，都不肯招我作女婿。」

宋玉致把目光移回原處，幽幽嘆道：「竟陵一戰後，誰能不對你和徐子陵刮目相看。以杜伏威之能，兵員之眾，仍給你們領著殘軍硬拒於殘破城垣之外逾十日之久。故問題非是在我爹身上，而是我根本不想嫁給你。」

寇仲愕然道：「你先前說的一番話，顯是對我大有情意，難道是假的嗎？」

宋玉致別過俏臉來，美目深注的瞧著他冷哂道：「男人是否都像你般對女人沒有開竅似的；又或總是粗心大意，自以爲是。若我不把你放在心上，和你多說半句話都不願意。你可知爲何我要喚你出來？」

寇仲抓頭道：「是呢！究竟是爲了甚麼？」

宋玉致伸出玉手，以指尖在他的臉頰輕柔地戳一下，溫婉地微笑道：「因爲人家想看你是否比前更成熟了。而更重要的是希望你不要再去惹李密，還須有多遠躲多遠。因爲據我們得的秘密消息，南海派的元老高手晁公錯正應李密之邀，在來洛陽的途上。到時第一個遭殃的將是你兩兄弟。李密已向我爹保證不會讓你兩人活著離開洛陽。」

寇仲一臉茫然的道：「晁公錯是甚麼傢伙和東西？」

宋玉致沒好氣的道：「若要在中原挑十個武功最強橫的人出來，晁公錯必可入選，甚或在五名之內。你現在知道了嗎？」

寇仲哈哈笑道：「這天下不會是一成不變的。朝代也會更換，更何況高手的位置？在以前隨便找個人出來也可打得我們一仆一跌的日子已不復再，你看我們仍不是活得好好的？晁老頭不會比陰癸派更厲害吧？」

宋玉致色變道：「你們惹上陰癸派嗎？」

寇仲從容笑道：「不是惹上了，而是正鬥個你死我活。否則今晚我也不會見到你。嘻！可否對我說句較好聽的話。那我縱是死了，也可帶著一片美麗甜蜜的回憶到陰間去做鬼。」

宋玉致伸出玉指，在他胸口大力戳兩下，微嗔道：「本小姐永遠不會說違心的話。人家的警告你不聽就算，我走啦！」

寇仲一手抓著她的玉臂，把她扯回身旁。

宋玉致微掙一下，不悅道：「不要扯手扯腳，傳了出去，爹說不定會派人殺你。」

寇仲湊到她耳旁道：「信不信由你，你等著嫁我吧！」

宋玉致嬌嗔道：「大言不慚，不知死活！」

寇仲微笑去了。

尚差四道門便到自己那扇房門，前面廂房忽地中門大開，兩個人閃出來，攔著寇仲去路。這兩個人樣貌相似，只是高矮不同，年紀在四十許間，有對同樣醜陋的獅子鼻，皮膚卻透出一種詭異的鐵青色，使人感到他們的武功路子必是非常邪門。縱是隔了尋丈，寇仲仍感到兩人的殺氣逼人而至。寇仲心中微懍，停下步來。

高的一個雙目射出森寒的殺機，帶著一副妄自尊大的神情，斜眼盯著他道：「這叫天堂有路你不走，地獄無門卻闖進來。小子你不找個鼠洞躲起來，卻要學現在般招搖而過，是否活得不耐煩了。」

他這一開腔，寇仲立時認出是長白雙凶老大符眞的聲音。另一個矮的不用說是符彥。

寇仲雖知此二人功力直逼李密，仍是夷然不懼，故作訝異的道：「你們不知王薄今晚在此嗎？若不趁早夾著尾巴落荒而逃，恐怕李密護你們不住哩！」

符眞毫不動氣的奇道：「好小子！竟知道我們是誰，既是如此，當知我們誰也不怕，爲何還說出如許胡言。」

寇仲見不能令他動氣，逼前一步，哈哈笑道：「既是甚麼人都不怕，便不用從長白逃到這裏來。讓寇某人試試你們手底的功夫是否和你嘴皮子那麼硬吧！」

符眞、符彥同時嘿嘿冷笑，目射凶光。他們這麼在廊道上對峙，登時截斷了廊道的交通，雙方身後各聚集了一堆進退不得的婢女和陸續來赴宴的賓客，情況頗爲混亂。

此時一名男子從符眞、符彥的廂房油然步出，瞪著寇仲喝道：「你剛才和李某的未過門妻子說了些甚麼話？」

赫然是李密之子李天凡。

寇仲環目一掃，大笑道：「這裏所有姐姐妹妹全是我寇仲未過門的妻子，不知李兄說的是哪一位呢？」

衆人盡爲之愕然和譁然。

其中一女嬌嗔道：「胡說八道。誰是你的妻子？你這種人誰肯嫁你？」

寇仲定睛瞧去，立時眼前一亮。說話的女郎穿著一套非常講究的黑色武士服，還以黑帶子滾邊；外披紅綢罩衣，說話時露出一排雪白齊整的牙齒，嬌小玲瓏，玉容有種冷若冰霜的線條美，而她的臉孔即使在靜中也顯得生動活潑，神態迷人。有種令人初看時只覺年輕漂亮，但愈看愈令人傾倒的奇怪氣質。

寇仲立時認出她的聲音，捧腹笑道：「獨孤鳳小姐說得好，若未過門都算是妻子，那豈非天下大亂了嗎？」

衆人包括李天凡和長白雙凶在內，驟聞得獨孤鳳之名，都拏眼朝站在人堆後的獨孤鳳瞧去。獨孤鳳本是來找他們三人晦氣，哪想得到只說幾句話就給寇仲叫破身分。更知在這種情況下難以動手。微微一笑掉頭走了。

一把雄壯的聲音在寇仲背後響起道：「李公子和兩位符老師請給我們曼清院一點面子，有甚麼事到院外再處理吧！」

此人顯是早觀察了一陣子，明白是李天凡等鬧事在先，故出言相勸。李天凡亦知此時不宜動手，仰天打個哈哈，領著符眞、符彥返房去。

寇仲回到廂房，跋鋒寒呆坐不語，徐子陵則卓立露台的欄杆前，仰首望天，衣袂飛揚，自有一股難以形容孤高不群的氣魄。

跋鋒寒見他回來，笑道：「給我看看臉上是否多了宋三小姐的掌印。」

寇仲在跋鋒寒對面坐下，像身疲力竭的戰士般先瞪了跋鋒寒一眼，然後盯著徐子陵的背影，怨道：「剛才我在外面鬧得曼清院差點塌下來，你兩個仍不出來援手，還說甚麼兄弟。唉！這就叫人情冷暖，世態炎涼。」

跋鋒寒啞然笑道：「仲少你動過哪隻手呢？若只是舌戰，你何需別人助口。」

徐子陵背著他冷然道：「我們正希望他們動手，所以故意避而不出，讓他們更沒有顧忌。」

寇仲嘻嘻笑道：「我也只是說說笑。咦！剛才我們說到哪裏呢？美女眞不好，最易令人忘記事情的。」

跋鋒寒道：「不要裝蒜了，你究竟想到甚麼對付上官龍的妙計呢？」

寇仲一拍額頭，裝模作樣的道：「啊！終於記起了！」倏地坐直身體，大喝道：「上官龍何在！祝玉妍揀得你作陰癸派在洛陽的臥底，應該會有兩下子，可敢立即上來決一死戰！」

這番話是以螺旋勁逼出，立時傳遍「聽留閣」四座三重樓的每一個角落。跋鋒寒和徐子陵也是奇怪，像完全聽不到寇仲出人意表的說話般，把原本的姿態和表情保持延續。整個聽留閣倏地人聲漸斂，到寇仲說到最後三句，已靜至鴉雀無聲，針落可聞的地步。千百道目光由左右和對面重樓每座廂房的望台往他們的廂房投過來。

一陣緊張得令人窒息的沉默後，一把威嚴但又無比陰柔的男聲在他們那重樓的底層傳上來道：「只是你如此含血噴人，我上官龍絕不會放過你。」

徐子陵冷然道：「我們這裏有三個人，任你挑哪一個都行。但這種特別優待，只會贈給陰癸派的妖人，皆因人人得而誅之。」

聲音揚而不亢，響而不銳，卻清晰地送進每一個與會者的耳內。寇仲此計確是妙至毫巔，當場揭穿上官龍的身分，教沒人敢插手其中。上官龍在騎虎難下的情況下，只有挺身出戰一途。而徐子陵這番話更像劍般鋒利，只要上官龍忍不住發作，等於間接承認了是人人得而誅之的陰癸派妖人。

曲傲的聲音從同一個地方響起，先是一陣震耳大笑，然後喝道：「這叫踏破鐵鞋無覓處，得來全不費工夫。寇小子和徐小子你兩人一起下來吧！既可省我分兩次動手，又可作大戰前的熱身。」

曲傲不愧老狐狸，寥寥數語，立將他們早先造成的聲勢完全壓下去。

跋鋒寒啞然笑道：「曲傲你已是我跋鋒寒的。卻想有像上官幫主的優待，那怎麼成？」

這幾句刻薄之極，四邊重樓登時爆起一陣哄笑，大大沖淡了劍拔弩張的氣氛。

以曲傲的修養，仍忍不住怒喝道：「跋鋒寒你今晚若有命離開曼清院，我曲傲兩字以後倒轉來寫。」

眾人又靜了下來。

寇仲哈哈笑道：「這眞是奇哉怪也。上趟老曲你單對單仍沒有能力收拾鋒寒兄，爲何現在又忽然有了？是否感到把名字掉轉來寫較有新鮮感兒。不過現在仍未是輪到你老兄出手的時候，因爲剛才我猜拳猜贏了跋鋒寒，故而上官幫主該拿到頭籌。」

曲傲登時語塞，更使眾人知曉曲傲勝不了跋鋒寒是確有其事，心內的震駭，不用說仍可想像得到。要知曲傲的威望雖及不上稱雄域外的「武尊」畢玄，但也是所差無幾。跋鋒寒雖是近年崛起於中外武林彗星般的超卓人物，但終是後起之秀，實難與曲傲這種成名了數十年的宗師級人物相媲美。故此眞如寇仲所言，曲傲在單對單的情況下盡全力也收拾不了跋鋒寒，那自是震驚天下的轟動事件。曲傲這下眞叫啞子吃黃連，若否認就是講大話，不否認臉上又掛不住。

符眞難聽的聲音，從左鄰第三間廂房傳過來道：「曲老師憐你們年少無知，故此放你三人一馬，仍不知感激，實是可笑之極。」

寇仲訝道：「符老師你的隱身功夫定比你追不上人的失蹤術高明萬倍，否則爲何以老曲和老跋兩人的修爲，仍不知你在旁窺伺，連『年少無知』這種微妙的情況都看個明察秋毫。誰人敢不服你！」

聲音迴盪於四座重樓圍起的廣闊空間和魚池園地之上，登時又觸發起另一股笑浪。當然亦有人爲寇仲等三人擔心，一下子開罪了多方面的勢力，可不是好玩的。但符眞卻立時作聲不得。難道他可說自己眞的在旁窺看嗎？但若答案是「否」，他憑甚麼資格說出剛才那番話。

一陣激烈的掌聲從遙對的廂房傳過來，只聽劉黑闥的聲音道：「說得好！我劉黑闥心中有個疑問，就是爲何寇兄認爲上官幫主另一個秘密身分乃陰癸派的妖人呢？」

聽留閣再靜下來。

上官龍在寇仲回答前，插入道：「清者自清，若再有人以此來誣衊本人，休怪我上官龍不留情臉。」

左面的重樓第三層中間一個廂房傳出一聲冷哼，有人哂道：「既是清者自清，爲何又怕人說出來？」

寇仲鼓掌笑道：「說得好。這位朋友高姓大名，說出來看上官幫主敢否尋你晦氣？」

那人大笑道：「本人邢一飛，乃伏騫王子的首席先鋒將，比他早到一步，上官幫主切勿忘記。」

衆人又立即起哄。嗡嗡之聲，像浪潮般起伏著。只看伏騫手下的豪氣，可想見他的威風。

上官龍正難以下台，寇仲又叫陣道：「在尙小姐的好戲開鑼前，上官幫主有沒有意思和小弟先玩一場，爲四方君子解解悶兒？」

一把嬌甜的女聲欣然道：「說得眞動聽，寇仲你是最討我喜歡的哩！」

衆人爲之譁然。這時代雖因胡風東來，風氣開放，但一個女兒家在這種數百人聚集的場合下，公然示愛，終是驚世駭俗的事。更奇怪是此女賣弄了一手，以內功弄得聲音忽東忽西，飄忽無定，教人難以把握她的位置。

跋鋒寒兩眼上翻，低嘆道：「又來了！」

寇仲和徐子陵當然明白他的意思，因爲那正是淳于薇的聲音。不用說拓跋玉亦到了。他們像吊靴鬼般永遠跟著跋鋒寒。

右方底層廂房響起一把蒼老的聲音道：「本人乃『洛陽八士』的祈八州，這次知世郎在聽留閣舉行英雄宴，一切安排打點，全由老夫負責。王公既然未到，老夫該有資格說兩句話吧！」

此人說話老氣橫秋，恃老賣老。令人生出聽他說話有費時失事的煩厭。

寇仲彈了起來，大喝道：「時間無多，上官龍你是否仍要做縮頭烏龜？」

掠到徐子陵旁，縱身而起，再一連三個空翻，越過十多丈的空間，落到正中魚池另一方邊沿的池堤上。喝采之聲，轟然響起。寇仲昂然而立，抱舉致禮，登時又惹來另一陣打氣之聲。

徐子陵環目一掃，見到百多個廂房內的人紛紛起立，移往望台欄前，好一睹寇仲的風采，回頭向跋鋒寒笑道：「這小子如此威風，竟搶了鋒寒兄的頭籌。」

跋鋒寒雙目神光電射，瞧往園中的寇仲，搖頭嘆道：「若我是上官龍，絕不迎戰。」

徐子陵點頭同意。

一聲有若平地焦雷的暴喝在此時響起，接著人影一閃，上官龍終現身場上，躍落離魚池三丈許處的碎石路處，隔著水池與寇仲遙遙對峙，手提龍頭鋼杖，頗有一番氣勢。

這位洛陽幫主年在五十許間，長了一對招風耳，身材不高，卻予人強橫扎實的感覺。但其華衣麗服，配上帶點蒼白的臉容，浮腫的眼肚，明眼人一看便知他長期耽於酒色之中。

此時他雙目射出狠毒神色，冷哼道：「你說我是陰癸派的人，究竟有何憑據？」

人聲漸斂。人人屏息靜氣，看寇仲如何回答。江湖上雖千派萬門，但若論聲名之惡，必無過於陰癸派。這不但因為派中人手段凶殘邪惡，更因其練功方式專走邪門，與正宗內功心法大相逕庭，故為江湖中人鄙棄，只是奈何他們不得而已！假若寇仲能證實上官龍的眞正身分，休想他的手下再奉他爲幫主。

「鏘！」寇仲掣出井中月，哈哈笑道：「要證據還不容易，若我十招之內，仍未能逼得上官幫主露出馬腳，寇某願向幫主斟茶認錯。」

上官龍立時放下心來。因他認爲寇仲此著雖是高明之極，但卻絕不能在他身上生效。爲了掩藏本身的魔功，這十多年來他痛下苦功，創出「迎風杖法」一百零二式，寇仲若想在十招之內逼他露出尾巴，只是痴人說夢。從邊不負和婠婠的口中，他對寇仲的功力深淺早有個譜兒。自問怎都可擋他百來招，甚至還有取勝的機會。

上官龍的龍頭杖在地上頓了一記，發出悶雷般的震鳴，整個中園亦像晃動了一下。衆人想不到他的功力如此深厚，不由爲寇仲擔心起來。

上面廂房的跋鋒寒愕然道：「仲少似乎把話說得太滿了。」

徐子陵搖頭道：「我們的功夫是給逼出來的，仲少定有他的一套。」

上官龍的大笑響徹中園的上空，一連叫了幾聲「好」，然後道：「寇仲你勿要賴賬，動手吧！」

舌戰終於變成決戰。

第三章

淨念禪院

作品集

第三章　淨念禪院

觀者雖衆，整個聽留閣卻是寂然無聲。寇仲靜了下來。上官龍剛才以杖頓地的一刻，使他知道自己實犯了嚴重的輕敵錯誤。他的原來推斷是上官龍當日率衆圍攻段玉成四人，只能生擒一人，又讓段玉成突圍逃生，武功該不會太高明。可是剛才上官龍那示威的一頓，卻顯示出他是接近邊不負那般級數的高手。而此刻與他四目相交，更發覺他眸子異芒爍閃，顯是練就了魔教的某種奇功，絕非平庸之輩。不過他已是勢成騎虎，必須在十招之內逼得上官龍露出魔功，否則辛苦建立起來的威名，將盡喪於今夜。一陣刺激的感覺走遍全身，他感到在可怕的壓力下，他的精氣神同時提升至巔峰狀態。

上官龍脊肩猛挺，橫杖而立，冷喝道：「小子放馬過來，讓我看你這種口出狂言之徒，究竟能有甚麼本領。」

寇仲神情有如老僧入定，對上官龍的威勢視若無睹。誰都不知道他的心神正全放到不知人世間事而暢游池內的百多條各式金魚身上。當他把一切雜念排出腦外，進入守中於一的境界，整個環境一絲不漏的給他掌握在寸心之間。今早他和邊不負對敵時，便曾有過這種掌握全局，視整個戰場如棋盤的奇異悟覺。但此刻這感覺更爲清晰。而最吸引他注意的是池內無憂無慮的魚兒。他們每一下擺尾，每一下的追逐嬉鬧，或獨自游弋，又或潛藏假石山的縫隙處，都使他一一體會於心。這是非常奇怪的感覺。人的世界和魚兒兩個截然不同的世界同時存在著，互不干擾。但透過寇仲的心，兩個世界卻連結起來。

全場鴉雀無聲，呼吸靜止。不獨是與寇仲肅默對峙的上官龍，每一個觀戰的人都生出奇異的感覺。寇仲就像與當前整個環境融成一體，渾然天成，反而上官龍像給硬加進園裏，破壞了整個池園的和諧協調。那是一種無法形容的主觀印象。

上官龍右足前移，發出一聲沉重的足音。衆人想不到會由他主動出擊，發出驚訝的聲音。上官龍卻是有苦自己知。因爲有著十招之約，故上官龍打開頭便抱著以守爲攻的心態。豈知對峙下來，寇仲全無出手的意思，但氣勢卻不斷蓄聚，狂增不已。最駭人是上官龍感到整個場地都像在不斷添加增長寇仲那與天地渾成一體的氣勢，令他全無破綻可尋。而他則自覺如此堅持下去，自己的氣勢終會被寇仲蓋過，那時眞說不定會否被他在十招內把魔功逼出來。所以他雖採主攻，仍是被動的。

上面廂房的徐子陵鬆了一口氣，退回跋鋒寒對面坐下，讚道：「這小子果然要得。」

跋鋒寒亦射出驚異之色，道：「此子確令人驚嘆佩服。」

上官龍此時已逼近魚池，離寇仲只有三丈許遠，登上最接近魚池的一道跨溪小橋。溪水在橋下緩緩淌流。

寇仲右手輕提井中月，刀鋒遙指逐漸逼近的上官龍。他的感覺隨著從魚池注出的水延展過去，在上官龍身處的橋底下流過。從沒有一刻，他是這麼清楚所處身的環境，物與物和空間與空間的微妙關係。以人奕劍，以劍奕敵。上官龍最大的弱點是不敢催發魔功，只要自己令他感到勝負可決於三兩招之內，而他若不全力以赴，必會飲恨當場，他便成功了。

上官龍步下小橋，到了魚池另一邊堤岸處，屹立如山，臉寒如冰。旁觀者中較高明的無不暗叫可惜，因爲這種情況對寇仲實有害無利。無論進攻退守，都要受水池阻隔，只要上官龍好好利用水池，縱是功力較遜，纏上十來招該絕無問題。

兩人在火光照耀下隔池刀杖相對，凝聚功力，殺氣漫園。雙方一面催發眞氣，一邊窺伺敵手的空隙。兩人瞪大眼睛，互相凝視，似乎一個眨眼的動作，亦會露出給對方可乘的破綻。氣氛緊張之極。

「咚咚！」水響連聲。兩條魚兒因追逐嬉戲先後躍離水面。上官龍衣衫忽地霍霍飄拂，龍頭杖緩緩擺動，登時生出一股更強大的氣勢，抗衡寇仲刀鋒透出的殺氣。高明者無不知在氣勢比拚上，上官龍已落在下風，故須以這些動作補其不足。但卻仍沒人敢看好寇仲。若這回是以生死相搏，不到一方喪命不罷休，那大多數人都會買寇仲是最後的勝利者。但如像現今般的十招之約，寇仲要斟茶認錯的可能性幾乎是十成十。

寇仲仍是持刀挺立，穩如山嶽，雙目奇光連閃。

上官龍終按捺不住，狂喝一聲，縱身而起，橫渡魚池，照頭一杖向寇仲劈下。狂烈的勁風，激得池水中間陷了下去，浪濤翻捲，魚兒驚竄跳躍，干擾了池內神聖平靜的天地。

寇仲嘴角露出一絲充盈著龐大信心的笑意，全身眞力聚在井中月上，電射而出。

「噹！」刀杖相觸，火星四濺，發出震耳巨響。寇仲身子一晃，上官龍卻整個人給震得飛回魚池另一邊去。

雖只是清脆的一下交手，但人人泛起火爆眩目的感覺。不知誰人大叫道：「一招了！」還是女子的聲音。

上面的跋鋒寒和徐子陵同時皺起眉頭，認出是獨孤鳳的聲音。她顯然是想看寇仲失威，故以此話增加寇仲的心理壓力。

上官龍落回池邊，立即灑出一片杖影，防止寇仲乘勢反擊。杖影倏收，上官龍再次橫杖作勢，他總不能那麼的把重逾百斤的龍頭杖舞動下去，否則終會把他累死。池水平復下來，魚兒仍不斷躍離水面。就在上官龍橫杖的剎那，寇仲終於出手。

出乎所有人意料之外，他不是像上官龍般斜衝而起，到了池上高處，再凌空下擊。而是腳底貼著池水疾衝橫渡，像在足履平地般，井中月驟化黃芒，直擊敵手。

全場立時譁然失聲。物有物性，只有縱躍凌空，才能進可攻退可守。像寇仲這麼平衝前擊，只要上官龍能穩守池邊，寇仲肯定會掉進池裏。

上官龍知他詭計多端，雖明知有點不合常規，但際此緊張時刻，那有餘暇多想，功聚雙臂，暴喝一聲，揮杖橫掃寇仲。最奇怪的事發生了。

當寇仲越過魚池中心，忽地凌空彈起，不但避過上官龍掃來的一杖，還到了上官龍頭頂上，全力下擊。

上面的徐子陵和跋鋒寒都看呆了眼，同時猜到寇仲是踏上一條躍起的魚兒，借力造成如此出人意表的變化。

聽留閣立時采聲雷動，更添寇仲的威勢。

上官龍一杖掃空，立知不妙。刀風壓頂而來，爲了保命，哪還有不把壓箱底的本領搬出來應付。狂喝一聲，雙手舉杖，硬架著寇仲這蓄勢已久，能斷金裂石的一刀。

「轟！」刀杖相觸，卻發出有異上一次交擊時沉鬱幽悶的一下激響。螺旋勁捲入龍頭杖內，再沿上官龍雙臂的經脈強攻進去。

上官龍哪敢怠慢，張口噴出一蓬紫黑的血雨，從衣袖露出來高舉著龍頭杖的雙臂立時變得紫紫黑黑的，非常嚇人。

四周譁聲紛起。如此邪門的武功雖沒有多少人見過，但誰都可肯定非是正宗功法。

寇仲給他震得借力翻往他身後，腳未觸地，已反手一刀，向雙目紫芒大盛，舞起千萬道杖影狂攻過來的上官龍擊去。現在雖沒有了十招的限制，但只要稍一避讓，上官龍定會趁機逃走。成功失敗，還看此一刀能否制住正催發魔功的上官龍。他此刀去勢乃挾著剛才蓄滿之勢而去，凌厲無匹，籠罩範圍又廣，決不容上官龍有隙逃掉。刀光過處，「嗆」的一聲，上官龍整個人被他劈得差點掉往池去，狼狽之極。寇仲一聲長笑，如影附形，追擊過去。

上官龍的老臉由紫變黑，可怖之極，奮力繞池急退。刀杖交擊的次數愈趨頻密，有如鐘磬頻敲，戰鼓急鳴，氣氛激烈。雙方以快打快，兔起鶻落，展開一場激烈無比的近身搏鬥。四周所有人等看得呼吸頓止，武功較次者更是眼花撩亂。而只要稍有眼光的人，亦該知持長兵器的上官龍竟被逼得要在近距離應付寇仲，已是落於絕對的下風。

驀地再一聲鳴響，人影倏分。「鏘！」井中月回到鞘內。寇仲卓立池邊，狠狠盯著呆若木雞的對手。全場不聞半絲聲息。勝負已分。

「噗通！」龍頭杖滑離上官龍雙手，掉進池內。上官龍皮膚紫黑之色盡退，代之而起是病態的蒼白。一陣搖晃後，上官龍跪倒地上，不住喘氣。數道人影，分別由不同地方衝出，往兩人掠來。

帶頭的是徐子陵和跋鋒寒兩人，見目的已達，哪還有興趣看尚秀芳的歌藝又或曲傲與伏騫的決鬥。

陰癸派一向以來都在隱秘行事。就算有心對付陰癸派，想找個嘍囉來問問亦無從入手，現在竟然能逼出和打敗其負責整個北方情報的重要人物，還是在這種不可能的情況下，自然要以能將他活生生的帶走列爲首要之務。假若可從上官龍身上得知陰癸派各方面的情況，他們和所有跟陰癸派對敵的便可藉此部署反擊，不用像現下般的被動。故第三個撲往園裏的是宋師道，他的心意與寇仲等三人相同，均知道若有其他陰癸派的人在場，絕不會讓他們把活生生的上官龍擒走。

不過在他緊追在徐子陵和跋鋒寒兩人身後時，曲傲竟後發先至，從下層的廂房貼地射出，從下方越過宋師道，趕上徐子陵和跋鋒寒，兩掌無聲無息地往他們背心印去。邊不負則從另一邊重樓的屋頂疾衝而下，以雷霆萬鈞之勢，撲向寇仲。邊不負和曲傲均是頂尖級的高手，兩人同時出手，聲勢自是驚人之極。

宋師道拔劍出鞘，全力往剛越過腳下的曲傲射去，眼看阻之不及，跋鋒寒落後少許，左掌按在徐子陵背心，右手掣出斬玄劍，變化出百千道劍芒，每道劍芒都反映著四周照來的燈火，宛如一個不住爍閃的大火球般，在他手上爆開，把曲傲的攻勢完全制止和籠罩其中。如此劍技，已達驚世駭俗的地步。最教人嘆爲觀止處，就是跋鋒寒似乎事前對曲傲的從後偷襲全無所覺，又忽然疾施反擊，確是出人意表。

寇仲此時剛發出一道指風，刺中跪地喘氣的上官龍眉心處，邊不負驚人的氣勁，壓頂而至，吹得他髮散衣揚，呼吸不暢。寇仲心中大罵，卻又有苦自己知。以邊不負眼力的高明，早該知上官龍有敗無勝。但偏要待到這刻出手，當然是要趁自己眞元損耗，銳氣已洩的時刻，一舉把自己除去。而這魔頭明知自己不肯退避，免致讓他得手搶走上官龍，逼得在硬撐下去的情況下，自然大增他擊殺自己的機會。寇仲猛一咬牙，奮起餘力，井中月迎往邊不負的一對銀環。

在寇仲這生死立判的時刻，借著跋鋒寒一掌之力的徐子陵，已像炮彈般斜射而至，在邊不負銀環碰上寇仲的井中月前，截著邊不負。所有這些動作於眨幾下眼的高速下完成，旁人縱使有心，亦來不及插手。

跋鋒寒和曲傲首先短兵相接，掌來劍往，勁氣交擊之聲，不絕於耳。然後曲傲抽身急退，避過宋師道從天而來的一劍。

跋鋒寒屹立如山，斬玄劍遙指曲傲，哈哈笑道：「曲傲你銳氣已洩，信心盡失，待會別給伏騫趁機宰掉。」

宋師道躍落他身旁，徐子陵已連續劈中了十八次邊不負的銀環，在空中錯身而過。

邊不負吃虧在連續兩次料敵錯誤，以致先機盡失。第一個錯誤是以爲自己可在徐子陵趕到前，先一步收拾寇仲，至不濟也可救走上官龍。豈知跋鋒寒的一掌，以數倍計地增強了徐子陵衝來的速度，逼得要立時變招相迎。第二個錯誤是想不到徐子陵竟能控制螺旋勁的速度，忽快忽緩，或由緩轉快，由快變緩，使他在猝不及防下應付得手忙腳亂，險象橫生，吃力之極。高手對壘，一個錯誤足可致命，何況更是連犯兩次。若非他的魔功雖仍未臻至像祝玉妍和婠婠「天界」的境地，但已是「地界」的層次，收發由心，否則徐子陵已可要了他的性命。邊不負自問憑一己之力，實難收拾兩人，當機立斷，觸地後斜飛而起，登上重樓之頂，消沒不見。

此時跋鋒寒退到寇仲和徐子陵處，三人一聲呼嘯，由跋鋒寒挾起昏倒地上的上官龍，在曲傲狠毒的目光相送下，揚長去了。

曲傲的目光落在以劍氣遙制著他的宋師道身上，訝道：「這位兄台的劍使得不錯，未知高姓大名？」

宋師道知他必會把所有怨恨都發洩在自己身上，仍是夷然不懼，灑然笑道：「曲老師不知也罷，那動起手來將更不須顧忌。」

曲傲點頭道：「好！」

狂風忽起。曲傲正要全力出手之際，一把雄壯嘹亮的大笑聲轟天響起，整個聽留閣震動起來。眾人無不動容。只聽這人笑聲中所含的勁氣，氣功顯然臻達化境。曲傲亦臉色微變，大喝道：「來者何人！」笑聲倏止。

那人的聲音似從遙不可及的遠處傳來道：「本人伏騫，曲老師誠如鋒寒兄所言，銳氣已洩，伏騫勝之不武。何不另選決戰之期，今晚我們只風花雪月，靜心欣賞尚小姐冠絕天下的色藝，曲老師意下如何呢？」

眾人哄聲大作。伏騫原來早已到了。

三人挾著勝利品上官龍，從曼清院後相繼掠出，竄房越脊，望城南的方向走去。目的地是城外南郊的淨念禪院。準備到了那裏附近，從上官龍口中得知所需的資料後，順道入禪院找尋和氏璧。他們把警覺提至最高的狀態。邊不負既曾出手，婠婠當在附近某處，怎能不全神戒備。陰癸派一向橫行霸道，絕不會讓他們這麼輕鬆容易的擄人而去。

寇仲領先而行，跋鋒寒挾著上官龍居中，徐子陵負責殿後。忽而躍落橫巷，忽又穿房越舍，逃遁路線曲折迂迴，教人難以尋覓。走了近三里路，城南高牆在望，仍是一路無阻。三人既高興又奇怪。以婠婠和邊不負之能，該不會眼睜睜的任他們離開。唯一的解釋是婠婠不在洛陽，而邊不負卻自問沒有單獨收拾他們的能力。

當寇仲撲上一座華宅主堂的瓦面，忽地倒跌而回，領著兩人從另一方向溜走。後面的跋鋒寒知道不妙，叫道：「甚麼事？」

寇仲足下不停，答道：「前面有個女人。」

徐子陵道：「是婠妖女嗎？」

寇仲呻吟道：「應該不是，婠婠從來不戴面紗的。」

橫巷轉瞬已盡。三人耳鼓內同時響起一聲嬌柔的女子哼音。以他們的膽色，心中不由湧起寒意。要知他們正全速飛馳，對方仍能把聲音送進他們耳內，只是這功夫，已達驚世駭俗的地步。

寇仲一個側翻，先落在左方牆頭，然後橫過不知誰家宅院的後園，躍到院內宅舍最接近的瓦面處。兩人如影附形，同時來到瓦背上。三人倏地停下。目光投往前方另一座房舍頂上。明月斜照下，一位衣飾素淡雅麗，臉龐深藏在重紗之內的女子，迎風而立，面對他們。三人心中生出詭異莫名的感覺，心知肚明憑對方的輕功，他們絕對沒有逃走的機會。

她的身形婀娜修長，頭結高髻，縱使看不到她的花容，也感到她逼人而來的高雅風姿。只是她站立的姿態，便有種令人觀賞不盡的感覺，又充盈著極度含蓄的誘惑意味。如此不用露出玉容，仍可生出如此強大魅力的女子，三人以前從沒有想像過。

跋鋒寒一對虎目電芒閃射，緩緩放下上官龍，沉聲道：「是否『陰后』祝玉妍法駕親臨？」

徐子陵和寇仲早猜到是她，聽跋鋒寒叫出她的名字，禁不住頭皮一陣發麻。

再一聲嬌哼，在三人耳鼓內響起。以他們的功夫，竟也耳鼓像針刺般劇痛。祝玉妍驀地消沒不見，他們耳內同時響起呼呼風暴的狂嘯聲。風嘯像浪潮般擴大開去，刹那間整個天地盡是狂風怒號的可怕聲音。偏是四周寧靜如昔，令他們知道是祝玉妍弄出來的手腳。

當風聲變成雷雨的聲音，三人有若置身於狂風暴雨核心中的可怕感覺，遍體生寒，腳步不穩，要以無上的意志，方能勉強保持平衡。如此魔功，確是聞所未聞。驚濤裂岸，洶湧澎湃。三人完全不明白祝玉妍如何能令他們生出這樣的錯覺。眞的似是正有一堵高逾城牆的巨浪，正從某處往他們狂湧過來，聲勢驚人。

徐子陵首先生出感應。這回再不是錯覺，而是祝玉妍趁他們心神受制的一刻，發動突襲。在這生死倏判的時刻，徐子陵靜了下來，耳鼓內雖仍被魔音所惑，但感覺卻如井中水月，對身旁發生的事沒有半點遺漏。冷喝一聲，螺旋勁發，朝前方排山倒海而來的「巨浪」核心處一拳擊出。巨浪立時變成了一個深不可測的漩渦，把徐子陵硬扯進去。但耳鼓中肆虐的魔音卻忽然消斂，顯示魔音需被這譽爲魔門第一高手全力催發才能施展，要非如此可能連寧道奇都要敗在她手上。此時三人已先機盡失。

寇仲和跋鋒寒同時回復過來，掣出刀劍，分左右往現身瓦坡盡處的祝玉妍攻去。

一隻賽雪欺霜，美至異乎尋常的玉手從寬敞的袍袖內探出來，纖長優美的玉指在夜空間作出玄奧難明的複雜動作。

徐子陵此時正被她的天魔功生出的奇異力場扯得身不由主的朝她疾衝過去，同時駭然驚覺祝玉妍纖手的動作，竟隱隱制著了他所有可能進攻的路線，而自己似送上去給她屠宰的樣子。

若婠婠是個深不可測的潭，祝玉妍就是無邊無際的大海。婠婠的魔功已是變化萬千，令人防不勝防。但祝玉妍的天魔大法卻到了隨心所欲，無所不能，出神入化的境界。

徐子陵人急智生，發出的螺旋勁倒捲而回，立時全身一輕，脫出了祝玉妍的天魔功凝成的引力場。一聲柔美悅耳的嘆息在徐子陵耳內響起，徐子陵心知不妙，一股若有似無的魔勁已緊躡他螺旋勁的尾巴，攻進他右手的經脈內。

徐子陵才智高絕，早猜到她有此一著，漩勁再吐。兩股眞勁在肩井穴處相遇。祝玉妍的魔勁立時給沖散大半，但仍有一股化作像尖針般的遊勁，攻進他體內。徐子陵慘哼一聲，踉蹌跌退，噴出一口鮮血，咕咚一聲，跌坐到橫臥於屋脊的上官龍下方處。祝玉妍「咦」了一聲，顯是對全力一擊下，徐子陵仍不當場喪命，極感訝異。

此時跋鋒寒的斬玄劍，寇仲的井中月，同時攻至。祝玉妍嬌嘆一聲，玉手縮回袖裏，行雲流水的迎上兩人，左右衣袖倏地拂打，重重抽在他們的兵器上。

事實上寇仲和跋鋒寒已施盡渾身解數，在不出十步的距離內，招數變化多次，務要祝玉妍掌握不到他們的去勢。豈知祝玉妍左飄右移，令他們根本無從掌握，由主動落回被動。看似輕鬆拂來的一對水雲袖，在他們的眼中卻彷如鳥翔魚落，無跡可尋，一下子給她抽打個正著。

徐子陵此時深吸一口氣，彈跳起來，雙腳發勁，射上半空，雙手化出重重掌影，往祝玉妍攻去。

「蓬！蓬！」兩聲氣勁交觸的激響後，寇仲和跋鋒寒觸電般渾身劇震，跌往兩旁。如非祝玉妍要同時對付兩人，恐怕他們要學徐子陵般受傷噴血。

祝玉妍本打定主意先殺他們其中一人，哪知受了傷的徐子陵又攻來了，芳心也不由大為驚訝。

此時寇仲和跋鋒寒重整陣腳，由兩旁發動反擊。祝玉妍一陣嬌笑，兩手化出萬千袖影，把三人完全籠罩其中。一時勁氣交擊之聲，響個不停。

接著三人同時擊空，祝玉妍已脫出三人排山倒海的攻勢，飄往屋脊，抓著上官龍腰帶把他提起來，像他沒有半點重量般。

三人並排立在瓦脊處，披頭散髮，模樣狼狽。

祝玉妍透過面紗，在三人身上巡視一遍，嘆道：「讓你們多活兩三天吧！我現在要施功爲我的門人療傷，你們可以走了。」

跋鋒寒微微一笑道：「話倒說得漂亮，剛才祝后你用盡全力，仍不能奈何我們，卻是不爭的事實。」

祝玉妍柔聲道：「是事實也好，不是事實也好，隨得你們去想好了！再見！」微一晃動，提人遠去，沒入洛陽城壯麗的燈火深處。

三人生出死裏逃生的感覺，那敢逗留，連忙溜了。

三人坐在一個山坡處，遙望著南方遠處築於一座山上的宏偉寺院。

寇仲唉聲嘆氣道：「這麼千辛萬苦的抓走上官龍，卻給祝妖婦多謝半句也沒的拿走了，想想也覺不忿。」

跋鋒寒搖頭道：「凡事可從不同角度去著眼，首先我們仍生龍活虎般存在於人世；其次我們終於和最頂尖級的人物交過手，明白到他們是怎麼一回事。只要死不了，便是最好的鍛鍊。」

徐子陵猶有餘悸道：「剛才我們只要少了一個人，另兩人必然沒命。天魔大法最厲害的地方，是教你完全捉摸不到她的路子，甚麼先知先覺，奕劍大法全派不上用場，故使我們有力難施。」

跋鋒寒道：「那是因爲我們先被她以天魔音擾亂了心神，幸好你仍能先一步掌握到她攻來的方向，否則我們早完蛋了。」

寇仲駭然道：「天魔音根本不是武功，而是妖術，如何應付呢？」

跋鋒寒信心十足道：「千萬勿要將祝玉妍神化或妖化，照我看天魔音也是武功的一種。只不過攻擊的是我們的聽覺。若非我們心志堅定，怕當時還要幻象叢生。」

徐子陵苦思道：「但該如何去應付呢？」

寇仲道：「假若我們把眞氣盈貫耳朵，嘿！對啦！天魔音可能只是一種影響耳鼓穴的功法，假設我們能堅守耳鼓穴，便甚麼都不怕。」又苦惱的道：「但耳鼓穴如何可守得住？這可不同刀來劍往，聲音是無影無形的。」

跋鋒寒道：「總會有方法的。」

寇仲洩氣道：「人都給搶走了，瑜姨的事怎辦好？」

跋鋒寒的目光落在與他們遙對的禪院處，沉聲道：「我們的希望在那裏。」

徐子陵和寇仲爲之愕然。

跋鋒寒道：「若王世充沒有騙我們，和氏璧除了作爲帝皇的象徵外，還該是練武的異寶，否則慈航靜齋的尼姑不會把它留在齋內，寧道奇亦哪來借寶三年的閒情。」

寇仲精神大振道：「聽來有理！」轉向徐子陵道：「當時你從秦川身上感應到和氏璧的存在，是怎樣的一番情況？」

徐子陵苦笑道：「你太容易高興了！首先我不敢肯定是否來自和氏璧的反應，其次是那感覺並不強烈，只是心中出奇地靈和。當我離開酒鋪，感覺立即不翼而飛。」

跋鋒寒一震道：「若只能在近距離感覺得到，眼前這麼大的一座禪院如何去找？」

寇仲道：「勿忘了和氏璧是會不斷變化的，時強時弱。或者子陵見到秦川的背脊時，和氏璧正處於弱態的情況。」

跋鋒寒斷然起立，道：「多想無益，趁離天明尚有三個時辰，我們去碰碰運氣，否則若讓師妃暄回來取寶去送人，我們的美夢將告吹了。」

「噹！」悠揚的鐘聲，從山頂的寺院內傳開來。三人藏身寺門外的一棵大樹上，心中叫苦。誰想得到寺院的規模如此宏大。在早前的丘坡處看過來，由於寺院深藏林木之中，還以為只得十多座殿宇，現在來到門外，始知寺內建築加起來達數百餘間，儼如一座小城，只不過裏面住的全是和尚。

跋鋒寒苦笑道：「只是在正中處就有七座大殿，那該是甚麼文殊殿、大雄寶殿、無量殿諸如此類，怎麼找才好？」

寇仲湊到徐子陵耳旁問道：「有沒有感應？」

徐子陵沒好氣道：「你這叫癡心妄想。」接著俊目閃亮，指著後方一座在燈火下黃芒閃閃，比其他殿宇小巧得多的建築物道：「那座小殿很怪，卻似乎比其他大上十倍的殿宇更有地位。」

跋鋒寒精神大振道：「那是一座能永存不朽的銅殿。」

寇仲和徐子陵為之咋舌，首次感到這從未聽過的淨念禪院大不簡單。這樣一座闊深各達三丈，高達丈半的銅殿，不但需極多的金銅，還要有眞正的高手巧匠才成。以揚州的饒富，似尙未有這麼一座銅鑄的廟宇。

跋鋒寒嘆道：「這次成了，若寺內有和氏璧，必密放在銅殿之內，或許只有銅方可把和氏璧奇異的力量和其他禿頭隔開。」

寇仲雙目放光道：「我們還不動手？」

徐子陵不悅道：「小心點好嗎？寺僧們現在開始做晚課，至少該待他們睡了才可動手！」

跋鋒寒指著突出於衆殿宇以五彩琉璃造成覆蓋的衆廟瓦頂之上，居於兩座佛塔間的大鐘樓。道：「既敲響過夜鐘，樓上該沒有人，不如我們先潛到那裏去，仔細看清全院的形勢，則萬一盜寶給人發覺時溜起來會方便點。」

兩人大叫好計。跋鋒寒先躍往地面，兩人連忙緊隨，眨眼光景翻過高牆，朝鐘樓的方向掠去。

陣陣梵唄誦經之聲，悠悠揚揚的似從遙不可知的遠處傳來，傳遍寺院。三人如入無人之境，登上安放了重達千斤巨鐘的高樓上，俯瞰遠近形勢。

淨念禪院內主建築物依次排列在正對寺門的中軸線上，以銅殿爲禪院的中心，規模完整劃一。除銅殿外，所有建築均以三彩琉璃瓦覆蓋，色澤如新，卻不知是因寺內和尙勤於打掃，還是瓦質如此。尤以三彩中的孔雀藍色最爲耀眼。可想見在陽光照射下的輝燦情景。

他們處身的鐘樓位於銅殿與另一座主殿之間，但相隔的距離卻大有差異，前者遠而後者近。形成銅殿前有一廣闊達百丈，以白石砌成，圍以白石雕欄的平台廣場。

白石廣場正中處供奉了一座文殊菩薩的銅像，騎在金毛獅背，高達兩丈許，龕旁還有藥師、釋迦和彌陀等三世佛。彩塑金飾，頗有氣魄，但亦令人覺得有點不合一般寺院慣例。

在白石平台四方邊沿處，除了四個石階出入口外，平均分布著五百羅漢，均以金銅鑄製，個個神情姿態不同，但無論睜眼突額，又或垂簾內守，都是栩栩如生，與活人無異。

其他建築物就以軸上的主殿堂爲整體，井然有序分布八方，以林木道路分隔，自有一股莊嚴肅穆的神聖氣象。

在白石廣場文殊佛龕前放了一個大香爐，燃著的檀香木正送出大量香氣，瀰漫於整個空間，令三人的心緒不由寧靜下來，感染到出世的氣氛。

徐子陵遠觀山門外伸直垂往山腳的石階，低聲道：「該是八百零八級，又會這麼巧。」

寇仲和跋鋒寒卻是目不轉睛的盯著那座大門緊閉的銅殿，研究對策。誦經聲就在銅殿之後相隔只有十丈許的大殿傳出，寺內其他地方則不見半個人影，有種高深莫測，教人不敢輕舉妄動的情景。

最詭異的是除了銅殿前的白石廣場四周和佛龕內點亮了燈火外，連誦經的殿堂都是黑沉一片，使人意會到假若走上白石廣場，會成爲最明顯的目標。今晚明月當空，照得琉璃瓦頂異彩漣漣，寺內外通道旁的大樹把影子投到路上去，更添禪院秘不可測的氣象。

寇仲探首下望，低聲道：「究竟有甚麼不妥呢？爲何我會心中發毛。」

另一邊的徐子陵哂道：「這叫作賊心虛，明白嗎？」

寇仲笑道：「我的確是作賊，不過卻不心虛。像和氏璧這類流傳千古的異寶，根本不屬任何人所有，唯有德者居之。當然！誰有德行無人能夠確定，所以現在只可看誰的運氣高一點，誰的拳頭硬上些兒。」

跋鋒寒虎目神光電射的盯著那道銅鑄的門，皺眉道：「這座銅殿沒有半扇窗戶，只在瓦頂上開了四個拳頭般大的通氣孔，假若了空大師親自在裏面坐禪護寶，兼又沒忘關上銅門，我們想不頭痛就難哉怪也。」

寇仲移了過去，作老友狀的搭著他肩頭，眉開眼笑的得意道：「我可保證此事絕不會發生，除非他想嘗試走火入魔的滋味。這種長年苦修的老禿頭，坐禪便如好色者之於女人，少一天都不行。」

跋鋒寒苦笑道：「你沒聽過佛家說的我不入地獄，誰入地獄嗎？你的保證不會有超過一半的成功機會。」

寇仲愕然道：「我只希望了空不是那麼偉大的一個和尚。怎樣？我下去試試如何呢？」

跋鋒寒沉吟片刻後，盯著徐子陵的背脊道：「陵少有沒有意見？」

寇仲當然不會奇怪跋鋒寒爲何要先徵詢徐子陵的意見，因爲他也如跋鋒寒般，對徐子陵超乎常人的「感覺」非常尊重敬佩。

徐子陵的目光移往夜空，心神嚮往的道：「你們有沒有留意他們唸經的方法，是一口氣把經文唸出來，所以唸經等如吐納呼吸，兼且他們是分作兩組，一組唸畢，另一組毫不間斷的連續下去，故能若流水之不斷，既是好聽，又是一種極好的練功法門。」

跋鋒寒和寇仲聞言面面相覷。

事實上他兩人入寺後，精神全放在和氏璧上，只聽了兩句不知唸些甚麼的經文，便把誦經聲當作是耳邊風。

跋鋒寒動容道：「若把唸經聲的長短作為吐納時間的量度標準，這裏的和尚都有非常深厚的內功底子，而每組人數該在百許人間。」

寇仲色變道：「二百多個武功高強的和尚，還加上護寺的四大金剛，一個練閉口禪的了空禪主，我的娘啊！」

徐子陵沉聲道：「所以我們切不可輕舉妄動，若驚動他們，我們三個說不定要長留在這裏當和尚，我倒沒有甚麼問題，恐怕你們會受不了。」

寇仲吁出一口涼氣道：「難道我們這麼空手而回？」

徐子陵道：「如此見難而退，豈是大丈夫所為，這也叫賊有賊道。不過禪院沒有一件事是合常理的。師妃暄既肯把關乎天下命運的和氏璧付託他們，自是有信心他們有護寶之力，不會任你輕易進入銅殿，予取予攜。」

跋鋒寒和寇仲把目光再投往銅殿，均大感頭痛。寺內的一切令人泛起高深莫測的寒意。

寇仲深吸一口氣道：「會否推開銅門，立即警鈴大響，雖是小玩意兒，卻非常有效，亦是無法破解的。」

跋鋒寒點頭道：「這確是很聰明的防盜方法，只要在門內掛上鈴子，我們在打開這兩扇重達千斤的銅門，不中計才怪。」

「叮！叮！叮！」三下清脆的磬聲，從做晚課的大殿傳來，唸經聲倏然停止。整座禪院萬籟俱寂，只有蟲鳴唧唧之音，逐漸填滿山頭與寺院的空間。

徐子陵移了過來，與寇仲和跋鋒寒同時探頭窺望。跋鋒寒低聲道：「有人出來哩！」一個接一個的和尚，魚貫從銅殿後的大殿雙掌合十的走出來。

寇仲笑道：「唸了這麼久的經，現在定是集體去方便後再睡覺。哈！若二百多個和尚去擠茅廁，定有些人等到忍他娘的不住，哈！」

跋鋒寒和徐子陵爲之啼笑皆非。接著三人同時色變。只見有若長蛇陣的和尚，不但沒有散隊，還在一名有著令人懍懾的體型，與其他身穿灰袍的和尚有別的藍袍和尚領頭下，筆直朝白石廣場這邊走過來。除藍袍和尚手持重逾百斤的禪杖外，其他人手掛佛珠，眼觀鼻，鼻觀心的，寶相莊嚴，但又不虞因視野收至窄無可窄而跌倒。

寇仲喃喃道：「茅廁該不在這個方向吧？」

跋鋒寒猜測道：「或者是寺內的習慣，晚課後全體禿頭到這裏來集訓，然後散隊。」

徐子陵見隊伍領先的十多人已進入眼前的廣場，不由縮低兩寸，只剩下眼睛高過鐘樓的外欄少許，頭皮發麻的道：「希望是這樣吧！」

三人毫無辦法的瞧著二百三十二個老幼和尚，整齊地在文殊菩薩和鐘樓間的空地列成十多排，面向菩薩龕。人數雖衆多，卻不聞半點聲息，連呼吸聲都沒有。除了領頭那身穿著藍色僧袍身段高大魁梧的大和尚外，另外尚有像他般身穿藍僧袍的三個和尚，形相各異，跟他分立四角。令人很易猜到他們就是淨念禪寺的四大護法金剛。

三人居高望下去，看得心中發毛，暗忖這批和尚若組成一支僧兵，定能在戰場上橫衝直撞，如入無人之境。幸好現在所有人都是背向他們，使他們在心理上舒服點。

寇仲咕噥道：「定是待了空那老傢伙出來訓話，原來他的閉口禪只是用來騙香油的。」

跋鋒寒和徐子陵強忍著不敢笑出來。

「咿尼！」在三人目瞪口呆下，兩扇高達一丈的重銅門無風自動般張開來，露出裏面黑沉沉的空間。不由慶幸剛才沒有闖進去作賊，原來眞有人藏在銅殿內。除非銅門的內部是木材或空心的，否則三人都自問沒有把它如此輕易推開的功力。而推門者顯然是以內勁一下子把門推開的。只是這份功力，已到了驚世駭俗的地步。他們雖明知了空是高手，但絕不會想到是寧道奇那般級數的高手。

衆僧齊宣佛號，又嚇得三人一跳，泛起杯弓蛇影的感受。一個高挺俊秀的和尚，悠然由銅殿步出，立在登殿的白石階之頂。衆僧在四大金剛帶領下，合十敬禮。

三人哪想得到練閉口禪的禪主了空大師，不但不是愁眉苦臉的老和尚，還是如此年輕俊秀，橫看豎看不會超過四十歲。

他的身材修長瀟灑，鼻子平直，顯得很有個性。上唇的弧形曲線和微作上翹的下唇，更拱托出某種難以言喻的魅力，嵌在他瘦長的臉上既是非常好看，又是一派悠然自得的樣兒。下頷寬厚，秀亮的臉有種超乎世俗的湛然神光，神態既不文弱，更不是高高在上的盛氣凌人，而是教人看得舒服自然。最使人一見難忘是他那對深邃難測的眼睛，能令任何人生出既莫測其深淺，又不敢小覷的心。了空穿的是一襲黃色內袍，棕式外套的僧服，份外顯出他鶴立雞群般的超然姿態。

就在此時，其中一名護法金剛一聲唱喏，全體和尚如臂使指地，整齊劃一的轉過身來，面向高起達十丈的鐘樓，合十施禮。三人嚇得立刻滑坐地上，面面相覷。

不知誰在下面叫道：「佛門靜地，唯度有緣！」

此語剛說畢，衆僧一起唸誦，木魚鐘磬，又遁著某一規定韻律於誦經聲中此起彼落，夜空似沾上了祥和之氣，份外幽邃深遠。

寇仲倒吸一口涼氣，低聲問道：「是否已發現了我們呢？」

跋鋒寒道：「此事難說得很，或者他們唸一會便散隊去睡覺？」

徐子陵挨著圍欄，搖頭道：「我對此沒有絲毫奢望。現在只有兩條路好走，一是立即溜掉，死了對和氏璧這條心；另一條路則在這裏捱時間，直至有和尚走上來撞鐘。」

寇仲狠狠道：「他們沒有理由能發現我們的。武功最高的小白臉和尚了空本來是在銅殿內下地獄，現在該碰巧是這個樣子，我們怎都應待上他娘的一會兒。」

跋鋒寒搖頭道：「上乘武功，講究應進則進，該退便退。我對你們中原寺廟的規矩雖所知不多，但總沒有不向佛爺菩薩而向鐘樓唸經的道理，擺明是要在動手前先超度我們三個在他們來說是罪孽深重的人。只是一個了空我們加起來都未必勝得過，你不走恕小弟不奉陪了！」

寇仲苦笑道：「走便走吧！爲何把話說得這麼重，還嫌我今晚不夠失望傷心嗎？」

就在此刻，三人同時生出感覺，朝眼前樓中心處的龐然巨鐘瞧去。

「噹！」鐘響前，三人早捂著耳朵。一粒佛珠撞響了銅鐘，反彈掉在三人眼前處。三人同時色變。竟是一粒銅珠，卻能敲得出令整座鐘樓震動起來的巨響，這是甚麼禪功？

衣袂拂動的聲音傳上來。三人哪忍得住，探頭瞧去。下面的和尚全體轉了身，包括了空大師在內，都是面向銅殿。三人哪還不知機，忙躍下鐘樓，落荒逃了。

三人回到早先駐足的山頭，猶有餘悸的瞧著遠方山上令他們有過如噩夢般經歷的淨念禪院。

跋鋒寒嘆道：「難怪師妃暄把和氏璧藏在那裏，世間竟有這麼厲害的和尚！」

寇仲頹然道：「王世充眞懂介紹，竟叫我去闖會吃人的寺，回去定要跟他算賬，至少打他三下屁股。哈！」

跋鋒寒捧腹道：「虧你還有興趣說笑，我這一生人從未試過這麼的窩囊，眞想一把火燒掉他鳥的寺院。」

寇仲見徐子陵嘴角含笑，讚道：「陵少的修養眞好，栽了這麼一個大觔斗，仍像剛幹了個小姑娘般快樂。」

跋鋒寒啞然失笑道：「你自己滿肚怨氣，竟隨處找人發洩，還說是兄弟？」

寇仲已笑得喘起氣來，指著徐子陵道：「他的樣子不只是很開心，而是非常開心，老跋你不覺奇怪嗎？」

徐子陵失笑道：「老子開心不行嗎？關你寇仲的鳥事？」

這次輪到跋鋒寒訝然道：「子陵為何眞像很開心的樣子？」

徐子陵淡淡道：「因為這個盜寶遊戲才是剛開始，所以我心情大佳，明白嗎？」

跋鋒寒和寇仲呆了起來，只會瞪著他，卻找不到可說的話。只要不是瘋子，就該不敢再起意去盜寶。

徐子陵又道：「但你們必須答應我一件事，就是不可殺傷廟內任何一個和尚。」

寇仲和跋鋒寒更是愕然以對。那些和尚不來殺傷他們，他們已該酬神作福，豈敢再有其他奢望。

徐子陵傲然卓立，遙望燈火黯淡中的淨念禪院，油然道：「和氏璧確在銅殿內，我感覺得到。」

寇仲大惑不解道：「在那裏又如何？就算你肯讓我們大開殺戒，我們也沒有絲毫成功的機會。」

跋鋒寒點頭同意。雙方的實力太懸殊了。

徐子陵微微一笑道：「我們只要做到一件事，今晚和氏璧就是我們的。」

兩人齊問道：「甚麼事？」

徐子陵從容道：「只要我們能再躲到鐘樓上就大功告成。」

寇仲抓頭道：「徐師傅可否說得清楚一些？」

徐子陵在兩人熱切的期待下，油然道：「剛才在銅門開啓前，我首次感覺到殿內的和氏璧。」

寇仲和跋鋒寒爲之愕然。假若徐子陵說的是「銅殿啓門時，他感應到和氏璧在殿內」，那是順理成章，兩人亦不會驚奇。因那意思便像敞開了門「看」到東西那般。

徐子陵一股勁兒的說下去道：「那是在了空以眞勁推動銅門前約十息的時間。如小弟所料不差，直至那刻了空仍以和氏璧在進行某一種禪定的功法，所以我感受不到和氏璧的存在。直至他收功的一刻，我對和氏璧始生出感覺。」

寇仲皺眉道：「這和盜寶能否成功有何關係？」

跋鋒寒欣然道：「當然大有關係。子陵是否感到和氏璧有異樣的情況？」

徐子陵點頭道：「正是如此，甚至了空也受不住，故而要啓門出關，暫且離開。王世充並沒有說謊，和氏璧的確不斷變化，但只有達至先天至境的禪道高人，方能感到璧內所蘊藏的異力。你們本該有感覺，只因當時分了心神，距離又遠，發覺不到而已。」

寇仲生出信心，道：「快說出你的盜寶大計。」

徐子陵道：「首先我們要假定王世充所說和氏璧會隨天星而不斷變化這番話非是吹牛皮。若事屬如此，和氏璧的變化也該如天星般循環往復，周而復始。」

跋鋒寒一震道：「子陵是否指和氏璧正逐漸生出對禪道中人有害的變化，所以全體和尚均須遠離銅殿，只能駐守在外圍的地方？」

寇仲苦思道：「整個禪院唯銅殿正門對著的白石廣場燈火通明，只要派幾個眼力較好的和尚在廣場四周監視，恐怕蒼蠅飛過都瞞不到他們，我們又如何入殿？」

徐子陵道：「這完全是一場賭博。我賭的是了空因以和氏璧練禪出了點岔子，故必須覓地靜修，予我們可乘之機。」

跋鋒寒不解道：「只是那四大護法金剛和二百多個武功高強的和尚，已非我們應付得了。看他們操練有素的樣子，說不定還懂得甚麼羅漢大陣、金剛大陣那類玩意兒。」

寇仲拍腿嘆道：「我明白了，只要能引得他們在銅殿前動手，他們自該比我們更受和氏璧的影響，說不定打兩下便抱頭溜走，哈！眞有趣。不過我們得手後又如何逃走？」

徐子陵笑道：「你這叫心切則亂，只要我們能把和氏璧搶到手，等於取到對付衆和尚的惡咒。但我們必須待至和氏璧對他們最有害的一刻才可下手奪寶。若誤了時機，須等待它下一回循環，但人家亦該有所預防！」

跋鋒寒道：「子陵似乎肯定我們不會像那些和尚般會受到和氏璧的不良影響，致功力大減，這究竟有甚麼道理？」

徐子陵微笑道：「那純粹是一種直覺，因和氏璧只會令我生出想親近的感覺。不過由於它會變化至甚麼地步，卻不是我所能預估，所以必須先藏身於最接近寶璧的地方，觀其變化，等到最適當的時機動手。明白了嗎？」

寇仲和跋鋒寒均精神大振，一洗剛才窩囊失意的心情。

徐子陵虎目神光電閃，淡淡道：「去吧！」領先再朝淨念禪院疾射去了。

第四章

千古異寶

作品集

第四章　千古異寶

三人改由禪院後牆的方向上山。那處當然不會有八百零八級石階直通山頂，而且頗爲陡削，全是危崖峭壁。

他們橫過一道環繞崖腳而過的小河，徐子陵提議道：「若我們三個人一起去搶東西，事後只要那些和尚描述出來保證誰都會想到是我們三人幹的。我們現在已是仇家遍地，若再多出一批武功高強的和尚尼姑，甚至惹出寧道奇來，日子絕不會好過。」

跋鋒寒和寇仲點頭同意。由於他們三人不久前曾在曼清院公開現身，加上體型異於常人，下半晚便有人如此聯袂去偷東西，若仍猜不到是他們，就是天下第一的大笨蛋。

寇仲皺眉道：「但有些事想瞞都瞞不了的。例如我們的螺旋內勁已成天下知名的奇功，動上手立即無所遁形。」

徐子陵微笑道：「這個你不用擔心，我的螺旋勁已達收發由心，快慢隨意的境界，要蓄意瞞人，包保絕無破綻。」

兩人爲之動容。

寇仲羨慕地道：「我何時可學得你那樣兒呢？」

跋鋒寒道：「你仲少何須去學子陵，每個人也因才情不同，而發展出自己獨家的路子，所以最好一切本乎天然。」

寇仲頷首受教，跋鋒寒向徐子陵道：「不如我們伏在暗處，當你奪寶成功，由我們掩護你撤退。」

徐子陵搖頭道：「無論在任何情況下，你們都不可現身動手，否則會給拆穿身分。」頓了頓嘆道：「這次絕不能以力取，只能藉和氏璧的異能，伺機動手。若眞個跟那些和尚打起上來，一個與三個並無分別。所以只由我一人出手，賭賭運氣。你們在這裏等我，當我跳崖下來時及時把我抱住，這種接應最有實效。」

寇仲大訝道：「小陵你一向對和氏璧和我的爭天下都沒有多大興趣，爲何這次卻如此積極？」

徐子陵淡然道：「最根本的原因是我心底下同意像和氏璧這類異寶，唯有德者居之這句話。其次我也有好奇心，和氏璧可能代表著我們三個人三個不同的夢想。」

跋鋒寒點頭道：「依我來說，和氏璧代表的或者是一塊令我邁上武道極峰的踏腳石；在仲少來說則是爭天下的關鍵，他寧可把寶璧投進大海，亦不願讓它落到李世民手上。」接著凝視著徐子陵道：「但子陵對和氏璧又有甚麼憧憬？」

徐子陵深吸一口氣道：「當我感應到和氏璧，心中湧起一種玄之又玄的平靜感覺，似乎璧內深藏著宇宙某一種秘不可測的眞理，所以生出探求之心。」

跋鋒寒從背後包袱取出一襲夜行勁服，交到徐子陵手上道：「時間無多，你快去行動吧，否則說不定明天了空會把和氏璧移走。」

寇仲道：「最好扮得老一點，你去後，我們一邊爲你唸經，一邊想辦法如何處理得寶後的善後工作，最重要是三人一致，來個矢口不認。小心點！我的好兄弟。」

徐子陵撲上琉璃瓦的殿頂，銅殿出現在眼下，正門和燈火輝煌的白石廣場在另一邊，不見半個人影。同一時間，他清楚感應到銅殿內的和氏璧。那是一種非常奇異的感覺，似乎這名傳千古的稀世奇玉，發放著某種超乎任何人所理解的能量。只是短短十多息的光景，這種放射性的異力已遞增一倍。以徐子陵的修養亦立受影響而生出一股煩躁的感覺，差點掉頭便走。至此眞正體會到禪院內爲何所有和尚都要避開。此時他戴上了那副老人的面具，只要再佝僂起胸背，保證連熟人都難以把他辨認出來，加上用頭巾包裹起烏黑的頭髮，更是全無破綻。背掛的是寇仲爲他削成的堅實木劍，以惑人耳目。

徐子陵深吸一口氣，眞氣由右腳心湧泉穴升起，剎那間遊遍全身，煩躁立消。忍不住暗地嘖嘖稱奇，又大惑不解。和氏璧的影響若是如此容易化解，禪院的和尚爲何對它畏之如虎？此際已不容他多想，猛提一口眞氣飛身下殿，繞往銅殿面向白石廣場的正門。

佛號四起。衣袂拂動之聲，同時從四方八面傳來。「噹！噹！噹！」禪鐘連響。這一切早給徐子陵算中，理也不理，逕自撲往殿門，探手抓著兩個大銅環，運勁猛拉。殿門應手而開。一股寒流迎面衝來，使他的血液也差點凝固了，全身眞氣散竄亂闖，呼吸困難。徐子陵當機立斷，急忙散去行功運勁，寒氣立時消去，一切回復正常。

他哪敢停留，加急撲入殿內。感覺有如進入了一個銅造的大罩子中，又或到了一個覆蓋的銅鐘內。四壁密密麻麻安放了過萬尊銅鑄的小佛像，無一不鑄造精巧，襯托在銅鑄雕欄和無梁的殿壁之間，造成豐富的肌理，經營出一種富麗堂皇，金芒閃閃的神聖氣氛。外面的燈火映照進來，把他拉長了的影子投射在殿心和對著正門的殿壁處，令他份外有作賊心虛的異樣感覺。而他的影子，剛好投射在一張放在殿心的小銅几和銅几後供打坐用的圓墊上。一方純白無瑕，寶光閃爍的玉璽，正與世無爭的安然置於銅几之上。

璽上雕鑴五龍絞扭的紋樣，手藝巧奪天工，但卻旁缺一角，補上黃金。

徐子陵心神皆顫。門外衣袂聲不斷響起，卻沒有人闖進殿內來。這就是春秋戰國時群雄爭相奪取，天下獨有的無價之寶，並留下了傳誦千古「完璧歸趙」的故事，秦始皇得之以取天下，建立一統中國的稀世奇珍和氏璧了。在這一刻，徐子陵感到自己忽然間與自己國家的千年歷史，不能分割的連接起來。

一聲佛號在門外響起，接著陰柔的聲音傳入來道：「貧僧不嗔乃本寺四大護法金剛之首，負起護寶之責，施主若肯迷途知返，不嗔可許諾任由施主離開。」

徐子陵踏前一步，探手抓起寶璧。一股難以形容的冰寒之氣，透手心而入。

徐子陵故意改變嗓子，發出一陣難聽的笑聲，狂氣十足的道：「老夫既敢來取寶，自有把握離開，不知不嗔你是否相信。」

一聲冷哼，在殿外響起，接著一把雄厚有勁的聲音喝道：「無知狂徒，竟敢到佛門靜地來撒野，若不立即放下寶玉，離開聖殿，休怪我不痴的降魔杖不留情。」

徐子陵暗運眞氣，小心翼翼的把璧內寒氣吸進左手手心，過中指，經肘外的陽腧脈至肩井穴，再由此而下往帶脈，轉往背脊督脈。他現在最大的難題是自己一旦運氣行功，立要受到和氏璧的影響，如果改變不了這情況，他只能乖乖接受不嗔的「好意」，棄寶抱頭鼠竄。故能否憑長生訣的奇異內氣來馴服此寶，實乃眼前最關鍵的頭等大事。寒氣所到處，徐子陵經脈欲裂，心中煩躁得似可隨時爆炸，全身毛管直豎，眼耳口鼻像給封住了地難過得要命。唯有眉心處印堂內的祖竅穴仍有一點靈明，使他不致變成瘋子。

他一邊咬牙苦忍，強抗著走火入魔的威脅，一邊暴笑道：「誰敢踏入殿門半步，我就運功碎此寶貝，教誰都得不到。」

另一把低沉的聲音在門外道：「貧僧不貪，施主此言差矣，舉凡神物寶物，冥冥中自有神佛作主，非是由凡人決定，若施主可毀此寶，只是天意如此！」

徐子陵的心神此時全集中在和氏璧上，而貫注全身經脈內的寒氣，已到了不能忍受的地步。最要命是全身動彈不得，想把和氏璧放下亦力有不逮。

驀地勁氣狂起。他清楚感到一枝巨大的禪杖正朝自己背心直搗而來，偏是毫無閃躲或應付的方法。起始時他仍能控制寒氣在體內經脈行走的速度，希望能以本身陽剛灼熱的眞氣加以中和融滙，取爲己用。哪知和氏璧神秘莫測的異力就在他吸取寒氣之時，突然以倍數遞增，狂潮激浪般湧入他體內，變成浩蕩狂闖的寒流，將他本身的眞氣衝得支離破碎，潰不成軍。當任何一道經脈抵受不住壓力而破裂，就到了走火入魔不能挽回的階段。心叫我命休矣，重鐵禪杖搗在他背心處。徐子陵腦際轟然劇震，虎軀猛搖，卻出奇沒聽到自己肉折骨碎的聲音。

後面傳來一聲悶哼。「噗！噗！噗！」隨著沉重的呼吸聲和遠去的足音，他知道襲擊者硬是被反震得踉踉跌退門外。就在中杖的刹那，徐子陵渾身一鬆。令他快要走火入魔的至寒之氣像忽然找到宣洩點，又似決堤的洪水般，全借禪杖宣洩出去。而他自己則全身虛虛蕩蕩，難受得差點軟倒地上。徐子陵哪敢怠慢，連忙發動內氣。奇妙的事發生了。奪天地精華的灼熱眞氣，與和氏璧仍在源源入侵的寒能，同時分由右足湧泉穴和左手心注進體內。福至心靈下，徐子陵這次學乖了，把本身眞氣調節至與和氏璧傳入的寒氣同步的速度，讓兩方在丹田下氣海最重要的竅穴生死竅匯合。

「蓬！」後面傳來重物墜地的聲音和連聲驚呼。徐子陵哪還有閒情理會，更知道若不能立時制服和氏璧侵體的奇異寒流，這回休想有命離開。

猛吸一口氣，把因受和氏璧影響而煩躁不安的感覺完全排出腦海外，緊守著祖竅穴的一點清明，心神則全放在氣海處。這正是傳君婥傳給他們「凝神入炁穴」的基本功法。不過傳君婥教他時，做夢仍沒有想到會用在這種從所未聞的情況下。一熱一寒，來自兩個不同源頭的氣勁，箭矢般進入氣海內。

徐子陵知這是決定生死成敗的一刻，心靈靜如井中之月，以意馭勁，把己身眞氣化作螺旋異勁，像繞棍而上的長蛇般，纏往和氏璧貫入竅穴的寒氣。假若他不是曾有和寇仲偏於陰寒的眞氣相互結合的豐富經驗，這一刻的反應定是設法把侵體的可怕寒氣全力驅出體外，而不會設法據之爲己有。自與寇仲「陰陽同匯」後，他的眞氣陽中藏陰，免去了孤陽不長的危險，但眞氣仍是偏陽偏熱，以陽爲主，以陰爲輔。但和氏璧傳來的寒氣，卻大別於寇仲生生不息，充滿生機的眞氣。徐子陵無法具體地形容來自和氏璧的寒氣，那是有別於任何人體發生的氣勁，偏又是莫可抗禦，龐大無匹。那是一種積蓄在和氏璧那三寸見方的小空間內，又似若無盡無窮的可怕能量。兩股氣流終於在氣海交接。

徐子陵再提一口眞氣，己身眞氣立時以旋轉的方式纏上寒氣。「轟！」他完全體會不到發生了甚麼事，只覺所有經脈膨脹起來，接著又立即收縮。一脹一縮，他的神經卻像給無形的大鐵鎚重擊了一下。無數的奇異景象，不斷在脹縮間閃現於在腦海之內。滿天的星斗，廣闊的虛空，奇異至不能形容的境界。時空無限地延展著。

「嘩！」徐子陵噴出一口鮮血，在經脈不知脹縮了多少次後，回復清醒。體內的寒氣完全消失了，代之而起是古怪之極的感覺，全身經脈似乎全沐浴在溫暖的陽光下，有說不出的舒服。和氏璧的寒氣似再不注進體內去。

徐子陵仍未弄清楚發生了甚麼事，靈台一片清明，心中湧起莫以名狀的狂喜。倏地轉身。門外密密麻麻滿佈和尚。入門處的地上遺下一根彎曲了的禪杖，看得徐子陵也一陣心寒。那代表了兩股狂猛眞力的交擊。三大護法金剛在門外石階下，正扶著那個有懾人體型的高大和尚，後者全身仍在抖顫著，口角溢血，一臉難以相信的神色。

徐子陵知他只是受了震傷，暗叫了聲「對不起」，抹去嘴角血漬，左手托著千古異寶和氏璧，走到石階頂的平台處。天上星羅棋布，夜風徐來。和氏璧放射著無法形容的采芒，寶光流溢。對方包括四大金剛在內，全體往後移開。徐子陵訝然瞧往擱在手心上的寶璧，暗忖爲何自己現在完全不受和氏璧的異能影響呢？忽然間他記起自己忘了佝僂起身體扮作老人家，不過這時想補救都來不及了。

護法金剛其中一位鬚眉皆花白，年在六十許的老和尚合十道：「施主能以背心硬擋不痴全力一杖，可見功力蓋世，未知如何稱呼。」

徐子陵從聲音認出他是四大護法金剛之首的不嗔和尚，對他的讚賞暗叫慚愧，不過此時已別無選擇，只好硬撐下去，改變嗓喉，以沙啞聲音仰天發出一陣狂笑，道：「了空到哪裏去了，我正要找他算賬。」

不痴掙開別人的扶持，踏前一步喝道：「何方鼠輩，現在你縱然交回寶物，亦休想離開。」

徐子陵現在扮演的是一個目中無人，狂妄自大的老傢伙。做戲自然要做全套，哈哈一笑把和氏璧遞前，冷哼道：「有本事就來取吧！」

不痴立時眉頭大皺，往後連退兩步。

另一名高瘦的護法金剛合十道：「施主和敝寺禪主有何恩怨，竟要找他算賬？」

徐子陵心中恍然，明白到他們是因爲害怕和氏璧可怕的能量放射，所以設法拖延時間，希望躲在密室潛修的了空能及時出來收拾自己，心想此時不溜，更待何時。

大笑道：「那筆賬遲點再算吧！現在我手癢得很，誰來陪我玩玩？」

右手抽出背後榴木劍，左手握著和氏璧，衝下石階。龐大的氣勁，像一堵牆般往不嗔等四人壓下去。

首當其衝的不嗔一揮禪杖，往他橫掃過來，擺明不肯讓他近身，怕的當然非是徐子陵，而是他左手內的和氏璧。

徐子陵見他雖簡簡單單的一下橫掃，內中實含無數變化後著，配上奇異玄妙的步法，實是不易招架。最厲害是禪杖由緩而快，帶起的氣勁把他完全籠罩在內，務要令他不能脫身。同時他亦感到和氏璧的「異力」在消減中，若他一旦陷入這些和尚所佈的大陣裏，最後的結局定是力戰而亡。除不痴因傷往外讓開，矮胖的不懼和高瘦的不貪同時揮動禪杖搗至。

他心知肚明，若不趁被圍上前逃命，將永遠走不了。一聲狂喝，榴木劍畫出，重重揮打在不嗔攻來的禪杖處。左手則拿著和氏璧在空中揮了一圈。三人的攻勢倏地頓了一頓。

「蓬！」氣勁交擊。徐子陵暗叫僥倖，借力往上拔起。翻了個觔斗，來到銅殿頂的上空，才知整個銅殿周圍全被手持禪杖的和尚包圍，而十多個伏在殿頂的和尚則齊聲口宣佛號，等待自己落在殿頂的一刻。

大吃一驚下，徐子陵猛提一口眞氣。奇妙的事發生了。以前他不是沒試過在空中換氣，但作用只是把體內將消的舊力延續，絕比不上騰空之初所蓄的新力。但這刻卻完全不同。體內的眞氣有如山洪暴發，更勝先前，似乎經脈本身便已含蘊著無窮的氣勁，那種感覺活像整個人會騰空飛翔那樣子。

「呼！」徐子陵再一個觔斗，越過銅殿頂，同時避開不懼和不貪兩人凌空啣尾追來的攻擊。不懼、不貪落往銅殿頂，他已離殿頂達十丈的距離。十多名和尙同時吐氣揚聲，脫手擲出手中禪杖。

淨念禪院的僧人的確是人人武功高明，這十多枝禪杖擲得極有分寸，並不只以他爲目標，而是籠罩了他所有可能避開的進退之路，像一片無所不包的杖網般往他投去。

勁氣破空之聲充盈在銅殿頂的空間上。徐子陵卻是夷然不懼，倏地下沉。此時兩枝禪杖電射而至。徐子陵雙足點出，分別點中杖頭。「啪啪」連聲，他改變去勢，像一片黑雲觸電似的平飛開去，越過了另一座大殿的上方，在包圍著銅殿的衆僧眼睜睜下橫過上空，往後院的方向投去。

寇仲和跋鋒寒翹首上望，在明月嵌於其中的星空照耀下，徐子陵熟識的影子由小變大，忙蓄勢以待準備接應。衣袂飄拂聲中，徐子陵來到他們頭上三丈許處，忽地一個翻身，奇蹟般減緩速度，再輕巧如落葉般飄前丈許，落到地上。然後搖晃了一下，差點跌坐地上。

寇仲和跋鋒寒同時目瞪口呆。這山崖雖不算高，但至少有三十丈的高度，兩人自問跳下來雖不會跌死，但多少會受點震傷，哪能像徐子陵現今的樣子。他們掠過去時，徐子陵已先一步竄進對崖樹林去，兩人哪還不知機，慌忙追隨。一口氣奔出二十多里後，三人在一座山腳的密林處停下來。

徐子陵攤開左手，微笑道：「看！藺相如就是因此寶而名傳千古。」

兩人目不轉睛地瞪著徐子陵手上的寶貝。

寇仲探手取過，「呵！」的一聲道：「我的天！爲何這麼燙手。」

徐子陵一呆道：「沒有理由，明明是冷得像冰塊般。」

寇仲遞給跋鋒寒道：「你來作公證人，究竟是寒還是熱？」

跋鋒寒小心翼翼的接過，先細觀印文，道：「一般的漢字我還認得，但這八個鬼畫符般的文字，你們說是甚麼意思？」

寇仲探身來看，搖頭道：「這是鳥形篆文，要王通來讀才行。老跋啊！我現在是要你感覺一下這鬼東西是寒是熱，而非研究上面刻的是甚麼字。」

跋鋒寒微笑道：「我現在心中一片祥和，輕鬆寫意，可知傳說中和氏璧能安鎮心神之說，非是杜撰。」

徐子陵伸手輕拂璽印上鐫刻的文字，以指尖順著其中兩個最簡單字形的筆畫寫道：「這兩個字縱使認不出也估得到，該是『于天』兩個字。眞奇怪，剛才這鬼東西仍能令人心煩欲死，現在卻只予人心平氣和的感覺。」

寇仲亦伸手來摸，道：「前頭兩個字應是『受命』，而最後則是『永昌』。哈！『受命』于天，甚麼『永昌』，就只兩個字認不出來，我們合起來該等於八份六的王通。」

跋鋒寒一直全神的盯著手板上平放的寶璽，目射奇光道：「現在你們感到它是寒還是熱呢？」

寇仲道：「當然是熱啦！」

徐子陵愕然道：「究竟出了甚麼問題，那有熱的玉石？」

兩人轉而瞧著跋鋒寒，等待他的答案。

跋鋒寒整張臉亮了起來，道：「我從未見過這種質地的玉石，寒中帶熱，熱中含寒，裏面更似隱藏著無窮盡的能量。若能據之爲己有，細心參研，定有一番意想不到的收穫。」

寇仲苦笑道：「問題是連慈航靜齋和淨念禪院的師姑和尙都拿它沒法，我們可以有甚麼作爲？」

徐子陵淡然道：「我有辦法，趁現在離天亮尙有一個時辰，我們立即著手參研，冀有所得。若不能在短時間內功力大進，明天將是我們的受難日！」

三人走到離淨念禪院東約五十里的一座山巔的隱秘處，圍著一塊扁平的大石盤膝而坐，罕世奇珍則擺在扁石的正中處，在天亮前漆黑的星空下異彩漣漣，使人有種超凡脫俗、秘不可測的奇異感覺。

跋鋒寒聽罷徐子陵描述進入銅殿盜寶的經過和感受，欣然道：「子陵這種情況先賢早有說過，美其名爲脫胎換骨，又或洗髓易筋，其實只是強化了經脈負載的能力，使眞氣的容量以倍數增加，又或加快氣勁行走的速度。看來子陵先前那場造化已奠定了日後成爲頂尖高手的基礎，通常這類過程必需一段艱苦奮鬥的悠長歲月，而你則只需數息的時間，實是武林史上前所未有的奇事。」

寇仲喜道：「子陵是否已功力大進？」

跋鋒寒搖頭道：「功力或者增強了一點，卻仍要再經時間修練，但已是非同小可。要知人力有時而窮，等若一個木桶，只能容一定份量的清水。而經和氏璧改造後，子陵已從一只木桶，變成一個沒有人知道有多深的水潭，以後就要看子陵能汲取得多少水了。」

徐子陵心悅誠服道：「我的感覺也是如此，鋒寒兄斷得眞準。」

寇仲深吸一口氣道：「現在該如何著手對付這好寶貝？」

跋鋒寒亦皺眉道：「我們應否等待寶璧變得狂暴凶烈時下手採取它的能量？」

徐子陵胸有成竹的道：「那是不必要的，且亦太危險。難道要我也來全力搗你們一杖嗎？」

寇仲點頭道：「我明白了。小陵可向老跋詳述你的心得細節，我則去四處踩查，免得給人伏在附近都不知曉。」

寇仲去後，徐子陵道：「我這招數是從婠婠處偷學來的，是把所有眞氣收束在氣海下的生死竅穴內，令經脈內沒有半點眞氣，便可重演剛才和氏璧發生在我身上的情況並汲取得它的能量。」

跋鋒寒默然半晌，嘆道：「我現在終於明白甚麼是眞兄弟生死之交，若換了任何其他人，不想盡辦法獨佔寶物才怪。但你們卻像請吃飯喝酒般，毫不在乎，單是這種襟懷已令我跋鋒寒傾心折服。」

徐子陵笑道：「這叫有福同享嘛！」

接著仔細描述了如何行功的細節。這時寇仲及時回來，三人列陣而坐，徐子陵居前，寇仲在後，跋鋒寒於中，後兩人以掌按貼前面一人的後心，而徐子陵則把和氏璧握在手上。

徐子陵深吸一口氣後，道：「開始哩！」

猛地運功，右足立時火般灼熱，眞氣貫注全身，送入和氏璧內。寶璧立時瑩亮生輝，采光流溢。三人同時劇震一下，有若觸電。那是難以描述的一種強烈感覺。就像和氏璧活了過來般，放射出無與倫比的精神異力，要侵進他們的腦袋和體內去。奇怪而陌生的景象紛紛呈現，令人煩躁得幾欲瘋狂大叫，似若陷身在不能自拔的噩夢裏。

徐子陵來自長生訣的眞氣，催發了寶璧狂暴的一面。但此時已是勢成騎虎，欲罷不能，三人惟有散去全身氣勁，緊守靈台祖竅穴的一點清明，堅持下去。

首當其衝的徐子陵先感到和氏璧內的異能以比上次更凶猛倍增的來勢不斷洶湧澎湃，有若脫韁野馬般注進他手心去，再循每一道大小經脈闖進自己的體內。徐子陵哪想得到有此情況，剎那間意會到必是與自己強化了的經脈眞氣有關之際，全身的氣血似都凝固起來，而和氏璧的寒氣卻是有增無減，源源不絕。

跋鋒寒立時發覺情況有異，知道徐子陵對和氏璧的異能已完全失控，忽然間他面對著畢生以來最痛苦的決定。假若他把手掌移離徐子陵變得寒若冰雪的背心，那他可安然全身而退，但徐子陵則肯定完了。如他依徐子陵所授心法施爲，結果可能是遭遇到不痴擊出那根禪杖的命運，自我犧牲的承受了那記重擊。猛一咬牙，跋鋒寒運功猛吸。寒流像暴雨後的山洪般狂衝進跋鋒寒體內。

跋鋒寒「嘩」一聲噴出一蓬血雨，噴得徐子陵的頭、頸、背殷紅一片，觸目驚心。手心則似橋梁般把兩人的經脈連接起來。最奇怪的事情發生了。異氣透入手心的剎那，仍是冰寒徹骨，但倏又變成寒熱纏捲而行的氣流，像千萬頭頑皮可惡的鑽洞鼠般在他的體內亂竄亂闖，沒有一道經脈能得以倖免。最奇怪是明顯地那股寒流要比熱流強大多了。以跋鋒寒堅毅不移的意志，仍差點忍不住慘叫呻吟。全身氣血膨脹，經脈則似要爆炸開來般，那種痛苦超出了任何人能抵受的限度。經過徐子陵體內的和氏璧異氣，再輸出時自然而然以螺旋的方式催發，以倍數計地增強了放射性的破壞力。

最後面的寇仲先見跋鋒寒噴血，接著是兩人劇烈顫抖，跋鋒寒的背心則陣寒陣熱，已心知不妙。不過他卻沒有像跋鋒寒般要經過天人交戰，想都不想，立即全力吸取跋鋒寒體內的怪氣。

「嘩！」寇仲像跋鋒寒般鮮血衝口而出，灼熱至似能把他的經脈燒融的狂流，立即貫滿全身。

剎那間，寇仲知道三個人的命運全操在自己手上。假若他任由異氣征服了他，那三人勢陷於全身經脈盡裂而死的下場。他必須把異氣反送回跋鋒寒體內，再由他輸回徐子陵處，最後讓徐子陵反贈給像魔神般可怕的和氏璧去，造成一個此來彼往的循環。三人的經脈這時已毫無阻隔的接連起來。寇仲此念剛起，他蓄藏在氣海內的螺旋寒勁全力湧出，迎向疾如閃電般破入他經脈內的熱能。

「轟！」三人全身神經像給激雷疾電猛劈了一下般，不由同時噴血。跋鋒寒感到寒熱交纏的螺旋勁氣倒捲而回，但這次已沒有偏寒的感覺，而是恰到好處的寒熱平衡，有種令他說不出來的舒泰，顯然已大大減弱了它的傷害性。他本已打定不免一死，現在得此轉機，精神一振，藉著來勢，先把氣勁引往丹田，再循經脈輸進徐子陵體內去。

徐子陵本像結了冰的經脈立時和暖了少許，也就藉這些許差異，使他回復生機，忙以意行氣，右足湧泉穴火般灼熱，貫入體內去，同時把寒流物歸原主，反注往給他兩手緊握的和氏璧去。

最後方的寇仲則不斷引發從天靈穴貫入的寒氣，盡力中和入體的熱流。

更奇異的事發生了。和氏璧的亮度不斷劇增，亮得有如天上明月，彩芒閃耀，詭異無比。奇怪的氣流在三人間的經脈循環不休，由冰寒分化爲寒熱交流，到寇仲體內時則化爲熱勁，且愈走愈快，到後來完全脫離了三人的控制，循環往復，沒有絲毫會停下來的跡象。

徐子陵左足的湧泉穴愈是灼熱，而寇仲的天靈穴則倍添冰寒。在一般情況下，兩人絕難忍受這忽寒忽熱的變化，但這刻卻是覺得愈寒愈好，愈熱愈妙。腦中諸般幻象，更是此起彼消，異景無窮。

幾個循環後，跋鋒寒體內的寒熱流已趨近平衡，強弱相捋。以跋鋒寒行遍萬里路，見多識廣，亦不明白此刻究竟發生了甚麼事。總之由徐子陵方輸來的寒氣，進入他體內便成偏寒的寒熱流，由寇仲處反輸來時，則成偏熱的寒熱並流。而他要做的和可以有作爲的唯一之事，就是設法以己身眞氣令兩股寒熱氣流達至平衡。由於寒熱的強弱不住變化，跋鋒寒便像個踩索子橫過高崖的耍雜技者，要使盡渾身解數，方能勉強保持平衡，否則立是失足墜崖跌個粉身碎骨的慘局。

徐子陵此時已能再運動本身的眞氣，只沒有能力截斷從和氏璧洶湧而來的龐大氣能。幸好脈分陰陽，和氏璧的寒氣從陽脈而來，送入跋鋒寒手心去。從跋鋒寒回來那寒熱捲纏的眞勁，則從陰脈回輸到璧內。

氣流的每一個循環，令三人的經脈都似乎膨脹了些許。愈轉愈快之後，忽又轉趨緩慢，如此由快變慢，由慢變快，也不知經過了多少次和多少時間。忽地三人頓感到像天崩地裂般一陣劇痛，全身經脈若爆炸開來似的，身體同時彈開。徐子陵前仆，寇仲後跌。跋鋒寒則整個給拋上半空，再重重丟在草地上。三人躺在地上，只能喘氣，一時都爬不起來。但都知道一些極端奇妙的事情已在自己身上發生了。

跋鋒寒呻吟一聲，首先爬起來，發覺自己渾身濕透，汗珠色黑味腥，但身體卻舒泰輕鬆至極點。睜目一看，整個天地都不同了。山頭遠近的山林像變成另一個世界似的，不但色彩的層次和豐富度倍增，最動人處是一眼瞥去，似能把握到每一片葉子在晨光中柔風下拂動的千姿百態。

跋鋒寒感動至渾體猛震，跪了下來，熱淚不受控制的奪眶而出。他閉上眼睛，內外的天地立時水乳交融的渾成一體。和煦的陽光從東方射來，投到他身上，從沒有一刻，他像目下般感受到自己的存在，生命的意義。

跋鋒寒展開內視之術，立時大吃一驚，又是一陣狂喜和不再作他求的滿足。正如他先前所說的，他的經脈是以倍計地強化了，雖並沒有立刻功力大增，但只要再像一貫般精修勵行，必能事半功倍。要知人力有時而窮，到了跋鋒寒這般級數的高手，想有寸進亦是難比登天，但經過剛才的奇異改造過程，他便似由一泓水窪，變成了一個無底深潭，每個竅穴，每道經脈，都脫胎換骨地變成有無可限量發展潛力的寶藏，哪能不令他欣悅如狂。耳中忽傳來寇仲的聲音道：「我的娘！爲何我這麼腥臭。」跋鋒寒睜開虎目。

徐子陵和寇仲坐了起來，一個呆頭呆腦的凝望著從東方緩昇的朝陽，一個則正大力聞嗅手心汗水的氣味。

寇仲以一個非常滑稽的方式，手腳並爬的來到跋鋒寒旁，訝道：「老跋爲何你忽然變得更英俊了？整張老臉像會放光似的，看來和氏璧最好是拿來作潤膚的補品。」

跋鋒寒以衣袖拭去臉上淚汗難分的污漬，失笑道：「你雖沒有死，但是否瘋了？一點不顧風範儀態。」

兩人對視一眼，同時捧腹大笑，但爲何發笑，有甚麼好笑，卻是誰都弄不清楚。

徐子陵仍呆望朝陽。

兩人來到他旁，奇道：「你在看甚麼？」

徐子陵吁出一口氣，喃喃道：「爲何我朝太陽直瞪，竟不覺得陽光刺眼？」

兩人忙朝太陽瞧去，平時刺目的陽光，變得溫暖舒服，大異往常。

寇仲夢囈般道：「我的娘！太陽原來是個大火球，爲何平時總看不出來。」

跋鋒寒心中一動，問道：「和氏璧呢？」

徐子陵苦笑著攤開雙掌，上面沾滿粉末狀的東西，只餘下補角的小塊黃金，但亦像被某種力量擠壓得變了形狀。

兩人呆瞪著他掌上的殘餘，不能相信的齊聲道：「這就是和氏璧？」

名傳千古的異寶竟成了粉末？

徐子陵點頭道：「這東西在我手內爆成碎粉。完了！和氏璧完了！」

寇仲舐舌道：「我們小心點把粉末從小陵的手掌上刮下來，待會拿酒送入肚子作補身，說不定另有奇效。」

跋鋒寒和徐子陵同時笑罵。

寇仲哈哈一笑，彈了起來，擺出君臨天下的姿態，大喝道：「誰敢說我寇仲不是眞命天子，連和氏璧也和我身璽合一，我就是受命於天的寶璽，寶璽就是我，我無論用手指或腳趾畫的押，都是御印，哈哈！」

跋鋒寒回復冷靜，長身而起道：「勿要得意忘形，我們因盜璧而來的煩惱才是剛開始。目下先要找道溪流，洗淨身上的污漬和血漬，再設法編個像樣的故事，解釋昨晚到了哪裏去。總而言之矢口不認和氏璧是我們偷的，否則尚未成爲眞正高手，已被慈航靜齋和淨念禪院的師姑和尙亂棍打死了。」

寇仲哈哈一笑道：「難怪說富貴人家份外怕死，不似窮人爛命一條。來吧！愈早回城愈不惹人懷疑，我尙要應付王世充那隻老狐狸哩！」

三人笑語聲中，沒進密林去。

王世充愕然道：「和氏璧不是落到你手上嗎？」

就這麼一句話，寇仲已可肯定淨念禪院內有人與王世充暗通消息。因爲他先要知道和氏璧給人盜走，方會奇怪盜寶者不是寇仲。

今早三人在清溪洗渥了所有痕跡，又把諸般罪證，包括面具、衣服、榴木劍等找個隱蔽處埋藏起來，再大搖大擺的入城。

守門的是王世充的人，立即把寇仲截著，把他「請去」見王世充。

徐子陵則和跋鋒寒分道揚鑣，前者去了會虛行之，後者往見東溟公主探聽消息。

密室內。寇仲裝模作樣的苦笑坐下，嘆道：「不要提了！我們摸上了禪院的鐘樓，豈知竟給了空那禿頭發覺，發動幾百個和尚一起向我們唸經超度，我們只好知難而退。」

王世充雙目寒芒閃閃，瞪了他好一會後，訝道：「先不說和氏璧的事，爲何你的氣色和眼神像和以前有點不大相同的樣子？」

寇仲伸了個懶腰道：「這叫業精於勤而荒於嬉。昨晚逃離淨念禪院，我們閒著無事，在附近一個山頭互相以眞氣爲對方打通經脈，王公既已瞧出來，可見我們的練功方法很有成效。」

這都是三人杜撰出來的證供。眞中藏假，假裏帶眞，即使狡如王世充，亦難以分辨眞僞。

寇仲接著皺眉道：「聽王公的語氣，似乎和氏璧已給人偷了？這是沒有可能的。一來淨念禪院大若皇城，想找小小一方寶玉等於大海撈針。其次是禪院內人人武功高強，了空更是深不可測，除非王公你調動大軍強攻進去，否則我們只能望著寺門前那八百多級石階興嘆。」

王世充默然半晌，嘆了一口氣頹然道：「縱使我信你也沒有用。剛才淨念禪院派人來找我，要我通知你在今夜子時前把和氏璧歸還禪院，否則他們將不惜一切從你身上把和氏璧取回去，在這種情況下我也護不住你。」

寇仲勃然大怒道：「哪有這種道理的，殺了我也交不出那勞什子鬼玉璧來。」後句倒是千眞萬確。

不過王世充這麼說，又推翻了寇仲以爲院內有人與他暗通消息的猜想。

王世充皺眉道：「了空一向不問世事，但這次顯然因失寶動了眞火，湊巧在失寶前你們又曾到過那裏去，所以這次你們跳下黃河都洗不清嫌疑，你們三個最好找個地方避避風頭火勢。我實在不願與淨念禪院、慈航靜齋，甚或寧道奇等正面爲敵。」

寇仲心中暗罵王世充不夠義氣，表面卻裝出諒解的神色，道：「王公放心，我絕不會讓你爲難的。嘿！我可以走了嗎？」

王世充苦澀地道：「我知你定怪我不夠朋友。但在眼前的形勢下，我實難分神去惹那種勁敵。不過假若盜取和氏璧一事確與你沒有關係，將來自然有水落石出的機會。」

寇仲知他並沒有盡信他們三人合編的故事，微笑道：「我寇仲怕過誰來？管他娘的甚麼師妃暄、了空禿頭、寧老鬼，若硬要冤枉我，便放馬過來。」

王世充探手按在他肩頭處。寇仲還以爲他想暗算自己藉機搜身，一驚下體內眞氣天然發動，剎那間全體眞氣貫盈，比以前至少快了一倍，其中一股透出肩井穴撞上王世充的手掌。

「啪！」王世充的手掌給撞得彈了起來，驚叫道：「你幹甚麼？」幸好王世充功力深厚，否則這下便要受傷。

寇仲知是誤會了他，胡謅道：「忘了告訴王公，我自《長生訣》練來的功夫，很多時會不受控制的。」

王世充運功化去被他侵入體的螺旋勁氣，神色古怪的道：「你的功力比我猜想的還要高明很多。難怪上官龍敗在你手底下，我忘了問你：你拿他怎樣處置呢？」

寇仲頹然道：「『陰后』祝玉妍親自出手，攔途截劫的把這傢伙搶走了。」

王世充一震道：「祝玉妍？」

寇仲這次是眞正苦笑道：「不是她還有誰？否則誰能把到了我們口邊的肥肉弄走。是了！昨晚曲傲和伏騫的決戰誰勝誰負？」

王世充瞪大眼睛瞧了他好半晌，現出難以相信的神色，搖頭道：「祝玉妍既出手，怎肯只要人而不要命？」

寇仲冷哼一聲，雙目透射出比以前強烈倍計的精芒，沉聲道：「那就要比量眞本領才行。我承認單打獨鬥絕非她的對手，但三個人合起來，她也奈何不了我們。王公尚未回答我的問題呢。」

王世充吁出一口氣道：「你知否剛才動氣時兩眼亮起來竟像是夜空中星閃的奇怪光芒，這是先天眞氣裏『天人交感』的境界，道家稱之爲『虛室生電』。我雖遇能人無數，但眼神能現出金光者，卻絕不超過五個人。怪不得祝玉妍收拾不了你。」

寇仲心中暗喜，又怕他再起疑，笑嘻嘻道：「王公誇賞了！我哪會這般厲害。只不過《長生訣》有異尋常，打開始就是天人交感。但卻並不眞是功夫達到王公說的層次。差點忘了問你，獨狐閥那邊有甚麼動靜？你不是說把宮城重重圍困了嗎？爲何昨晚我會見到獨孤鳳在曼清院內走來走去呢？」

王世充道：「你記得『美胡姬』玲瓏嬌嗎？她不但人美武功高，還頗有智計，更擅長偵察敵情，實乃不可多得的人才。」

寇仲心中立時浮起她那冷若冰霜，拒人於千里之外，但又充滿女性誘惑力的動人美女。點頭道：「我對漂亮女人的記性一向很好。」

王世充笑道：「男人該是這樣的。不妨告訴你！她昨夜曾三入宮城去探消息，回來說獨孤閥由上至下，人人士氣昂揚，信心十足。我聽後便知不妙，獨孤峰必有所恃，才能如此的氣定神閒，不怕我包圍宮城。經商議後，希夷兄、可風道人和陳長林均一致認爲：我們把戰線拉得這麼長，若敵人反撲，我們必首尾難顧。所以把兵力集中在皇城內，再在宮城內廣布暗哨，如此進可攻退可守，在策略上高明多了，你認爲如何呢？」

寇仲暗忖美胡姬果然是個人才，竟能從對方的神態上看出端倪。點頭道：「玲瓏嬌瞧得很準，我看獨孤峰是在等南海派的人，聽說『南海仙翁』晁公錯正兼程趕來。」

王世充色變道：「你這消息從何而來，獨孤峰怎請得動他？」

寇仲好整以暇道：「獨孤峰當然沒這個本事。但李密卻和晁公錯有密切的關係。可能南海派亦想把勢力擴展到北方來，故郎情妾意，一拍即合。晁老頭加上尤婆子，是近二百年的功力，的確不易應付。」

王世充長身而起道：「此事非同小可，我必須立即作出布置，否則死了仍不知是怎麼一回事。」

寇仲早清楚他自私自利的性格，撇開伏騫和曲傲勝敗的問題，立即告辭離開。

剛踏出守衛森嚴的尚書府，董淑妮嬌滴滴的呼叫聲在後響起道：「寇仲！你這兩天滾到哪裏去哩。」

徐子陵踏入天津橋頭的董家酒樓，十多道目光同時落在他身上。酒樓內一如往常般擠滿人，鬧哄哄的氣氛熾烈，佔了一半是來自各地的商旅和江湖人物。拿眼來瞧他的人無不現出驚異之色，又和身旁的朋友交頭接耳。更有些女孩子在向他頻拋媚眼。徐子陵心知準是昨夜在曼清院露了一手，頓時使他成為「名人」。單是他們敢公然與李密、陰癸派、曲傲等各大勢力為敵，誰敢再小覷他們。何況昨夜他們揭破洛陽幫上官龍的真正身分，又憑真功夫把他生擒而去，此事牽涉到洛陽的武林興替，不轟傳全城才是怪事。所有這些因素加起來，他們三人立成洛陽最引人注目的人物。

「原來是徐爺，寇爺是否待會來呢？讓小人先領徐爺到樓上的廂房好嗎？」

原來是昨天招呼他們的夥計。不知是否收到風聲，態度比昨天更要誠惶誠恐，必恭必敬。

徐子陵很想找個地方清靜一會，奈何這次來的目的是要讓虛行之發現自己，心中暗嘆一口氣，道：「我只是一個人來，想還是在大堂比較熱鬧些。」

夥計忙道：「一切聽徐爺吩咐，我立即為徐爺找張檯子。」

徐子陵受到如此隆而重之的招待，反渾身不自在起來，淡淡笑道：「有空檯子才喚我吧！我到門外看看天津橋一帶的風光。」不待他回答，逕自走出大門外。

陽光普照下，天津橋上人來車往，船隻則在橋底流過的洛水穿梭來去，一片大城市水陸并輳的繁華景象。這時有人從酒樓步出，徐子陵讓過一旁，那人已將一團紙團塞進他手裏，徐子陵認得是虛行之，煩惱盡去，忙把紙團收在袖內。虛行之走上天津橋，沒進人流裏去。徐子陵正要回去告訴那夥計不用勞煩找桌子，一輛馬車停在眼前。簾幕掀起，露出沈落雁如花的玉容。

這位以智計聞名的俏軍師甜甜一笑道：「子陵啊！到車內來和人家聊兩句好嗎？」

徐子陵心中一陣煩厭，冷冷道：「道不同，不相為謀，我們間還有甚麼好談的？」

沈落雁毫不在意道：「徐公子顯是有所不知。現今東都謠言滿天飛，都說和氏璧已落入你和那兩位好朋友其中之一的手上。此刻誰不摩拳擦掌，誓要從你們手中奪取寶物，你不想多知一點消息嗎？」

徐子陵心中大為懍然。淨念禪院失寶之事只是昨夜發生，若非是禪院的人故意洩出消息，怎會傳得街知巷聞。不過沈落雁說話一向眞假難辨，說不定是藉機故意誇大。

徐子陵灑然笑道：「不要說笑哩！我雖知道和氏璧一個可能的收藏地點，但自問沒有盜寶的資格。更不相信有人能從那裏把寶璽偷出來，你不用試探我。」

沈落雁凝視了他半晌，似在分辨他說話的眞僞，然後幽幽一嘆道：「若你說的是眞話，那你已惹上天大的麻煩。慈航靜齋在江湖上有至高無上的地位，誰都不敢惹她們……」

徐子陵故作愕然道：「你在說甚麼？竟像和氏璧眞是失去了的樣子。這消息你是從甚麼地方聽來的？」

沈落雁環目一瞧，經過的行人都拿眼在打量他們，微嗔道：「進車內再談好嗎？哪有在大街大巷，人來人往的地方談機密的呢？」

徐子陵微微一笑道：「我們並沒什麼可談的，他們要當是我所偷，便算是我偷的好了！」

再不理她，轉左朝天津橋走去。

走了十多步，沈落雁追下車來，趕到他旁，大嗔道：「你這人的腦袋是怎麼生成的？這麼頑固執迷，誰叫你們在失寶前曾到過淨念禪院，人家不找你找誰？你雖戴上面具，但卻有人認出你的身形呢。」

徐子陵心中叫苦，幸好對方尚沒有眞憑實據，不過此事唯一之計仍是矢口不認。

沈落雁穿的是一身鵝黃色的勁裝疾服，美艷得可媲美刻下灑得洛陽燦爛輝煌的陽光，可是徐子陵卻無心欣賞。

徐子陵嘆道：「你究竟是聽誰說的？」

沈落雁淡淡道：「你知否王薄和了空有近五十年的交情，今早是由他發武林帖予各方人馬，說出和氏璧被盜的情況。並明言若今夜子時前你們仍不歸還寶物，他將不擇手段置你們三人於死地，你還當是開玩笑嗎？」

徐子陵微笑道：「若我眞是盜寶的人，昨夜已高飛遠遁，哪會仍在這裏等人來找我晦氣。不管怎麼也好，有本事的便衝著來吧！」

此時兩人走下天津橋。男的瀟洒飄逸，有若神仙中人；女的美艷清麗，宛如下凡仙子。自是引得途人側目，投來艷羡欣賞的目光。誰知他們是貌合神離，說的更是這種大殺春光的事。

沈落雁鼓著氣陪他走了一陣子，輕跺小蠻足道：「你何時變得像寇仲般驕狂自大的？你知否今夜子時後，你們將成武林的公敵。找你們的人中將包括師妃暄和寧道奇，正邪兩道最有實力的頂尖門派都成了你們的大仇家。」

徐子陵苦笑道：「我有甚麼辦法呢？只好兵來將擋，水來土掩。」

沈落雁壓低聲音道：「假若東西眞在你手上，我們可以來個交易。」

徐子陵哂道：「即使眞在我手上，也不會和任何與李密有關的人交易，沈軍師你明白嗎？」

沈落雁垂首不語，默默挨近了點，輕柔地道：「若我與李密沒有任何關係？那又如何？」

徐子陵愕然瞥了她一眼，搖頭不信道：「我只會當你在開玩笑。」

沈落雁嘆了一口氣，點頭道：「我知你從沒有相信過我，但這次眞的是爲你好的。最大的問題是根本沒有可能憑空鑽出一個無人知曉的盜寶大賊來？唯一的可能是你們三人其中之一所扮的，且身形又相若。大丈夫敢作敢爲，爲何卻害怕承認自己所做的事，不怕教天下人恥笑嗎？」

她辭鋒的厲害，差點令徐子陵招架不住，苦笑道：「既是如此，我們只好趁子時前逃離洛陽，因爲怎麼辯白仍不會有人相信。」

沈落雁拉著他走進一道橫巷，左轉右彎，到了靜處，低聲道：「這正是我要和你做的交易，亦是密公親自指示的。只要你承認和氏璧確在你們手上，我們不但不用你交出來，還把前嫌一筆勾消，並動用一切人力物力把你們送出洛陽去，如何？」

這番話連徐子陵聽了也覺有點心動，皺眉道：「休要騙我，難道軍師的老闆不想把和氏璧據爲己有嗎？」

沈落雁沒好氣的道：「你和寇仲兩個可叫聰明一世，蠢笨一時。誰不知和氏璧是沒人不想擁有，但卻絕不會蠢得下手去偷的東西。和氏璧本身雖是古往今來最有名氣的寶玉，但它的眞正價値卻在其歷史意義和象徵。兼且此玉原是由最得天下人尊敬的寧道奇所保管，再由他交給代表白道武林的師妃暄，只有不要命的瘋子會去偷奪。你究竟是否眞個明白？只有當師妃暄正式把和氏璧交給你，和氏璧方可以發揮它的眞正作用。」

徐子陵奇道：「那是否說你的密公肯定師妃暄不會挑他作和氏璧的得主，所以寧願和氏璧永遠消失？」

沈落雁苦笑道：「我若否認便是向你說謊。但其中情況卻恕我不能多作透露。」頓了頓續道：「千萬不要低估師妃暄，她可能是繼寧道奇後中原武林最出類拔萃的武學大宗師。只看她這次處理失寶的雷霆手段，便知她行事的方式深合劍道之旨，一下子把你們逼上死角……」

徐子陵截斷她冷然道：「所以若我們真的逃走，等於承認和氏璧是我們偷的。哈！沈軍師此計真絕，難怪肯把前嫌一筆勾銷！因爲以後自有師妃暄和寧道奇來尋我們的晦氣，對吧？」

沈落雁像被傷害了的退後一步，俏臉轉白，鐵青著臉兒怒道：「你這叫不識好人心，既是如此，一切後果由你自己負責！言盡於此，你自己好自爲之。」猛一跺腳，掉頭走了。

徐子陵卓立不動，好一會後，微微一笑道：「朋友既大駕光臨，何不現身一見？」

巷子兩端同時傳來冷哼之聲，接著「長白雙凶」符真、符彥分別從牆頭躍下。前者提著一把精鋼打造的長柯斧，斧頭加安尖錐，砍劈和刺戳均同樣靈活；後者的兵器更古怪，似劍而曲，鋒尖成鉤狀，擺明專走險奇路子。

徐子陵心知肚明自己掉進沈落雁精心布下的陷阱，對方這次必是竭盡全力，務要使自己一是被殺，一是被擒。但他卻夷然不懼，猛提一口眞氣，搶先發難。

董淑妮扯著寇仲避過一隊操來的衛兵，到了道旁嬌嗔道：「你怎麼攪的，昨天整日見不到你的人影，一副飽食遠颺的負心漢模樣。」

寇仲見尙書府門前的十多名守衛均拿眼偷看，尷尬道：「你說話低聲點行嗎？」

董淑妮露出一個迷人至極的笑容，神態天眞地點頭道：「只要你肯陪人家，奴家自然會聽你的話哩！」

她今天穿的是緊身白色緗紅邊的勁服，把她渾身美好的曲線表露無遺，該高的高，該小的小，充滿青春火熱的誘人魅力，問題在寇仲哪有欣賞的心情，訝道：「你不是說不再喜歡我嗎？爲何忽然改變主意。」

董淑妮扯了他衣袖，著他隨之沿皇城的大道朝皇城的南大門走去，小女孩般雀躍道：「因爲我想來想去，我認識的人中還是你最好，又不會像可厭的蒼蠅湊蜜糖似的纏著人家，更何況尙書大人根本沒意思把人家許你，還囑人家不要和你來往呢。」

寇仲心中暗罵，王世充果然是不安好心。盜和氏璧一事怕也是個陷阱。只是他料不到自己眞能得手，現在則要設法把事情推得一乾二淨。

董淑妮湊到他耳邊輕輕道：「我要你今晚陪我去參加一個宴會，到時再商量私奔的大計。」

寇仲失聲道：「你說甚麼？」

徐子陵差點失聲驚呼。就在他提運眞氣的一刻，左右腳心的湧泉穴一寒一熱：左湧泉穴的寒氣直沖背脊督脈，過尾枕，經泥丸，再由任脈而下丹田；右足的熱氣則反其道而行，逆上任脈，過眉心祖竅穴，穿泥丸而下督脈，再由脊骨的尾閭穴入丹田。最妙是當兩股寒熱不同的氣流在泥丸相遇時，立即以捲纏螺旋的方式，一順一逆的向相反方向疾行於經脈之內。每到一個穴位處，眞氣竟像一個漩渦般積聚擴大，使他體內每個穴位都成了眞力的倉庫般。他的丹田若如主力軍所在，而三十六個主竅穴則爲小隊的軍事單位。這是以前從未出現過的情況。即使以前與寇仲的陰陽合流，亦只是陽中藏陰，陰中蘊陽；

不像現在左足湧泉能自動吸取充盈於天地間的先天陰氣。唯一的解釋是和氏璧內奇異的力量，把他的經脈徹底改造，而非只是跋鋒寒所說的「強化」。假若以前的經脈是淌流的小溪，現在則成了奔騰澎湃的大河。那種脫胎換骨的感覺實是難以形容。

他所有感官的靈敏度均以倍數提升。方圓百丈內任何聲息都瞞不過他的耳朵，皮膚更清清楚楚感應因符眞、符彥兩人逼來而生出的空氣變異。從他們身體生出的龐大氣勢，其強弱度絕非平均分布，而是隨著他們的意念的催動，不斷找尋自己的破綻和弱點，故而強弱點隨之變化。他從未試過如此清楚地把握到對手的虛實，宛若一個從小失明的人，忽然回復了視力。

同一剎那，他感覺到另一個敵人潛伏在左方牆內某一地點，正守待他逃走的一刻，施以突襲。他整個腦子晶瑩通透，無有遺漏。就在此刻，他清楚知道符眞的長柯斧會搶先一線發動攻擊，然後輪到符彥古怪的鉤劍。這兩人的確是武功強橫，甫現身便以凌厲的氣勢壓制著他，教他無法脫身逃走。換了在經脈改造前，他們確有撲殺他的實力，但現在他已可肯定自己若要脫身將沒有問題，問題只在如何應付第三個敵人的攻擊。想到這裏，符眞、符彥分別逼至十步之內。

勁氣狂飆，殺氣漫空。兩敵同時暴喝。長柯斧揚上半天，化作一道激電，疾往他頸項斬來，強大無匹的勁氣，先一步破空割來。符彥則坐馬運步標前，鉤劍循著奇怪的進攻路線，在丈許的距離內變化無方，似能攻向他任何部位，充分發揮出此一奇門兵器諸般幻變的特性。長白雙凶敢與王薄作對，果是非同凡響。

一時殺氣漫空。兩昆仲皆目射寒電，狠狠盯著徐子陵，換了心力較弱者，只是他們的眼神足可令其心膽俱寒，鬥志盡失。

徐子陵清楚感到憑現在突飛猛進的功力，或可勝過其中一人，但卻絕不能在正常情況同時擊退他們，何況還另有高手窺伺在旁，待機出擊。這對符家兄弟，任何一個人均爲獨當一面的一流高手，否則沈落雁亦不放心讓他們來收拾自己。心念電轉間，徐子陵迅疾無倫的連晃幾下。

符彥的身形立時一窒，眼睛射出難以置信的神色，氣勢信心頓即減弱幾分。原來徐子陵每一下晃動，均是針對符彥鉤劍的進攻而發。最令其駭然的，是似能先知先覺般，在他變化剛生，徐子陵已微妙的移了位，使他的攻擊失去最大的威脅力；而更驚人的是當符彥隨之改變攻勢，徐子陵又先一步錯開少許，如此數次之多，使符彥也有無處著力，若如想抓著滑不留手的泥鰍那種無奈感覺。

這種異事符彥尙是初次遇上。一向以來，他至少一半的本領是因鉤劍的特別構造而發展出來的詭奇變化，教人防不勝防。可是如此這般尙未眞正交手，卻給對方完全把握到劍路，實是從未之有的事。一時間由主動變爲被動，頗有不知如何繼續下去的苦惱，哪能不把攻勢放緩下來。高手之爭，爭的便是這一線之差。符氏兄弟數十年來搭配得無懈可擊的聯攻之術，立即出現絕不該有的空隙破綻。

此消彼長下，徐子陵立即氣勢激增，在平靜無波的心境中，閃迎符眞，一指點出。體內眞氣如若水洪暴發，旋轉的氣流裏，以氣海的眞勁爲主旋，在任督二脈先周行一匝，運轉法輪，坎離相交，到腋窩處時寒熱分流，一循陽腧，一經陰腧，到手心再合流，成兩股並行的螺旋寒熱眞勁，每道氣勁各含三十六個飛鉈般的渦旋，透中指刺出。

符眞此時亦因氣機牽引，受到符彥氣勢驟減，慢了一線的影響，致有點進退失據。不過他是勢成騎虎，欲罷不能，又欺徐子陵及不上自己的數十年功力，反加速前進，長柯斧疾劈而去。希冀憑重兵器之利，壓制對方的區區手指。若換了是婠婠那類級數的頂尖高手，此時必會設法把進攻拖遲少許，好配合符彥重整攻勢，那徐子陵或不致立即敗陣，亦會應付得非常辛苦。但符眞始終在智力眼光上差遠了，所以犯上戰略上的大失誤。

眼看指尖點上斧鋒之際，徐子陵再往符彥的方向搖晃一下，身法妙若天成，又是那麼瀟灑和不經意。斧鋒在指尖前五寸許的地方畫過。符眞立時魂飛魄散，他也是了得，忙改劈爲刺，硬是迴斧，以斧頭的尖錐疾刺對手。

徐子陵哈哈一笑，知符眞鋒銳已洩，新力未生，一指點在斧頭尖刺上，眞勁狂吐。「蓬！」寒熱兩股氣流沿斧而入，再在徐子陵的遙控下分由陽腧、陰腧二脈破入符眞體內，氣旋連珠彈發的魚貫而去，符眞頓時吃了大虧。

他另一個錯誤是早聞得徐子陵和寇仲的獨門螺旋怪勁，也擬好應付之法，怎想得到對方竟能寒熱分流，又暗含專破護體眞氣的漩勁球。最厲害是寒熱兩勁截然不同，活像兩個高手同時向自己進攻。此時哪還顧得傷人，運聚全身功力對抗之，猛地抽身急退。

徐子陵亦心叫厲害，無堅不摧的勁氣侵入符眞體內，立時遇上強大的阻力，竟給化去一半，否則只此一指，足可教符眞吐血受傷。

鉤劍襲至。徐子陵冷哼一聲，一個倒翻，不但避過狠辣無比的一劍，還飛臨符彥上方，兩掌下壓。符眞仍是退勢不止，臉上陣紅陣白，一時間無力配合進攻。

符彥氣勢早洩，功力又差符眞半籌，見乃兄被徐子陵一指擊退，已是心膽俱寒，暗萌退意。不過此時豈容退縮，只好舞出一片鉤影劍光，矮身護著上方，不求有功，只求自保。

徐子陵見他在這種惡劣情況下，仍守得無隙可尋，暗叫僥倖，心忖若非自己戰略高明，令他兩昆仲不能形成合圍之局，明年今日此刻怕該是自己的忌辰，亦不敢再作糾纏。一掌虛按地面，另一手化掌爲指，點中鉤背。徐子陵借力筆直彈起。

矛光激閃，沖天而來。徐子陵一瞥下差點要改變主意留下拚死殺敵，皆因攻來的正是仇人王伯當。若非因他對素素的獸行，素素大有可能不嫁給香玉山，終生幸福便不會斷送在香玉山手上。

此人確是武功高強，手上雙尖軟矛被他運功變得形成弓狀，再彈開來時既可加強勁道，又使人難以預防。而且拿捏的時間和速度精確至毫釐不差，逼得身在空中的徐子陵不得不全力應付。

卻不知徐子陵因早知他有此一著，按往地上的一掌恰好發生作用。反撞之力頓生，徐子陵倏地橫移，落往遠方，幾個縱躍，消失在瓦背之後。

王伯當落到巷內，與符真兩兄弟你眼望我眼，既是無奈又是駭然。誰猜得到憑三人之力，仍不能把他留下來？

董淑妮大嗔道：「有甚麼好大驚小怪的。難道你要我去嫁給好色的李老頭嗎？」

寇仲心中一震，徐子陵猜得不錯，李淵和王世充爲了對付現時聲勢最盛的李密，正進行一場政治婚姻的交易，「貨物」就是洛陽艷名四播的董淑妮。去了西顧之憂，王世充遂可放手與李密周旋，而李家亦樂得坐山觀虎鬥。這一切正是由李世民策劃的，只是他想不到自己會成爲被師妃暄挑選的人，種下他日與李建成爭帝位的危機。

李建成究竟是怎樣的一個人？一貫驕橫任性，當然不好對付。故只要把這消息洩出去，傳入李建成耳中，李閥勢難再保持精誠團結的局面。只恨如此妙計，卻不能實行，因爲徐子陵絕不喜歡自己用這種手段，何況消息還是由他而來，一切只好順其自然去發展。紙終包不住火，李建成早晚會知道此事。

城門在望，董淑妮扯住他，試探道：「你想到辦法了嗎？」

寇仲從思索中驚醒過來，敷衍道：「這牽涉到很多複雜的問題，今晚再說吧！」

董淑妮怎知他腦袋中轉著的事，完全與私奔沒有關係，喜道：「今晚你戌時初刻在榮鳳祥的府第後門處等人家，我設法溜出來，不見不散。」

寇仲愕然道：「榮鳳祥是甚麼傢伙，他住在哪裏，今晚你到那裏幹甚麼？」

董淑妮沒好氣道：「榮鳳祥這麼有名的人你竟不曉得，還敢到洛陽來混？他在洛陽有財有勢，大舅父也忌他三分，這裏十家賭場有八家是他開的。他女兒榮姣姣與奴家合稱『洛陽雙艷』，今天是他五十大壽的好日子，所以在家擺壽酒，明白嗎？」

寇仲笑道：「既是江湖名人，我當然懂得如何找到他的府第，不過你溜出來時若不見我，最好找第二個人和你私奔，因為我可能已給一群凶惡的師姑和尚圍毆致死哩！」

再不和她瞎纏下去，飛快溜了，氣得董淑妮猛跺腳，偏又拿他沒法。

紙團被運功搓成粉碎，隨風撒往洛水。陽光照射下的洛水閃閃生輝，客船貨船往來不絕。徐子陵坐在洛水岸堤上，沐浴在陽光下，說不出的寫意，一點不把因和氏璧而來的煩惱擺在心頭。他清楚知道自己經過昨晚奇異的際遇後，在武道的追求上已踏出無比重要的一步，否則現在肯定沒有命在此享受陽光和鬧市中別有天地的寧靜。左方遠處橫跨洛河的天津橋人車漸多，但卻像是另一世界，與此刻此地的他完全沒有關係。就在此時，後方有人逼近。徐子陵不用轉頭去看，也知道來人是李靖，暗自嘆了一口氣。

李靖來到他身旁坐下，凝望洛水，嘆了一口氣道：「把東西交出來吧！」

徐子陵淡淡道：「你何時成了師妃暄的發言人？」

李靖苦澀地道：「我知你因素妹而惱我。可是我一向只把她視為好妹子，從沒想過男女之私。就像你和寇仲是我的好兄弟那樣，所以我現在亦不得不來勸你們物歸原主。」

徐子陵冷笑道：「任何人要做一件事，或不做某一件事，都很容易找到說詞和藉口，不過這種事外人實難干預。我只想問你一句話，李世民曾否派楊虛彥去刺殺香玉山？」

李靖想不到他有此一問，呆了半晌，才道：「這牽涉到秦王的機密，我李靖食人俸祿，有些事很難說出口來。」

事實上他等於間接承認了。

徐子陵沉聲道：「現在又是否李世民教你來勸我把東西交出來？」

李靖不悅道：「秦王豈是這種人，而且他對和氏璧根本沒有覬覦之心。我只是為你們擔心，也只有我曉得你有化身成其他人的本領，但卻只能藏在心裏，不敢告訴秦王，你該明白我是左右為難吧！」

徐子陵哈哈笑道：「我們已不再是兄弟了，你愛怎麼做悉隨尊便。」

李靖嘆道：「我明白你們的心情。事實上我亦因由於素妹的事和你們產生誤會而很不好過。不過公歸公，私歸私，和氏璧乃絕不可碰的東西，得了對你們沒有任何好處；甚至你送人也沒有人敢要，這是何苦來由？」

對李靖的苦口婆心，徐子陵只感一陣煩厭，冷然道：「假若李世民對和氏璧沒有興趣，而我們又恩清義絕，我們間怕再沒有甚麼可談了吧？」

李靖猛地起立，虎軀挺直，雙目寒芒閃動，凝望對岸重重延展的房舍，沉聲道：「子陵既執意如此，我亦無話可說。不過無論你怎樣說，大家終曾做過兄弟，我有幾句話，希望你能聽得入耳。」

徐子陵想起當年共患難的日子，心中一陣感觸，苦笑道：「說吧！」

李靖道：「當今天下，四分五裂，戰禍連綿，最終受苦的是平民百姓，我等有志之士，必須擇明主而事之，使天下重歸一統。而經我多番觀察，只有秦王配稱這麼個人，師妃暄的看法與我並無二致。這樣說你明白我的意思嗎？大義當前，甚麼私人的情分都該擱置一旁。」

徐子陵知他看穿了有野心的是寇仲而非他，所以有這番話。

搖頭嘆道：「誰是救世明主，恐怕只有經時間考驗才能證明，而說到底也就是爭天下那麼簡單的一回事。若你說的話只是在這題目上繞圈子，不說也罷。我徐子陵沒有興趣去侍候任何人，這叫人各有志。」

李靖哈哈一笑，連說了幾聲「好」後，洒然去了。

寇仲匆匆離開皇城，趕去與徐子陵和跋鋒寒會合。事情的發展出人意表地急轉直下。首先了空大師透過好友王薄，把事情公然抖了出來。這看似魯莽衝動的一招，實是深思熟慮下的高明策略。說不定是師妃暄在背後主使的。此計之妙，可令任何盜得和氏璧的人變爲「不法之徒」，且成爲各方勢力的公敵。其次則是藉此把一向心儀慈航靜齋的白道門派，統一在一個共同目標之下。師妃暄乃方外之人，自不宜直接捲入塵世的紛爭中，於是透過放棄爭做皇帝的王薄來聯絡白道的各股力量，那時只要找回和氏璧，再經她賜與被揀選的人，勢將更爲轟動。她當然不知道和氏璧已完蛋大吉。現在就算把他們三人煎皮拆骨，都逼不出和氏璧來。哈！想想也覺得非常好笑。

正要轉進大街，前面人影一閃，攔著去路。寇仲定神一看。原來是一個師爺模樣的文士，正一邊捻弄嘴唇上的鬍髭，一邊朝他點頭微笑。不過這人的兩撇鬍子配著他帶著病態的蒼白臉容，卻是極不相稱。使他顯得既輕浮，又有種故弄玄虛的神態。他的眼睛更有種不討人喜歡的黃色，眼肚浮腫，一派酒色過度的模樣。但寇仲卻可肯定對方是一等一的高手，至少是接近邊不負那種級數的。那純粹是高手相遇的直覺，不用甚麼道理去支持。

寇仲暗叫「人不可以貌相」，這病鬼模樣的中年男子施禮道：「在下『病書生』京兆寧，乃知世郎府中的食客，今奉知世郎之命，想請寇公子到知世郎的座駕舟上一敘。」

寇仲訝道：「你憑甚麼知道我是那什麼寇公子呢？我們該是首次碰頭吧？」

京兆寧哈哈一笑道：「你寇公子這種人才，萬中無一，只要經人指點出來，怎會有認不出來的道理？寇公子說笑啦。」

寇仲頹然嘆道：「看來又是爲了和氏璧。我今天不知走了甚麼霉運，總言之這黑鍋我是背定哩！不過現在我有急事要辦，更不想送羊入虎口，待我弄清楚一些問題後，再去拜會王公如何？」

京兆寧皺眉道：「公子實在教在下爲難。請不到寇公子的大駕，回去在下如何向知世郎交代？」

寇仲光火道：「我現在已煩得腦袋出煙，如果連你怎樣向人交代的事也要算入我那條數內，是否想逼死我？」

京兆寧啞然失笑道：「寇兄勿要動氣，我只是希望寇兄去見見知世郎，或是讓知世郎來找寇兄。有甚麼不妥的，你們大家就當面談妥。只要坦誠相對，依著江湖規矩，有甚麼事值得爲此煩惱，或是不能解決的呢？」

寇仲見他既不動氣，說話句句軟中帶硬，表面客氣有禮，暗裏卻利如刀刃，心叫厲害，從容一笑道：「以王公的威望，自應由本小子去拜訪他。京兄既提到武林規矩，便該知若沒有眞憑實據，絕不能硬指和氏璧是在小弟身上。」

京兆寧哈哈笑道：「寇兄眞是有趣，快人快語。那我京兆寧亦不轉彎抹角，我們有的是二百多個人證，只要你們三人一起現身，自有人出來分別眞僞。佛門不打誑語，淨念禪院的大師你們該信得過吧？」

寇仲心中叫苦，表面卻裝出大喜神色，笑道：「那就最好不過，眞相終可水落石出，大白於天下。今天黃昏前我們就三個人聯袂去拜會王公，請問王公的貴舟泊在哪個碼頭呢？」

京兆寧說出了地點後，寇仲心中連叫幾聲娘，一溜煙的走了。

第五章

渾身解數

作品集

第五章 渾身解數

跋鋒寒在徐子陵旁坐下道：「剛才那人是誰？無論他的體型風度都相當有氣概；雖走得氣沖沖的，但我站在柳樹後仍瞞他不過，的確是個難得的高手。」

徐子陵答道：「他是李靖，我們起始時的十式刀法是跟他學的。」

跋鋒寒曾與他山中論武，當然知道「血戰十式」是甚麼。動容道：「幾年前已能創出如此威霸的刀法，現在自然更是不凡，有機會眞要看看從他手上使出來的血戰十式又是怎麼一番味道。」

徐子陵苦笑道：「我們終跟他有過一段過命交情，鋒寒兄最好不要找他動手。」

跋鋒寒哂道：「現在不是我想找他動手，而是他不會放過我們，文的不成來武的。聽說李靖的夫人武功高強，擅使紅拂，來歷神秘。咦！爲何仍未見寇仲呢？」

徐子陵皺眉道：「你究竟得到甚麼消息？爲何說李靖要和我們動手？」

跋鋒寒冷哼道：「李世民那小子若仍不清楚我們是和他作對的，還用出來爭天下嗎？聽東溟公主的口氣，李小子對我們三人極爲忌憚，如不能用，會不顧一切把我們殺死，免致後患無窮。」

徐子陵聽他提起單琬晶時語氣冷淡，更不像一向親暱地呼之爲「琬晶」或「公主」，訝道：「你和單琬晶不是有甚麼不妥當吧！」

跋鋒寒目光落在駛過的一艘小舟處，雙眼寒芒一閃，嘆道：「我和她大吵了一場。」

徐子陵愕然道：「爲甚麼要吵架？」

跋鋒寒苦笑道：「當然是爲了和氏璧，但說到底爲的仍是李小子。她說來倒很好聽，怪我和你們混在一起，致捲入這解不開的死結裏。又說甚麼李小子乃眞命天子的氣人話，逼我把和氏璧交出來。哼！這事哪輪得到她來說我。」

徐子陵啞然失笑道：「懷璧其罪，此語果非虛言。忽然間朋友成了敵人，眞是有趣。」

跋鋒寒微笑道：「像和氏璧這種寶物，唯有德者能得之，從來不屬於任何人。我不會向權威屈服，誰有本事便放馬過來，我現在手癢得很呢。」

接著又哂道：「我還以爲今早和你們分手後，定會有人來找我算賬，至少也該有像拓跋玉和他的俏師妹，又或獨孤鳳等諸式人來湊湊興。豈知碰不到半個人影，教人失望。」

徐子陵笑道：「你老哥昨晚大顯身手，把曲傲逼退，誰敢來惹你，該先好好揣揣自己的斤兩。」

跋鋒寒搖頭道：「照我看卻非是如此，而是因王薄已向江湖發訊，背後更有慈航靜齋和淨念禪院爲他撐腰，所以人人賣他們面子，讓他設法把和氏璧討回來。以此推之，直至今晚子時的最後期限前，我們將會閒得發慌。」

徐子陵道：「別忘了婠婠是不會受任何人約束的，說不定她會先來尋我們晦氣，順便看看可否從我們身上把和氏璧逼出來。」

跋鋒寒欣然道：「那更是求之不得，只要給我們拿著她的一個黨徒，便有方法知道君瑜的行蹤。問題最怕是陰癸派想坐收漁人之利，待捱到今晚子時後瞧情況才向我們採取行動。」

徐子陵苦思道：「現在街上全是我們的敵人，敵衆我寡，單憑武力跟他們周旋乃下下之策，鋒寒兄有何妙著？」

跋鋒寒從容道：「若我所料不差，一切均由師妃暄在背後推動策劃，目的是要使我們作賊心虛，起出賊贓離城遠颺。但我們偏不如她所願，留在這裏與她周旋到底。哈！誰猜得到和氏璧根本不在我們手上，以後也不會在任何人手上。」

徐子陵奇道：「在眼前這種形勢下，且又剛與單琬晶吵了一頓，為何你的心情卻像比以前任何時間更好呢？」

跋鋒寒微笑道：「你和寇仲可能仍未覺察到我們從和氏璧得到的好處有多大，那是在中外武林的歷史上從沒有發生過的事。現在我們三個人，每一個都是活生生的奇蹟與見證。你不覺得有脫胎換骨的美妙感受嗎？」

徐子陵愕然道：「沒有你所形容的那麼厲害吧？」

跋鋒寒深吸一口氣、閉上眼睛，好一會後睜開道：「我已是說得非常謙虛。正如傳說所言：和氏璧乃來自天外的神物，內中藏有可怕的神秘力量，而此力量現在已歸我們三人所有，不但擴充和強化了我們全身的經脈竅穴，還使我們能提取宇宙某種力量和精華。只要我們努力不懈，終有一天能超越其他所有人。因為和氏璧內的力量本身正是超越武功範疇的東西。我能得此妙遇，心情哪能不好。」

接著又道：「至於與單琬晶吵架只是小事一件，和她鬧翻其實還有種痛苦的快感。只要找回君瑜，以後我跋鋒寒再無牽掛。那時寇仲去打他的天下，你則雲遊四海過你喜歡的生活，我便返回突厥挑戰畢玄；各自追求自己的目的和抱負，人生至此，夫復何求。再念到忽然間所有夢想變成伸手可觸的現實，我難道還要心情大壞嗎？」

徐子陵苦笑道：「那要看看我們是否過得了今夜子時再說吧！」

跋鋒寒露出一絲傲氣十足的微笑，淡然道：「今晚子時便讓我們三人大搖大擺的找個地方喝酒作樂，看誰有本事來取我跋鋒寒的命好了。但謹記無論在甚麼情況下，我們都不可承認和氏璧眞是我們偷的，因爲那將使敵我雙方均無轉寰的餘地。」

徐子陵眉頭深鎖道：「我倒不是怕誰，而是不希望因此事出現血流成河的場面。」

跋鋒寒嘆了一口氣道：「你當我眞是喜歡殺人嗎？不過你不殺人，人家卻要你的命。我們亦惟有儘量看著辦吧！我可以答應你，除非逼不得已，我絕不會隨便弄出人命來。」

徐子陵心中一陣感動。跋鋒寒出身馬賊，一向心狠手辣，肯說出這番話來，純粹是看在自己份上，他還有甚麼話可說？

此時寇仲來了，擠到兩人間坐下，哈哈笑道：「你們不是在想找個甚麼地方來躲他娘的一會，先避避風頭吧？」

三人在洛陽最繁盛的天街成品字形般漫步。徐子陵在前，寇仲和跋鋒寒並肩居後。天街的店舖均曾經刻意整飾，檐宇如一，又盛設帷帳，擺滿珍寶器物，各式財貨。夥計們則披錦掛彩，以作招徠，衣著華絕。最動人處是這些售貨者不乏年輕女孩，更是花枝招展，令人目不暇給。連擺地攤的小販，亦一律舖坐龍鬚席，既劃一又別有氣派。

三人各有奇相，徐子陵瀟灑飄逸、跋鋒寒魁宏奇偉、寇仲則威霸精靈，走在一起，自是令路人側目傾倒。三人一邊談笑，一邊對特別矚目的東西指指點點，有時還駐足觀看，細作評估研究。從外表的神態去猜度，誰都想不到他們正在絞盡腦汁，要與強大至不成比例的敵人周旋。

寇仲向一個坐轎子經過的年輕貴婦投以令她臉紅的笑容後，哈哈一笑道：「洛陽眞是好地方，最妙是橫看直瞧總見到美女，哈！怎樣？」

最後兩字則是壓低聲音，運功收束，再送入徐子陵耳內去的。

徐子陵避過一群小孩子追逐，輕輕道：「最少有五股人在跟蹤我們，他們化裝成各式人等，不斷替換，避免引起我們懷疑。」

跋鋒寒讚道：「我只知被很多人跟蹤著，卻沒法分辨對方分屬於五股勢力，你是怎樣辦到的。而最令我不解的是你根本沒有像我和寇仲般四處張望，卻竟然沒有任何事瞞得過你。」

徐子陵在一攤賣人參的攤位停下，向寇仲道：「要不要買株人參回去焗壼人參茶？」

那小販是個外鄉來的大胖子胡漢，聞言不悅道：「我的參乃萬水千山運來的正宗一等野山參，最能活血舒筋，延年益壽，須浸酒才更顯功效，焗茶實在太浪費。」

寇仲笑嘻嘻道：「請恕小子無知，哪株是最好的？今晚我們拿來浸酒喝。」

小販色變氣道：「不賣了！不賣了！這些參定要浸上一年半載，還得埋在地下窖藏，哪能就這麼拿來送酒的？」

跋鋒寒扯著寇仲離開，啞然失笑道：「此人如此固執，包保不會發達，但卻贏得我們的尊敬，如此可否算是得不償失呢？」接著迅快道：「子陵尚未答我。」

徐子陵目光飛快的朝行人如鯽的對街瞥了一眼，從容笑道：「用志不分，乃凝於神。當我把全副精神集中到感官上去後，我的感覺便延伸到四周的人群去，甚至別人投在我身上的目光，也可感應得到。」

最妙是跟蹤者的足音，每當我們停下時，他們的速度都會相應變化，又或故意在我們身旁走過，到了前面某處再由其他人替代。於是很快你便能掌握到他們跟蹤的方式和規律，並清楚他們分屬五組不同的人。」

寇仲踏前一步，和他並肩前行，讚道：「小陵果然了得，但為何你剛才說至少有五股人呢？是否表示除這些人外，另外尚有更隱秘的跟蹤者，但你卻把握不到他們的所在？」

徐子陵道：「正是如此。那純粹是我的感覺，此人方是我們的勁敵，除非能把他甩掉，否則我們休想可快快樂樂的捱到子時。」

跋鋒寒微笑道：「縱管是師妃暄、寧道奇之輩，亦想不到子陵有此特別本領，故我們此計必成，可以行動了嗎？」

徐子陵哈哈笑道：「當然可以！」往橫一移，進入了洛陽三大市場之一的丰都市集。

在皇宮以東和洛水以南的整個城市區域，分布著一百零三個里坊。里坊間有街道連貫，坊內則陌巷相通，在這樣一個百姓聚居的地方捉迷藏，的確是刺激有趣的一件事。丰都市集在洛陽三大市集中居首，比其他大同、通遠兩個市集更具規模，食檔貨攤林立，人頭湧湧，喧鬧震天。

徐子陵領著兩人左穿右插，看似速度一般，皆因三人上身不動，下面卻展開腳法，從人群的間隙中如泥鰍般滑行。徐子陵此時把感覺發揮至巔峰狀態，忽左忽右，忽緩忽速，橫移直竄，每一下移動都是針對敵人跟蹤的方式而變化，有若與人交手過招。有時更會折返原路，教人難以猜測。

轉眼間他們從市集的北門溜出去，橫過車馬道，又不顧人家的阻攔抗議，前門入舖，後門離開，到了一條橫巷內，越牆離去。

寇仲和跋鋒寒隨著徐子陵翻過高牆，竄房越屋，有時又落巷狂馳，到了城東南處，一條河流從東方蜿蜒而來，兩岸樹木婆娑，房舍重重。

寇仲得意道：「地圖上有說明的，這條叫伊水。」又指著右方水去處道：「那就是集賢坊，伊水到了那處開叉分成兩條，從長夏門左右流往南郊，再去便是了空的老巢！」跟著壓低聲音道：「甩掉了嗎？」

徐子陵沉吟半晌，搖頭道：「只甩掉了那些庸手，我剛才說的勁敵，仍像附骨之蛆般躡在我們身後，現在我的感覺更強烈。」

寇仲駭然道：「這麼都甩不掉，會否是師妃暄或寧道奇呢？」

跋鋒寒負手淡然道：「當然不是他們。以他們的身分地位，怎屑於幹這種事。若我所料無誤，這跟蹤者必是獨孤鳳，因爲在市集一次掉頭竄走時，我似乎嗅到她的體香。」

寇仲和徐子陵記起「多情公子」侯希白給她追蹤的往事，點頭同意。

寇仲苦惱道：「這叫功虧一簣，沒有市集那種便於捉迷藏的地方，更難避過她的跟蹤。」

徐子陵微笑道：「你看河上的舟楫來來往往多麼熱鬧，我們也來湊興如何？」

跋鋒寒哈哈笑道：「若只是到船底湊興，小弟自樂於奉陪。」

寇仲喜道：「果然是妙計！」當下穿過岸旁的疏林，投進水裏去。

三人在城西南一座小橋底下神不知鬼不覺的離水登岸。同時運功催發體熱，當經過里坊的牌樓，衣服都乾透了，如變魔法般神奇。

入坊後是一個以石板舖成的廣場，接痕斑駁，造成豐富的肌理，令人有種心脾涼透的舒暢寫意。場中有口水井，兩個婦人正在汲水，有若一張描寫民間生活的圖畫，動人得不似是眞實的。

徐子陵苦笑道：「我們的不幸是從未試過平凡中見眞趣的生活。像現在我的心神只能放在是否給人跟蹤上，其他的事只好拋開，你說是多麼無奈。」

跋鋒寒領先左轉入巷，又避到一旁，讓一群你追我逐、爭先恐後的小孩奔過身邊，湧往石板廣場去。

聽著孩子們遠去的歡笑聲，寇仲向徐子陵嘆道：「我們像他們那般年紀時，除了打架和設法找生計外，似乎從未試過像他們般無憂無慮的玩個天昏地暗，我們是否已痛失眞正的童年呢？」

三人沿巷深進，跋鋒寒不斷打量兩旁的房舍。

徐子陵伸手搭著寇仲的肩頭，苦笑道：「這就是想出人頭地要付出的代價。若非你既要去偷雞摸狗，又要唸書學功夫，我們寶貴的童年歲月怎會爲此虛渡，現在更不會像三隻過街老鼠般給人人喊打喊殺。」

跋鋒寒啞然失笑道：「說過街老虎不是好些兒嗎？至少無人不害怕。凡事都有代價的，現在當是還債好了！來！這邊轉。」

三人右轉至另一條巷內，踏著石板砌成的路面，說不盡的閒適寫意，彷似與世無爭。一位少女正在門前洗濯衣服，驀地見到三人，立時看呆了眼。世間竟有如此英雄人物，且還有三個之多。

跋鋒寒顯是心情大佳，向她報以微笑，追上兩人道：「若有人發動洛陽的地痞流氓四出查探，不到子時前便可知我們到了這裏來。因爲我們實在太易辨認，見了後絕不會忘記。」

寇仲壓低聲音道：「你好像走錯方向哩！是否故布疑陣呢？」

跋鋒寒微笑道：「我這叫先測度地形，來吧！」忽地翻上左方房舍的瓦面，領著二人飛簷走壁，好一會後躍落其中一所平房的小院子裏。大門處有一方寫上「思世居」三字的橫匾，字體洒逸有力，如龍飛於天。

寇仲哈哈一笑道：「虛先生的書法的確非常了得。」

在虛行之交給徐子陵的紙團上，畫的正是尋找這思世居的示意圖，也是他約寇仲見面的地點。屋子分前後兩進，中間有個天井。

徐子陵笑道：「虛先生，我們來了！」

屋內全無反應。

跋鋒寒奇道：「難道尚未回來嗎？」

寇仲領先而行，大門應手而開。他首先跨步入屋，立時虎軀劇震，愕然叫道：「又是你！」

跋鋒寒和徐子陵跨過門檻，來到寇仲兩旁，亦呆了起來。廳內陳設簡單，只有必需的桌椅几架等物。而在靠南面大窗所放置的一張長椅處，虛行之閉上眼睛，一動不動的坐著。

他的頭髮長垂下來，而一身素白的婠婠正拿著梳子，一派呵護備至，神色溫柔地站在椅後，爲他梳理頭髮，情景詭異至極點。

三人千方百計擺脫了跟蹤者，豈知來到這認爲是亂世中的桃花源和避靜的聖地，歡迎他們的卻是眼前可怕的大敵。

婠婠的目光深注在虛行之的頭髮上，檀口輕呼的道：「這麼久才來，人家等得心都煩了！」

三人你眼望我眼，均感落在絕對的下風。寇仲亦想不出任何方法去應付眼前的窘局，伸了個懶腰，到另一角遙對婠婠的椅子坐下，道：「你倒有本領，究竟是怎樣找到這裏來的？」

跋鋒寒和徐子陵分別在靠近大門兩旁的椅子坐下，回復冷靜。

婠婠仍沒有抬頭，目光隨著梳子在虛行之的頭髮上移動，柔聲道：「以你們這麼聰明，仔細想想該可得到答案。閒話休提，先讓你們看點有趣的東西。」

「啊！」虛行之不知被婠婠弄了些甚麼手腳，猛地睜開眼睛，回復神智，仍是動彈不得。

婠婠螓首低垂，瞧著虛行之的側臉輪廓。微微一笑道：「你們現在說的每一句話，虛先生聽得一句不漏。現在讓我們來玩個有趣的小玩意兒。」

虛行之似已知曉婠婠口中的玩意兒，雙目露出苦澀無奈的神情。

寇仲苦笑道：「你似乎有亂闖別人溫暖之家的不良習慣，有屁快放！」

婠婠仍沒有瞧往他們，平靜地道：「對女孩子怎許如此口出污言？我只想問你一句話，究竟是和氏璧重要，還是虛先生的生命重要？」

三人均大感頭痛。

婠婠現在的神態動作，優美高雅，動人之致。白衣黑髮配上她那對赤足和絕世容顏，更是極盡女性的嬌妍溫柔。但三人都知她隨時會下手殺人，不會有半點心軟。而這一著最厲害處，是讓虛行之親耳聆聽寇仲的答案，教他不能耍花樣。

寇仲捧頭痛苦地道：「和氏璧真的不在我手上，教我怎樣交出來呢？」

跋鋒寒和徐子陵亦相對苦笑。

婠婠聞言爲之一愕，仰起俏臉，往三人瞧來，接著嬌軀劇震，一對有如永遠被迷霧籠罩的美眸射出不能相信的神色，梳頭的動作倏止。虛行之眼中反透出充滿希望的神色。

跋鋒寒接口道：「不在我們這裏就不在我們這裏。看在虛先生性命的份上，我跋鋒寒可破例立誓證明和氏璧的確不在我們手上，若你仍要下手殺害虛先生，我跋鋒寒誓要殺盡陰癸派的每一個人。」

婠婠像回過神來般，秀眉緊蹙道：「究竟有甚麼事發生在你們身上？爲何你們的神氣似如脫胎換骨似的？」

三人心中懍然，知道婠婠眼力高明，瞧穿了他們精神修爲上全面的突破。

徐子陵淡然道：「說出來你也不會相信，昨晚我們的確曾到淨念禪院盜寶，可惜連和氏璧的影子都未見到時，便給了空發覺行藏，只好知難而退。其後又橫豎閒著，便依《長生訣》上的方法聯手練功，竟意外地得到些突破成績，但和氏璧眞的不在我們手上。」

跋鋒寒和寇仲心中叫妙。這番話由一向不說謊的徐子陵口中吐出，自然比寇仲說的有說服力。

婠婠露出一個引人遐想的思索表情，幽幽一嘆，收起梳子，柔聲道：「說出來你們也不會相信，因我眞的相信和氏璧不在你們手上，因我懂得『聽音辨情』之術，剛才寇仲那句話確是發自眞心，但子陵兄這番話卻有不盡不實之處。但既與和氏璧無關，奴家自然無暇理會，和氏璧究竟是誰偷的？你們該仍沒有這本事。」

三人鬆了一口氣，亦心中駭然。魔門的秘功絕技層出不窮，教人心生寒意。

寇仲苦惱道：「若師妃暄有你這分辨眞僞的本領，我們便不用再揹這黑鍋！」

動。

「啪！」婠婠一掌拍在虛行之背上，後者立時回復說話與動作的能力，當然仍知機地不敢輕舉妄動。

婠婠移轉嬌軀，變成以粉背對著四人，瞧往窗外圍牆間的小園子，柔聲道：「這回你們是水洗難清。不過在我聽到這消息時，我便感到奇怪，爲何盜寶者是一個人而非三個人？但了空既認定是你們做的，當然有他的道理。」

跋鋒寒冷冷道：「現在你想怎樣？」

婠婠嬌憨地微聳香肩，淺笑道：「假若你們肯把楊公寶藏的秘密說出來，我可助你們安然離開。現在除了我們外，還有誰敢開罪靜齋那群女人？」

寇仲苦笑道：「我看你的聽音辨情並非時時靈光。當年我娘來不及把寶藏說出來便過世了，你教我現在拿甚麼跟你作交換？」

婠婠「噗哧」嬌笑，把美好的嬌軀別轉過來，含情脈脈的瞧著寇仲道：「還要說謊。可別忘了我們從你的手下身上查知所有關於你們雙龍幫的事呢！」

徐子陵冷哼一聲，虎目神光電閃。如非因虛行之仍在她控制下，致投鼠忌器！這刻他會立即動手。

婠婠目光投到徐子陵俊逸不凡的臉龐上，輕嘆道：「兩方雙爭，不是你殺我，便是我殺你，但因應形勢和利害關係，也可以暫時來個合作吧？」

跋鋒寒哈哈笑道：「小姐敢否和本人單打獨鬥一場。其他事待分出勝負後再談。」

寇仲和徐子陵愕然以對，想不到跋鋒寒有此一著。他們雖在功力上因和氏璧突飛猛進，但還需一段時間去消化和修練，那時尚或可有和婠婠一拚之力，現在卻是贏面極少。

婠婠從容笑道：「若你不是生就自我毀滅的性格，便是天生的蠢材。」

跋鋒寒露出一個充滿自信的笑容，淡淡道：「你愛說甚麼悉隨尊便，跋某人只要知道你是否夠種接受挑戰。」

婠婠皺眉瞧了他好半晌，點頭道：「你是看穿了我不會與你們動手，故如此口出狂言。但小心我會忽然改變主意，越俎代庖的替師妃暄收拾你們。」

跋鋒寒雙目射出利比刀刃的光芒，深深刺進婠婠的秀眸去，搖頭沉聲道：「我亦知你既不會亦不敢那麼做的。最微妙的原因是你和師妃暄決戰在即，故而雙方均要保存實力，在這種情況下，你敢和我跋鋒寒決一死戰嗎？」

寇仲和徐子陵恍然大悟，同時心中叫絕。

現在最大的問題，是主動權全操在婠婠手上。她既可落井下石，把他們這藏身之所洩漏出去。又可下手殺死虛行之，以洩心中對他們不肯合作的怨恨。但跋鋒寒卻點出了她唯一的弱點，就是害怕因苦戰而實力受損，致被師妃暄所乘。換了在別個地方，威脅可能不會生效，但在這師妃暄可隨時出現的城中，婠婠豈能不無顧忌。所以只要她下手加害虛行之，三人將會不惜一切的與她惡拚，絕不留手。

婠婠「噗哧」嬌笑道：「跋兄怕是誤會了。我絕無出手殺人之意，只是閒著無事，想和你們聊聊天解悶兒吧！」

寇仲長身而起，哈哈笑道：「這就最好。來！我們大家喝杯香茗如何！說到底你是客人嘛！」邊說邊往廳心的桌子走去。

虛行之趁機離開長椅，笑道：「該由在下這個作主人的斟茶奉客才對。」

跋鋒寒和徐子陵則全神監視婠婠，蓄勢以待。

婠婠飄飛而起，穿窗落到院子裏，嬌笑道：「祝你們好運！」聲落一閃不見。

虛行之舒了一口氣坐下，猶有餘悸的道：「這妖女記性眞好，以前在竟陵只隔遠瞧過我一眼，便知我是誰。今早我和徐爺聯絡，她該剛好在附近，給她看個一清二楚。」

跋鋒寒皺眉道：「你是否今早便給她制著呢？」

虛行之點頭道：「她跟蹤我回到這裏來，然後我便昏迷過去，眞奇怪，她爲何不用卑劣手段逼我說話？」

跋鋒寒沉聲道：「你可能早已說了。魔教中道行高者均懂得甚麼迷魂、移魂一類邪門手法，能令你在睡夢般的狀況下吐露一切秘密，而被施術者事後一點都不曉得。」

虛行之道：「難怪我的腦袋仍怪難受的。」

寇仲苦笑道：「婠妖女只因見我們功力大增，一時無奈，罷手而退。但以陰癸派有仇必報的傳統，定另有算計我們的手段。此地似乎不宜久留，但我們又可以躲到哪裏去？」

跋鋒寒長笑道：「我們現在最大的心障是覺得自己理虧，所以老是想找個地方躲起來避風頭。但其實只要我們克服心障，索性大碗酒大塊肉的在這裏等待子時的來臨，看看別人能拿我們怎樣也是人生一大樂事。」

虛行之一臉茫然道：「究竟發生了甚麼事？」

寇仲搭著他肩頭道：「有酒嗎？」

虛行之笑道：「家中怎可無酒，讓我到後面去拿酒。」

寇仲陪他到後進去，順便向他解釋所發生的事。

跋鋒寒和徐子陵各自靜坐了好半晌，然後不約而同地移往桌子前對坐下來，前者冷然道：「若我沒有猜錯，下趟再遇上婠婠，必是一場惡戰。」

徐子陵點頭同意，卻皺起眉頭。因他們功力猛進，已成了陰癸派一個嚴重的威脅。婠婠不立即動手，是希望讓他們先和師妃暄一方拚個兩敗俱傷，而她則可坐收漁人之利。

跋鋒寒見徐子陵一副若有所思的神態，訝道：「你可是想到甚麼特別的事？」

徐子陵回過神來，思索道：「剛才祝玉妍該隱在後院某處，當時只要證實和氏璧眞在我們身上，她會立即出手搶奪，幸好和氏璧眞的不在我們處。」

跋鋒寒深吸一口氣道：「這才合理，只憑我們在作出突破前的身手，婠婠已沒能力應付我們三人的聯手。所以她必另是有所恃，故敢在這裏等我們。」

徐子陵吸了一口涼氣道：「只一個婠婠足可教我們頭痛，若再加上個祝玉妍在一旁虎視眈眈，我們的日子豈非更難過。」

跋鋒寒大笑道：「明天的太陽將是我們最渴望見到的東西，生命要這樣才有趣味，只有在面對死亡，方會感到生命的彌足珍貴。且武道之要，在於置於死地而後生，只有不害怕死亡，然後能克服死亡，不被死亡征服。」

徐子陵欣然道：「好一番豪情壯語，要用酒來助興才行。」「砰！」一掌拍在檯上，叫道：「酒爲何仍未來？」

寇仲捧著一罈酒奔出來道：「來了！來了！兩位大爺請原諒則個。」

虛行之為各人擺杯子，寇仲則負責斟酒。

「叮！」四個杯子碰在一起，然後一口喝盡。

跋鋒寒看著一滴不剩的杯底，讚道：「好酒！」

寇仲作出不勝酒力之狀，伏倒桌上呻吟道：「婠婠究竟是怎樣的一個人？她可否仍算是人？有沒有人的七情六慾？為何我總覺得她不似是有血有肉的呢？」

答他的竟是虛行之，道：「魔門的人從小接受訓練，絕少半途出家。所以每十年便有『選種』之舉，由長老級的高手四出強擄未懂人事的小孩作弟子傳人。只是這殘忍的行事已不知教多少父母心碎魂斷。」又道：「所以陰癸派中全是天性泯滅的人，但求目的，不擇手段。」

徐子陵瞧著跋鋒寒緩緩把酒注進杯內，道：「天性該是不可能被磨滅的，只能是被替代和壓抑。婠婠那對眼睛不時透露出難以形容的複雜表情，不過下手的確是絕不留情。」

跋鋒寒放下酒罈，望向虛行之訝道：「虛先生剛才說的應是陰癸派惟恐人知的秘密，不知是如何得來的呢？」

虛行之瞧了仍伏在桌上的寇仲一眼，眼中射出傷感的神色，沉聲道：「舊事不要提啦，總言之我和陰癸派有很深的仇恨，故曾千方百計查探有關他們的事。」

寇仲坐直身軀，正容道：「若是如此，我們和虛先生便是志同道合了。」

虛行之微笑道：「只憑寇爺肯向虛某人推心置腹，和氏璧之事亦不作絲毫隱瞞，我虛行之豈能辜負寇爺的厚愛。」接著露出慷慨激昂的神情，笑道：「我虛行之多年來遍遊天下，卻從未見過如三位般的英雄人物，縱是陪三位一起命送洛陽，亦覺無憾。」

跋鋒寒舉杯道：「虛先生不也是英雄了得嗎？否則何來這般豪情，我們敬你一杯。」

再盡一杯後，虛行之的臉上升起兩朵紅雲，眼睛卻閃動著充滿智慧的光芒，道：「這次我們可說是陷於被動、捱打和劣無可劣的形勢裏。如若只逞勇力，最後只會落得力戰而亡之局。三位大爺可有想過應付之法？」

寇仲皺眉道：「當然想過，可是除了應戰或逃走兩條路子外，我實想不到第三條，躲在這裏終不算是辦法。」

虛行之從容一笑道：「現時洛陽形勢的複雜處，實是從未之有也。例如陰癸派肯袖手旁觀，正因是這種形勢使然。假若我們能好好利用，說不定可找出一條生路。」

寇仲大喜道：「計將安出？」

虛行之拈鬚微笑道：「讓我先來分析形勢，首要論及的當然是王世充、楊侗和李密的三角關係，他們雖似與和氏璧沒有直接關係，但若知道師妃暄得到和氏璧之後，將會把它贈與李淵的次子李世民，那他們定情願和氏璧落在別人手上，也不願讓李世民撿得便宜。」

跋鋒寒思索道：「虛先生的話很有道理。現時這三方面的人最忌憚的是聲勢日盛、穩居關中觀虎鬥的李淵，而李閥最傑出的是李世民，在這樣的情勢下，若任由師妃暄取得和氏璧交予李世民，當是他們絕不容許發生的事。」

接著續道：「問題是三方面正在互相牽制，僵持不下的局面中，誰敢冒開罪慈航靜齋之險，阻撓師妃暄取回和氏璧？別忘了師妃暄背後尚有寧道奇這無人敢惹的武學大宗師。」

虛行之胸有成竹的道：「他們或者不敢直接介入紛爭，但卻會發動自己的手下和與他們有關係的派系幫會作間接的牽制，又或以虛張聲勢的手段來阻撓師妃暄的行動，在這情況下，我們便不須面對那麼多不同的戰線？」

寇仲點頭道：「在理論上確是可資利用之法，但最大的難題是我們既不肯承認和氏璧到了我們手上，卻又要令別人相信師妃暄可從我們處追回這鬼東西，這兩種情況不是互相矛盾嗎？」

虛行之長長吁出一口氣道：「三位爺們有否想過，上官龍是個大有利用價值的人物？」

三人此時對這留著五綹長鬚，頗有幾分仙氣、書卷味極重的智士已信心大增，聞言露出傾聽神情。

虛行之對他們的反應大感滿意，油然道：「要解決寇爺剛才提出的困難乃舉手之勞。只要我們分別發放出兩條消息，當可收疑兵之效，教人眞僞難辨。」

三人均是才智高絕之士，只因身在局中，不若虛行之的旁觀者清，聞言已有點明白。

虛行之雙目亮起，淡然自若道：「第一道消息，是要使人相信你們之所以知道和氏璧藏在淨念禪院中，是從上官龍身上逼出來的，如此便可把陰癸派直接捲入此是非圈內了！」

三人不禁拍案叫絕。要知昨夜他們公開在數百人眼前擄走上官龍，而事後立即摸到淨念禪院盜寶，雖事實兩件事本身全無關係，外人卻是無從知曉。至於上官龍迅即被祝玉妍救走，儘管有人知曉，但誰敢肯定他們不能在這段時間內已逼問出一些秘密來。最妙是沒有人知道他們不當場殺死上官龍，卻要費功夫把他擄走，爲的只是探聽傳君瑜的行蹤。所以若能發出這麼一段消息，保證可令任何一方疑神疑鬼，因爲陰癸派一向以故布疑陣，嫁禍陷害別人而臭名遠播的。上官龍若知道和氏璧所在，自然代表陰癸派也是有資格盜寶的人。魔教能人衆多，要找個人扮徐子陵應是大有可能的事。所以放出這道消息後，定可觸發所有人的聯想力。那便可將集中在三人身上的注意力分化，變成三人和陰癸派都有嫌疑。

跋鋒寒讚嘆道：「虛先生的智計，縱使諸葛亮復生，也不外如是。另一道消息不知是否為師妃暄已挑選了李世民為和氏璧的得主，好令所有落選者都對此生出不滿的情緒呢？」

徐子陵皺眉道：「但這似乎有點太不擇手段哩！」

虛行之好整以暇道：「徐爺既有此顧慮，我們可稍作調整，只須放出師妃暄已擇定和氏璧的得主，卻不指明是誰，該已足夠。」

寇仲拍案道：「此招更妙，但怎樣才能把這兩種消息在子時前傳得整個洛陽街知巷聞？」

虛行之正要答話。「篤！篤！篤！」似是木杖觸地的聲音。第一下來自遙不可及的遠處，第二下似乎在後院牆外的某處，到第三下時，清晰無誤在正門外響起。四人色變時，「砰」的一聲，院門碎裂的聲音直刺到四人耳內去。只是其聲勢，足可奪人心魄。難道是寧道奇大駕親臨？

「啪！」門閂折斷。四人身處廳堂那扇門無風自動地往外張開。以寇仲、徐子陵和跋鋒寒三人的身經百戰，會盡天下好手，也不由心中懍然。他們自問隔空運勁，雖有本事以「前衝」的勁道把門震開，但卻絕不能像來人般以「吸啜」的勁力拉門和斷門。只此一手，已知來人確達到近乎寧道奇那種級數。四道目光，毫無阻隔地透過敞開的門，投往變成一地碎屑的院門處。紅顏白髮，入目的情景對比強烈，令他們生出一見難忘的印象。

玲瓏嬌美的獨孤鳳，正攙扶著一位白髮斑斑，一對眼睛被眼皮半掩著，像是已經失明，臉上布滿深深的皺紋，但卻貴族派頭十足的佝僂老婦人，步進院子裏。老婦身穿黑袍，外披白綢罩衫，前額聳突，兩頰深陷，奇怪地膚色卻在蒼白中透出一種不屬於她那年紀的粉紅色。這怕足有一百歲的老婦人身量極高，即使佝僂起來仍比嬌俏的獨孤鳳高上半個頭，如若腰背挺直的話，高度會與寇仲等相差無幾。眼簾內兩顆眸珠像只朝地上看，四人卻感到她冷酷的目光正默默地審視他們。那種感覺教人心生寒意。

獨孤鳳那張生氣勃勃的臉龐仍是那麼迷人，卻賭氣似地撇著小嘴，一臉不屑的神氣，首先傲然道：「以為這樣可以撇下人家嗎？你們的道行差遠了。」

寇仲低呼道：「是尤楚紅！」

他已儘量壓低聲音，但並瞞不過外表老態龍鍾的婆婆，她兩道眼神箭矢似的投到寇仲處，以尖細陰柔的聲音喝罵道：「竟敢直呼老身之名，討打！」

四人目光自然落到她右手一下一下撐在地面、渾體通瑩、以碧玉製成、長約五尺、仿竹枝形狀的拐杖去。

下一刻尤楚紅甩開獨孤鳳，跨入屋內，身法之快，可令任何年輕力壯，身手敏捷的小子汗顏。

「鏘！鏘！」跋鋒寒和寇仲一劍一刀，同時出鞘。

來人乃獨孤閥宗師級的第一高手，若給她那根看來只可供賞玩的碧玉杖敲上一記，保證寇仲他們哪裏也不用去。

尤楚紅佝僂的身體近乎奇蹟的倏地挺直，滿頭濃密的白髮無風拂揚，臉上每道皺紋似在放射粉紅的異芒，眼簾半蓋下的眸珠射出箭狀的銳芒，形態詭異至極點。

四人中，徐子陵坐的位置對著正門，低喝一聲「避開」，雙掌拍在桌沿處，人已迅速退開。寇仲和跋鋒寒亦左右彈開，桌子旋轉起來，像個大車輪般往尤楚紅撞去。最奇怪是桌面上的酒罈酒杯，全隨桌子旋轉，杯內的酒沒有半滴濺出，當然更不會翻側傾跌。

尤楚紅雙目閃過訝異之色，幽靈般電速升起，當桌子來到腳下，黑袍底探出右足，足尖迅疾無倫的點在桌面上。

四人發現她右足穿的是紅色的繡花鞋，左足的鞋子竟是綠色的。

「啪嘞！」木桌堅實的四條腿寸寸碎裂，桌面卻安然無恙，降往地面，也是沒有半滴酒從桌面上的杯子灑出，如給人小心翼翼安放到地面似的。這一手當然勝過徐子陵。

寇仲心知若給她搶得先手，必是乖乖不得了。長笑聲中，井中月電光迅閃般隨著標前的腳步，往身仍凌空的尤楚紅橫掃過去。強烈的勁氣，立時瀰漫全廳。

虛行之雖勉強可算是個好手，但比之三人自是相差甚遠。當寇仲行動時，他感到在寇仲四周處生出一股爆炸性的氣旋，割體生痛，駭然下知機往後退開。

尤楚紅顯是預估不到三人如此強橫，但卻夷然不懼，發出一陣夜梟般的難聽笑聲，在空中閃了一閃，不但避過寇仲凌厲的一劍，還來到三人之間。尖長的指甲令她乾枯的手宛若老鷹的爪子般往前一揮，登時爆起漫廳碧光瑩瑩的杖影，把三人籠罩其中。無論速度勁度，均達至驚世駭俗的地步。最厲害是每揮一杖都生出利刃般的割體勁氣，使人難以防堵。一時「嗤嗤」之聲，有如珠落玉盤，不絕於耳。

虛行之功力大遜，只是她碧玉杖帶起的風聲驟響，已令他耳鼓生痛，無奈下只得退至後門外。

跋鋒寒凝立不動，冷喝道：「披風杖法，果然名不虛傳。」手中斬玄劍幻起一片劍網，守得密不透風。以他一向的悍勇，又功力大進，仍只採守勢，不敢冒然進擊，可知尤楚紅的威勢。

寇仲卻是殺得興起，展開近身拚搏的招式，硬是撞入尤楚紅的杖影裏，一派以命搏命的格局。

徐子陵一指點出，刺正尤楚紅揮來的杖尖，一股尖銳若利刃，又是沛然不可抗禦的眞氣透指而入，觸電似的硬被震退兩步，心下駭然。要知現在尤楚紅同時應付他們三大高手，若單憑內勁，怎都勝不過三人加起來的力量。可是她卻能以一套玄妙之極的步法，絕世的輕功，使她每一刻不住移往教人意想不到的位置，甚麼奕劍術亦不能在她身上派上用場。若非功力因強化了經脈而大有長進，只是這一杖足可教他吐血受傷。

「叮叮叮」之聲不絕如縷，更添此戰風雲險惡之勢。徐子陵再次衝前，加入戰圈之內。刀光劍影和徐子陵變化無邊的拳腳招式從四方八面往尤楚紅攻去，跋鋒寒在守穩陣腳後，亦改守爲攻。

這老婆子竟招招硬架，恃著強絕的內功外功，粉碎了三人一波接一波的凌厲攻勢，還碧光打閃，以手上的綠玉杖把三人全捲於其內。杖聲倏止。尤楚紅連閃三下，脫出戰圈，退到入門處，不住急遽喘氣。

獨孤鳳來到她身旁，探手爲她搓揉背心，杏目圓瞪道：「都是你們不好，若累得嬤嬤病發，我就宰了你們。」

三人正在發呆，既是啼笑皆非，更是心中駭然。這派頭十足的老太婆的「披風杖法」已臻達出神入化、超凡入聖的階段。那枝碧玉杖到了她那雙乾枯得像鷹爪的手上，已轉化成無以名之的武器。不但可剛可柔，軟硬兼備，還可發揮出鞭、劍、刀、棍、矛等各類兵器的特色，確是變化無方，層出不窮，教三人完全沒法掌握。如此厲害的招數，比之祝玉妍亦毫不遜色。她的內功更是深不可測，以三人強化後的功力，也絲毫奈何她不得。若非她「名聞天下」的哮喘病發作，他們三人多多少少也會受點傷，現下卻是獲益匪淺。尤楚紅如此對他們全力施爲，等於助他們完成了由和氏璧開始的整個經脈強化的過程。

在生死相搏的極端情況下，他們唯一能做的事是竭盡所能，把力量發揮至極限，使全身經脈進一步貫連透通，達致完滿的階段。

三人同感震駭之下，卻不知尤楚紅心中的震駭比他們更是有過之而無不及。原來她的披風杖法不懼群戰，敵手愈多，愈能發揮借力擊敵的妙用。加上她玄奧的步法，即使面對一個以上的敵手，但也像單打獨鬥般，不會有難以兼顧的問題。所以表面看以三人聯手之力，只能與她平分秋色，若她面對的只是其中一人，對方必敗無疑的推論，絕不適用於這情況下。換句話說，以尤楚紅的目中無人，亦沒有辦法在哮喘病發前，收拾他們任何一人。不過話又說回來，要同時應付三人，功力上的消耗自是倍增，哮喘發作的時間更隨之加速，所以只對付一人，仍是以她的贏面大得多。

尤楚紅忽然深吸一口氣，老臉紅暈一現即逝，然後停止喘氣。

寇仲向尤楚紅行了個晚輩之禮，微笑道：「嬤嬤不如坐下先喝口熱茶，有事慢慢商議，若小子們有甚麼做得不對的，嬤嬤隨便教訓好了。」

虛行之等自是心知肚明，寇仲是想借她們之口，把剛擬好的消息傳遞出去。

獨孤鳳不悅道：「少說廢話，看在你們尚有點道行份上，饒你四人一命，交出和氏璧便可以走！」

四人中，只有虛行之大惑不解，不明白為何在尤楚紅無功而退後，獨孤鳳仍大言不慚的以如此口氣說出這番話來。但寇仲等人自不會當她在亂吹大氣。跋鋒寒曾被她折斷佩刀，更深悉她的厲害。寇仲和徐子陵則是從尤楚紅的高明推測出獨孤鳳的本領非同小可。當日侯希白曾推崇獨孤鳳為獨孤閥尤楚紅以外最厲害的人，只要她的成就接近尤楚紅，又沒患哮喘病，可不是說笑的事。

寇仲故作驚訝的道：「假若我們真有和氏璧，保證立即奉上，好免去成為衆矢之的那種苦不堪言的處境。眞不明白兩位為何要沾手這不祥之物？」

虛行之踏前數步，來到徐子陵處，正容道：「我敢代表他們以項上人頭立下毒誓，和氏璧的確不在他們身上，所以根本無從交出。」

尤楚紅和獨孤鳳交換了個眼色，均感愕然。

尤楚紅冷哼道：「你是誰？哪輪得到你代他們說話。」

虛行之捻鬚微笑道：「晚輩虛行之，曾在竟陵方澤滔手下辦事。」

獨孤鳳目光轉到跋鋒寒臉上，出奇的客氣地道：「跋兄敢否親口立誓？」

跋鋒寒皺眉道：「跋某人生平從不立誓，皆因覺得這種行事無聊兼可笑，不過和氏璧的確不在我們手上，你們不信就算。」

寇仲等心中叫妙，他以自己的獨特方法說出這種話來，比甚麼誓言更有說服力。

尤楚紅冷笑道：「為何了空禿驢卻認定是你們偷的？」

寇仲苦笑道：「因為我們正走大霉運，先一步摸到禪院盜寶，連和氏璧的影子都摸不著，便給人逼走了，後腳才離開，就有人成功盜寶。我們只好啞巴吃黃連，代人揹黑鍋。哼！兵來將擋，我們才不怕呢。」

尤楚紅的眸珠在只剩下一隙的眼簾後射出駭人的精芒，緊盯著寇仲，聲音俱厲地道：「是否王世充指使你們到那裏去的？」

寇仲等有點明白過來。兩人來此的目的，志不在和氏璧，而是針對王世充的一個行動。假設她們能取回和氏璧，接而公開把寶物交還淨念禪院，如此獨孤閥必可聲威大振，又可爭取師妃暄方面的好感和支持。但更重要是她們深悉寇仲和王世充的關係，希望憑此一事實指證王世充乃幕後主使者。此實各大勢力鬥爭中，最能起關鍵作用的環節。

寇仲抓頭道：「這事與尙書大人有何關係呢？」

尤楚紅踏前一步，凌厲的殺氣立時緊罩四人，厲叱道：「還要裝蒜，若非王世充，你們這幾個初來甫到的人，怎猜到和氏璧藏在了空那裏？」

虛行之首先受不住她龐大的氣勢，連退兩步，徐子陵忙移到他身前，爲他擋著。

一時殺氣漫廳。

寇仲裝模作樣地嘆一口氣道：「嬷嬷誤會！告訴我們和氏璧所在的人，是陰癸派的上官龍而非王世充，當時還以爲他爲保命才以此作交換，豈知竟是這壞傢伙布下害我們的陷阱。這回眞是陰溝裏翻船，栽了他娘的一個觔斗。」

尤楚紅呆了一呆，殺氣立減。此時一陣長笑在院牆外遠方瓦頂響起，道：「既是如此，爲何要躲起來不敢見我王薄呢？」聽得王薄之名，包括尤楚紅在內，各人無不動容。

在衆人期待下，一人現身窗外，含笑瞧往廳子內來。

這人年在五十許間，身材修長，腰板筆直，唇上蓄著一把刷子似的短髭，清癯的臉上有種曾經歷過長期艱苦歲月磨練出來的風霜感覺，這或者是由於他下眼瞼出現一條條憂鬱的皺紋致加強了感染力。雙目則精光爍爍，深邃嚴肅得令人害怕，與他掛著的笑意顯得格格不入，形成極其怪異的特別風格。

以擅於作曲而名聞全國，被譽爲遼東第一高手的王薄，竟大駕親臨。寇仲等心中叫苦，不但感到他完全不相信他們的話，更是個絕不易被騙的人。他的眼神似能看破任何謊言。

尤楚紅冷哼道：「你滾來洛陽幹嘛？」

王薄微一頷首道：「王薄先向紅姊請安。小弟這次到洛陽來，至少有一半原因是爲了紅姊。」

兩人不但是素識，還關係不淺。

寇仲笑嘻嘻道：「趁兩位前輩敘舊談心，能否容我等晚輩到外面兜個轉處理此兒私人事務，遲些再回來討教？」

王薄訝然瞧往寇仲道：「你該是寇仲吧！別人不是說你既精明又狡猾嗎？爲何竟連大難臨頭仍不自知？」

跋鋒寒哈哈笑道：「少說廢話，要動手便動手好了。和氏璧的確是我們偷的，你要代了空出頭，便來拿吧！」配合著剛才的否認，又同是從跋鋒寒的口中說出來，這番「直言」反變成似是意氣之語，比任何「辯白」更有效。

獨孤鳳似是對跋鋒寒有點微妙的好感，嬌叱道：「若眞非你所爲，就不要亂說話。」

王薄冷靜地瞅著跋鋒寒，好半晌才道：「我不理你是否盜寶的人，只衝著你剛才的一番話，王某人便要出手教訓你。」

尤楚紅冷笑連聲道：「那老婆子便要看你這幾年長進了多少，不要令我失望才好。」

王薄愕然道：「你和他動過手嗎？」

尤楚紅碧玉杖在地上頓了一下，發出沉鬱若悶雷似的聲音，震盪力傳到所有人的腳板處。寇仲三人暗中咋舌，更高興剛才自己能力拚她而毫無失著。

老太婆目光掃過衆人，點頭道：「我相信和氏璧確不在你們身上，首先是只憑你們三人之力，根本沒有盜寶能耐，更沒理由只讓一個人去下手。其次你們看來不像那麼愚蠢的人，如此搶得和氏璧肯定是得物無所用，對你們更是有害無利。」接著雙目一瞪，眼簾上揚，露出精芒大盛的眸珠，環視全場梟笑道：「你們最好離開洛陽，否則下次碰上，我再不會像這次般因和氏璧而留有餘地，明白嗎？我們走！」

四人哪想得到她如此「明白事理」，又提得起放得下，目送獨孤鳳攙扶著她消失在破碎的大院門外。

四人的目光再移到王薄處。窗外虛虛蕩蕩的，哪還有王薄的蹤影。來無蹤、去無跡，確不愧名傳天下的高手。

太陽移往西山之上，斜照洛陽。徐子陵和跋鋒寒昂然在行人逐漸稀疏的街上並肩漫步。後者啞然失笑道：「以王薄的自負，爲何未動手而溜之夭夭？照道理他該不會是怯戰吧。」

徐子陵道：「當然不會。此人在武林中的威望，一向在李密和杜伏威之上，雖然勝不過我們三人聯手，但肯定有保命逃生的資格。照我猜想，他是因聽到陰癸派可能牽涉其中，故趕回去作布置。」

跋鋒寒低語道：「陰癸派這黑鍋是背定了！妙的是想找個陰癸派的人來對質也辦不到。且最精采是陰癸派比任何一方都更有理由去破壞師妃暄的好事。這虛行之的確是個人才，一句說話，頓時扭轉乾坤。」

徐子陵苦笑道：「睜大眼睛說謊的感覺令人難受！這種事一次足夠，我不屑再有下一次。」

跋鋒寒淡然自若道：「兩軍相對，若無誑敵之計，怎能取勝。我們現在直認盜寶又如何？你不是第一回說謊吧。」

徐子陵沉吟道：「當然不是第一次，但以前說謊的對象總是認定的惡人壞蛋。這次要騙的卻是代表正義的兩股方外高人，所以心裏不太舒服。」

跋鋒寒冷哼道：「規則是人定的，故此爲何不可由我們來決定？任人牽著鼻子走，豈是能造時勢的好漢子。」

徐子陵聳肩道：「事已至此，我們唯一可做的是勿要弄出人命，否則會結下解不開的深仇。」

跋鋒寒微微一笑，領頭橫過長街，道：「所以誆敵之策，是善意而非惡意的，目的是減低發生火拚的可能性。」

徐子陵嘆道：「也只有這麼想好了。」

跋鋒寒指著前面一間掛著「河洛酒舖」的館子道：「就是這間！」推門而入。舖子此時尚未開始晚市，兩名夥計在抹拭舖內的十七、八張桌子。「啪！」跋鋒寒把一錠金子擲在桌上，大喝道：「這間舖子我包了！」

尚書府。密室內。王世充拍案叫絕道：「虧你想得到，剛才我還苦無良方，因爲這的確是一個欲蓋彌彰的破綻。」

寇仲心中暗罵他自私兼欠義氣，臉上卻堆起笑容，打著哈哈道：「我當然首先爲王公著想，現在推到上官龍身上最理想不過，黑鍋改放到比我們更老資格的陰癸派的魔背上，正好減輕我們三個清白無辜者的痛苦。」

在三人之中，寇仲是不怕說謊，跋鋒寒是不屑說謊，而徐子陵則不愛說謊，只從這方面，可看出性格的分異。

王世充瞟他兩眼，點頭道：「我和希夷兄籌思過，大家都同意若是你們偷的，有很多不合情理的地方。例如你們給人發現逼退後，怎會忽然又掉頭回去強搶，且何來信心只讓一個人去冒險；更不運功改變身形，以致給人認了出來等諸如此類。」

寇仲嘆道：「還是王公明白事理。這塊鬼玉我們拿去有啥用，送給我也拒收。何況還要以小命去博。唉！不知王公有沒有關於了空或師妃暄的消息可以告訴我？」

王世充搖頭道：「沒有任何消息。王薄來找過我說話，表面雖是客客氣氣的央我勸你們把和氏璧交出來，其實卻是間接向我發出警告。哼！我王世充何等樣人，豈是這麼容易被嚇倒的。」

寇仲心中好笑，道：「王公現在不暇分身，還是置身事外的好。我只有一事相托，是請王公保護我的一個朋友。」

王世充點頭道：「你指的是否隨你來的虛行之，這個沒有問題，若此等小事都辦不到，我王世充哪還用出去見人。」

寇仲喜道：「那我就放心了！」接著壓低聲音道：「王公可否給他一官半職，此人實是個不可多得的人才，論智計更勝於我。他成了你的下屬，別人來要人，你有大條道理不把他交出來。」

王世充半信半疑道：「我會和他談談的，若真是人才，自會按才錄用。」

寇仲微笑道：「他是個可以信託的人。且若有他對付李密，保證王公此仗必勝無疑。好了！我要走哩，如若命未該絕，明天再來拜謁王公吧！」

「叮！」碰杯後兩人將酒飲乾。

徐子陵嘆道：「這樣下去，我們可能變成酷愛杯中物的酒徒。」

跋鋒寒挨在椅背處，目光掃視空無一人的舖子和關上的大門，道：「我們今晚不宜飲醉，橫豎閒著，不如讓我們來猜一猜誰會是下一個推門進來的人。」

徐子陵皺眉道：「實在太多可能性，你可以猜到嗎？」

跋鋒寒微笑道：「最大的可能當然是仲少，他該安置好虛行之這著重要的棋子……。」

話猶未已，大門給人推得敞了開來。

寇仲甫離皇城，轉入大街，一直在後面跟蹤他的兩個人急步趕上。他正奇怪為何對方會如此不怕暴露形跡，其中一人喝道：「死寇仲，還不停下來！」

寇仲一震轉身，失聲道：「小姐！」

來的赫然是翟讓之女翟嬌和當年護送她逃離滎陽的屠叔方兩人。翟嬌扮成男人，確是「惟肖惟妙」，令人難辨雄雌，屠叔方則依然故我，只是臉上多添幾分風霜的感覺。

翟嬌毫不客氣的一把抓著他臂膀，拉得他踉蹌轉入橫街，罵道：「你兩個小子出名哩！不用再聽我的吩咐了。」

不知是否因素素的關係，寇仲心中湧起劫後重逢和一股難以形容的親切感覺，苦笑道：「奴才怎敢！小姐你這幾年必是日夕練功，抓得我的臂骨差點折斷。」又抽空向另一邊的屠叔方打個招呼。

翟嬌冷哼道：「這個還用你來教我嗎？沒有眞功夫，如何可手刃李密那叛主的奸賊。這邊來！」放開他，竄進左旁的橫巷去。此時天色逐漸昏沉，家家戶戶亮起燈火，巷子冷清清的，杳無人蹤。寇仲和屠叔方展開步法，緊躡在她身後。

翟嬌的確沒有吹牛皮，身手明顯比以前高明，腰身雖粗壯如故，但卻扎實靈巧，縱躍自如。忽地翻過高牆，然後穿房越舍，竄高伏低，奔了約一盞熱茶的時間，終抵達城東北漕渠旁景行坊內的一座民房。

三人入廳坐定，一名俏婢來奉上香茗。

寇仲定睛一看，大喜道：「你不是楚楚嗎？」

美婢眼圈一紅，垂下螓首幽幽道：「難得寇公子仍記得人家！」

寇仲想起當年在大龍頭府與她擲雪球爲樂的情景，當然更難忘記她晚上到宿處來找自己親熱一番的甜美回憶，不由勾起某種似是遙不可及和被遺忘了的情懷，正要說話，卻給翟嬌粗暴地打斷道：「我最怕看人哭，楚楚給我滾進去，不准再踏進廳來。」

楚楚嚇了一跳，送予寇仲一個無比幽怨的眼神，匆匆避往內廳去。

屠叔方正用神打量寇仲，此時嘆道：「想不認老都不行，小仲你現在精神內斂，實而不華，難怪名震八方，縱橫不敗。」

寇仲正想謙虛兩句，翟嬌一掌拍在桌上，發出「砰」的一聲。兩人齊齊吃驚，朝她瞧去。

翟嬌圓睜的巨目射出深刻的仇恨，咬牙切齒道：「我要殺李密爲爹報仇，寇仲你定要幫我。」

寇仲很想告訴她自己是否過得今晚尙是未知之數，但給她銅鈴般的眼睛一掃，心中軟化，拍胸道：

「這個當然，我們豈是沒有義氣的人。」說罷也覺好笑。翟讓當年恩將仇報，不講義氣。現在他寇仲反要在義氣的大旗下爲他報仇。

風聲微響。寇仲吃了一驚時，一名年約二十七、八的壯漢穿窗而來，立在翟嬌前施禮道：「報告小姐，已撇下跟蹤的人。」

翟嬌噴出一聲悶哼，擺足架子，才道：「這個就是寇仲！」

那人微笑道：「見過寇公子，本人宣永，乃翟爺的不記名弟子。」

寇仲留神打量，見此人長得威武軒昂，背掛一枝形狀古怪的兵器，一派在千軍萬馬中取敵酋首級若探囊取物的猛將格局，心中歡喜，連忙客氣回禮。

宣永見他留心自己背上兵器，取下來遞給他道：「這是我從叉竿得到靈感改製而成的兵器，叉竿本是用來作守城之用，長度可達五丈過外，專對付利用雲梯爬城的敵人。這安裝在竿頭的鋼製橫刃，既可抵著敵人的兵器，又可發揮啄、鉤的功能，所以我名之爲『鳥啄擊』。」

屠叔方長身而起，來到兩人身旁道：「宣永不但得翟爺親傳，還自創三十六著鳥啄擊法，當年若非是他，哪能擊退李密派來的追兵。」

寇仲正要說話，翟嬌叱道：「現在事態緊逼，你們還有談天的閒情？」三人只好圍桌坐下。

翟嬌探手指著寇仲的鼻尖道：「你出名狡猾，快說有甚麼辦法可殺李密？」

屠叔方和宣永聽得眉頭大皺，只是不敢作聲。

寇仲啼笑皆非，表面當然要扮作嚴肅，道：「首先我要了解小姐那邊的情況。」

翟嬌不耐煩地道：「有甚麼好說的，那時爹把我送到東平郡投靠泰叔。李密派人來攻了幾次城，都給宣永擊退；到最近李老賊大勝宇文化及，宣永反說是刺殺老賊的機會來了。於是挑選了一批好手，到洛陽碰機會，說不定老賊會爲和氏璧偷偷潛來，那我必教他沒命離開。」

寇仲立時對宣永刮目相看，問道：「宣兄爲何知道這次李密是慘勝猶敗呢？」

宣永雖不算長得好看，輪廓卻端正討好，予人堅毅不拔的印象。他這時用神瞧著寇仲，眸光靈活，濃黑的眉毛微往上揚，襯起他稍長的鼻子和略高的顴骨，闊嘴巴的兩角露出從容的笑意，在在都使人感到他有大將之風。他有條不紊地道：「李密這奸賊總不能把所有與翟爺有關係的人掃出瓦崗軍外，所以我對他的事，一直瞭如指掌。」

寇仲一拍桌面，大笑道：「李密今趟死定哩！」

三人聽得愕然以對，完全不明白寇仲憑甚麼說出這句話來。

第六章

酒舖閒情

作品集

第六章　酒鋪閒情

劉黑闥大步走進鋪內，筆直來到面門而坐於最後一桌的兩人跟前，毫不客氣的拉椅坐下，只向跋鋒寒微一頷首，算是打個招呼，然後雙目變得鷹隼般銳利凌厲，目不轉睛的盯著徐子陵道：「是否你們幹的？」

徐子陵感到完全沒有辦法向他撒謊，微笑道：「砸碎哩！」

劉黑闥的臉色先沉下來，然後出乎兩人意料之外般由嘴角逸出一絲笑意，像陽光破開烏雲普照大地，最後變成燦爛的笑容，豎起拇指讚賞地大笑道：「有種！我劉黑闥服了！」

「砰！」

劉黑闥喝道：「兄弟還不給我斟酒送行。」

徐子陵尚未動作，跋鋒寒提起酒壺，爲他斟滿一杯，欣然道：「劉黑闥果是好漢子，我跋鋒寒敬你一杯。」

三人豪情蓋天的碰杯對飲，氣氛熱烈。

徐子陵放下空杯，訝道：「劉大哥要到哪裏去？」

劉黑闥輕鬆地挨坐椅背，舉袖拭去嘴角的酒漬，低聲道：「我有軍命在身，和氏璧之事既了，須立即趕回樂壽，向夏王報告形勢，假若你們想離開洛陽，我會安排一切。」

跋鋒寒道：「子陵只向劉兄說實話，對外則是堅持不認的，還望劉兄包涵一二。而現在仍未到我們離開洛陽的時刻，過了今晚才會想這問題。」

識英雄重英雄，心高氣傲的跋鋒寒表現得對劉黑闥特別客氣。

劉黑闥表示瞭解，伸手阻止徐子陵替他斟酒，好一會後從懷內掏出一只造型古雅的玉鈪，遞給徐子陵道：「我一直想在再見面時把此鈪送給令姊，當是我欠她的賀禮吧！」

徐子陵心中一陣刺痛，默然接過。

劉黑闥長笑而起，轉身去了。

寇仲來到酒舖門前，與劉黑闥撞個正著。

寇仲大喜把他扯到路旁，低聲道：「正想找你。」

劉黑闥打量寇仲，奇道：「爲何在眼前風雲險惡的形勢下，你仍能滿臉春風，一派洋洋自得的樣子？」

寇仲抓頭道：「天掉下來當被子蓋，船到橋頭自然直。憂心有他娘的鳥用。嘿！你想不想讓李密吃場大敗仗？」

劉黑闥動容道：「當然想得要命。我們給他截斷了南下之路，只要能令他吃虧，甚麼都在所不惜。」

寇仲環顧左右，待兩個過路人走遠，湊到他耳旁道：「只要你們虛張聲勢，扮成似要南下與王世充聯手的樣子，逼得李密出兵偃師，李密肯定要完蛋。」

劉黑闥既清楚形勢，更是精通兵法，一點便明，先連聲叫絕，旋又皺眉道：「問題在於王世充，最怕他把握不住這千載難逢的機會，誤了大事。」

寇仲拍胸保證道：「劉大哥請放心，這個可包在我的身上。」

劉黑闥點頭道：「此事對我們絕對有利無害，你須小心點，李密智計過人，一個不好，說不定你反會落入他的陷阱去。」

寇仲胸有成竹道：「智者千慮，必有一失。李密總不會一世人都那麼走運吧！」

劉黑闥欲言又止，最後大力拍拍寇仲肩頭，灑然去了。

寇仲正要進酒舖與兩人會合，給人在後面叫喚他的名字。他認得是宋玉致的聲音，轉過身來，宋玉致仍在十多丈外，當然是怕他溜走，故聚音成線，送進他耳內去。

她出奇地並沒有像往常般勁裝疾服，穿的是南方貴家婦女輕便的羅衣綢褲，頭髮在腦後束成一個矮髻，以一把像梳子般的髮簪固定，打扮淡雅，高貴迷人。他忽然發覺以前從未有一刻像現在般留神她的神采和裝扮。她那種陽剛中隱透嫵媚的風姿，使她擁有出眾而與別不同的艷麗，事實上比之李秀寧毫不遜色。可是為何夜深難寐時，自己總是想起李秀寧而非是宋玉致？一時間寇仲糊塗起來。

香風撲鼻下，宋玉致來到他身前，美眸射出無比複雜的神色，微帶嗔怒道：「寇仲你真糊塗，竟闖下如此瀰天大禍。」

寇仲見街上行人無不朝他們望來，牽著她的衣袖走進附近一道橫巷去，笑道：「原來三小姐這麼關心我！」

宋玉致嘆了一口氣，輕輕甩開他的手，美目深注的道：「關心你的不是我，而是二哥。」

寇仲笑嘻嘻道：「既是如此，理該是宋二公子來找我才對，爲何勞動宋三小姐的大駕？」

宋玉致沒好氣地橫他一眼，低聲道：「你們不知事情鬧得有多大，魯叔怕二哥捲入你們的漩渦而禍及宋家，所以嚴令禁止他與你們見面。家規森嚴，二哥只好返回南方，臨行前囑我來通知你們一聲。」

寇仲面對玉人，聽著她似有情若無情的話兒，嗅吸著她髮頸間透出沁人心脾的幽香，柔聲道：「玉致放心！我自有手段去應付眼前的凶險，能成大業者，總不會事事都風平浪靜的。」

宋玉致露出矛盾的神色，迅速瞥了他一眼，垂下螓首道：「我不知該讚賞你還是該狠狠痛罵你一頓，雖然沒有人說出口來，心底裏都在佩服你們竟能辦到這幾屬不可能的事。不過這亦是最不智的行爲，你們是否打算怎麼樣都不把寶璧交出來呢？」

寇仲微笑道：「玉致怎能肯定和氏璧必是在我們手上？」

宋玉致抬頭狠狠盯著他道：「寇仲、徐子陵，再加上個跋鋒寒，有甚麼事是你們不敢做的。不過你們這次的敵手太強了！即使魯叔對你們很有好感，亦不敢插手其中，現在除非我爹親來，否則沒有人可以擺平此事。還有兩件事要提醒你們。」

寇仲喜道：「玉致心中其實是喜歡我的，對嗎？」

宋玉致黛眉輕蹙，不悅道：「人家是在說正經事，關乎你們的生死，不要總岔到些無聊事上好嗎。」

寇仲舉手作投降狀，道：「玉致教訓得好，在下洗耳恭聽。」

宋玉致白了他一眼，玉掌按在他胸膛處，雙目忽地射出銳利的神色，淡然道：「只要我掌心使勁，保證你寇仲小命不保，你害怕嗎？」

寇仲若無其事道：「死便死吧！有甚麼好害怕的。」

宋玉致訝然道：「你是否認爲我不會殺你呢？我們宋家一向和李密關係密切，說不定眞會殺你。」

寇仲低頭細看她按在他胸口要穴的玉掌，玉指修長青葱，心中湧起難言和像融化了的感覺，柔聲道：「因爲除了娘和素姐外，你是我寇仲絕對信任的女子，這句話夠了吧！」

宋玉致眼神變化，旋又嘆了一口氣，貼近少許，按在他胸口的手掌變成支持她斜傾嬌軀的憑藉，湊到他耳旁道：「曲傲已和突厥來的高手結盟，誓要把你們三人置於死地，只不知他們會在子時前還是子時後下手而已。」

寇仲瞧著她從衣領內透出皙白修長的玉頸，差點要狠狠咬上一口，但因怕觸犯她，只好強忍著不敢妄動，沉聲道：「你是否指拓跋玉師兄妹？」

宋玉致道：「除他們外尚有剛抵洛陽的『龍捲風』突利和大批隨行高手，他們雖以跋鋒寒爲首要目標，但對你們並沒有甚麼好感。唉！你們憑甚麼去應付呢？實力太懸殊了。」

寇仲搜索枯腸，記起跋鋒寒曾提過此人，乃突厥王族內出類拔萃的高手，又曾助李閥攻打關中，與李世民關係良好。冷哼一聲道：「他不會單爲跋鋒寒千山萬水到洛陽來，照我看他是想在中原攪風攪雨才對。」

宋玉致道：「不管是甚麼都好，最怕他是要借你們來建立威勢。現在突厥勢大，誰都不願樹立這種強敵。勿要以爲王世充會保護你，他本身亦是突厥來的胡人，這樣說你明白了嗎？」

寇仲心中一寒，說不出話來。

宋玉致柔聲道：「另一個要防的人是伏騫，此人智勇雙全，有不可一世的氣概，這次到中原來絕不會是為做好事，他和王薄關係密切，說不定會因而出手對付你們。」

寇仲記起昨晚決鬥的事，奇道：「聽你的語氣，好像昨晚伏小子和曲老頭並沒有動過手的樣子，究竟是怎麼一回事？」

宋玉致道：「你昨晚大顯威風，伏騫早來了，待你們走後，他主動把戰期更改，定在明晚再在曼清院與曲傲一決雌雄。唉！此人只是幾句話，便在中原建立了身分地位，先聲奪人，手段非凡。」

寇仲苦笑道：「我的頭現在開始痛了！玉致可否贈我一吻，以鼓勵士氣。」

宋玉致駭然移開，俏臉飛紅，大嗔道：「你休要癡心妄想，我是看在二哥份上，來提醒你這恬不知恥的傢伙。」

寇仲嘻嘻一笑道：「怎麼都好，三小姐對我恩重如山，我保證娶你為妻後會哄得你終日開開心心的。」

宋玉致花容轉冷，淡淡道：「你今晚留得性命再說！唉！我真弄不清楚你是聰明人抑或是大蠢材，一下子開罪了這麼多強橫的敵人。罷了！玉致言盡於此，你好自為之吧！」

寇仲目送她遠去後，一個觔斗翻上瓦面，朝酒舖的天井掠去。

他不想再被人截住了。

跋鋒寒獨據一桌，閉目靜坐不動。徐子陵則在另一角，把幾張椅子排成一張臨時的床，仰躺熟睡，呼吸深長勻稱。今晚惡戰難免，兩人努力用功，以保持最佳的狀態。大門張開少許，一道人影閃進來，迅如鬼魅的來到跋鋒寒桌前。跋鋒寒睜目一看，訝道：「淳于薇你一個人來幹嘛？」

嬌俏野潑的淳于薇目光掠過在一旁睡覺的徐子陵，皺眉道：「寇仲呢？」

跋鋒寒啼笑皆非的道：「你好像不知我們是大仇家似的。」

淳于薇扠起小蠻腰，露出一個迷人的甜美笑容，道：「你是英雄好漢嘛！難道會見我落單便乘機下手？何況我根本不怕你。噢！竟然有酒喝，給我來一杯。」一屁股坐在他對面的椅子，還隨手抓起酒杯，遞到跋鋒寒前，示意他作斟酒的服務。

跋鋒寒拿她沒法，為她倒滿一杯。

淳于薇左顧右盼，漫不經意的道：「你的情敵來啦。」

跋鋒寒冷靜如亙，沉聲道：「突利終於來了！」

淳于薇目光回到他有若古井不波的俊偉容顏處，天眞地問道：「你在突厥時不是總愛在額頭紮上紅巾嗎？為何會改變習慣，我喜歡你紮紅巾的樣子，非常迷人。」

跋鋒寒放下酒壺，啞然失笑道：「你在突厥時幾曾見過我呢？怎知我是甚麼樣子，迷人又或駭人？」

淳于薇沒有回答，逕自把酒杯送到唇邊，輕啜一口，盯著徐子陵道：「他是否在詐睡？還是在偷聽我們的密語？」

跋鋒寒對這位小妹妹大感頭痛，索性不答。

淳于薇見他沒有反應，把目光移回他臉上去，訝道：「你是否忽然啞了？」

跋鋒寒聳肩苦笑。

淳于薇放下酒杯，傾前煞有介事般道：「你的舊情人也隨突利南來，據聞她恨你入骨，要親眼看著突利斬下你的首級。」

跋鋒寒眼中抹過一絲淡淡的傷感神色，嘆了一口氣，沒有說話。

淳于薇氣道：「你再不說話，我就要執行師命，和你動手！」

跋鋒寒雙目精芒一閃，冷然道：「你最好待一會才來找寇仲。」

淳于薇忽又甜甜一笑道：「我一個人怎打得過你，只是嚇唬你吧了！人家賠罪好嘛。嘻！寇仲平時有沒有在你面前提起我？」

跋鋒寒沒好氣道：「寇仲從不和我談女人的。」

淳于薇露出失望神色，站了起來，狠狠道：「你代我告訴寇仲那沒心肝的傢伙，教他遠遠離開你，否則莫怪我反臉無情。」

猛跺小足，一陣風般走了。

跋鋒寒一掌推去，敞開的門關起來。

就在此時，他聽到寇仲說話的聲音。

寇仲踏足酒舖後院房舍的瓦面，正要跳下天井，從後門進入酒舖，一個人背對著他從天井升起，剛好攔著他的去路。

此人的背影，至少有七、八成像杜伏威，又高又瘦，只欠了頂高冠，作道士打扮，背掛一把式樣高古的檀木劍。

他騰升上來的姿勢更是怪異無倫，手腳沒有絲毫屈曲作勢發力，而是像殭屍般直挺挺的「浮」上來。

寇仲心中大叫邪門，連忙止步，低喝道：「寧道奇？」

道人仰首望往剛昇離東山的明月，淡淡道：「寧道兄久已不問世事，你們尚未有那個資格，除非是『天刀』宋缺出山吧。」

寇仲放下提起了的心，仍絲毫不敢大意，只聽此人和寧道奇稱兄道弟的口氣，便知他是和寧道奇同輩份的武林前輩。

寇仲從容笑道：「道長如何稱呼？法駕光臨，有何指教？」

那道人柔聲道：「貧道避塵，這趟來是想爲我們道門盡點心力。只要你肯把取去的東西交出，貧道會爲你化解與慈航靜齋和淨念禪院的仇怨，保證他們不再追究。」

寇仲抓頭道：「若我眞有盜寶，不如由我親手送回去，何用道長你大費唇舌？」

避塵道長哈哈笑道：「因爲我知你根本不肯交回寶物，所以要來管這件事。」

寇仲哂道：「道長既自稱避塵，爲何忽然又有閒心來管塵世的事？」

避塵被他冷嘲熱諷，卻絲毫不以爲忤，輕嘆道：「問得好，貧道這次動了塵心，皆因不忍看著千古以來唯一能勘破《長生訣》的兩朵奇花，就這麼因人世的權位鬥爭而毀於一夕之間。」

寇仲肅然起敬道：「原來道長有此心胸，請恕我寇仲年少無知，但如若我堅持不交出寶物，道長會否親手來毀了我呢？」

避塵莞爾道：「你的腦筋轉得很快。不如這樣吧！我背著你擋你十刀，若你不能逼得我落往天井，你便乖乖的把和氏璧交出來，讓貧道為你物歸原主，把事情圓滿解決。」

寇仲苦笑道：「請恕我不能答應。並非因欠此把握，而是即使道長勝了，我也拿不出和氏璧來，此事絕無虛言，不知道長肯否相信。」

避塵訝然轉身，與寇仲正面相對。避塵道長面相高古清奇，擁有一個超乎常人的高額，只看其膚色的晶瑩皙白，便知他的先天氣功已達化境。他那對眼睛似若能永遠保持神秘莫測的冷靜，有種超越了血肉形相的奇異感覺。寇仲在打量他，他亦用神地審視寇仲，臉上露出難以掩飾的震駭神色。不知如何，寇仲心中湧起對方可親可近的感覺，更深信對方是抱著善意來介入這紛爭的。

避塵仰望屋頂上的星空，搖頭長嘆道：「寇仲你可知道自己已臻練虛合道的道家至境，欠的只是火候罷了！」

寇仲不解道：「甚麼叫練虛合道？」

避塵再平視寇仲，神情肅穆，一字一字的緩緩道：「我道門修練，共分四個階段，就是練精化氣，練氣化神，練神還虛，練虛合道。其中過程怎都說不清楚，如人飲水，冷暖自知。要知人的潛力無論如何龐大，總有盡頭極限。所以前兩個階段，指的是肉身的修練。唯有後兩個階段，練的卻是如何與充盈於宇宙之間的道相結合；故能超脫肉身，達至入聖合道的化境。」

寇仲喜道：「我們練《長生訣》時，似乎打一開始就是道長說的後兩個階段的境界。」

避塵苦笑搖頭道：「這是貧道沒法明白的事。現在該怎樣解決這事呢？因眼前形勢，一不小心，就會引起佛道邪三家之爭。」

寇仲微笑道：「坦白說，如我真有和氏璧在手，也絕不會交出來。像和氏璧這等寶物，唯有德者居之，誰有本事，便該屬誰，若要拿寶，憑眞本領來索取吧！」

避塵哈哈笑道：「你很像貧道年輕時的性子，好吧！我再不管此事了！你們好自爲之。」接著長笑而去，轉瞬不見。

寇仲躍落天井，跋鋒寒啓門恭候。

他步入舖內，第一眼瞥見徐子陵像尊臥佛般睡在一角，搖頭失笑道：「這小子眞是個樂天派，惹得我也記起自己多晚沒睡！」

跋鋒寒搭著他肩頭，神色凝重地道：「坐下再說。」

坐好後，寇仲環目四顧，奇道：「夥計們哪裏去了？」

跋鋒寒應道：「一錠重一兩的黃金可令人願意做很多事。」

寇仲注意到跋鋒寒的臉色，奇道：「你的神情爲何如此沉重，是聽到剛才避塵的話嗎？一看便知那是有德行的道門前輩哩！」

跋鋒寒冷笑道：「這回你偏偏看走了眼，此人叫『妖道』辟塵，而非避塵，三十年前曾橫行北方，無惡不作，是魔門數一數二的高手，聲望僅次於『陰后』祝玉妍和魔門最神秘的人物『邪王』石之軒，幸好和氏璧眞的不在你手上，否則剛才你定給他探出虛實。」

寇仲倒抽一口涼氣，又大奇道：「你怎能如此清楚他的來歷，我卻從沒有聽過他的名字。」

跋鋒寒露出一絲苦澀的笑意，道：「關於魔門的事，你說是誰告訴我的呢？辟塵雖與祝玉妍同是魔門，但各屬不同的流派，平時勾心鬥角，但對著外人時卻頗爲團結。」

寇仲呆了半晌，皺眉道：「這妖道眞厲害，沒透出半分邪氣。」

跋鋒寒道：「若非我知道魔門有這麼一號人物，也會像你般給他騙倒。只從這點，可知此人修養道行之高，已達登峰造極的境界。」

寇仲沉吟道：「他是否眞能背著來擋我十刀呢？」

跋鋒寒搖頭道：「這是絕無可能的，寧道奇都不行。他只是想詐出和氏璧是否在你手上，現在反被你錯有錯著的騙了。最後一番話表面好聽，骨子裏卻是推波助瀾，希望我們和了空一方先拚個兩敗俱傷，卑鄙之極。」

寇仲苦笑道：「還有甚麼像他這類的高手，不如你一併說出來給我聽，讓我心中有個準備。」

跋鋒寒陪以苦笑道：「不要自己嚇自己好嗎？至少在子時前，他不會再來煩我們，那時有命再說吧！」

寇仲嘆道：「我倒有個消息提供，據聞曲傲和突厥的『龍捲風』突利準備聯手來對付我們，又是一場不易對付的硬仗。我們是否須改變做英雄好漢的計劃，轉而研究如何落荒逃命呢？」

跋鋒寒啞然失笑道：「你認爲在現今的情勢下，我們仍可搭船坐車地輕易離城嗎？你留心聽一下，外面靜如鬼域，行人到哪裏去了？」

寇仲奇道：「難道有人把街道封鎖？」

跋鋒寒油然道：「雖不中不遠矣。」瞧了徐子陵一眼後，微笑道：「我們是否該向子陵學習，好好睡上一覺？」

寇仲道：「這提議最合朕意，咦！有人騎馬來了！是否過早一點呢？」

跋鋒寒道：「子時前來的是朋友，子時後則是敵人，你看我猜得是否準確。」

寇仲長身而起，朝與徐子陵隔了約三丈的另一角走去，邊伸懶腰道：「干擾我睡眠的則朋友也變敵人，有甚麼事由你出頭應付好了。」

跋鋒寒瞧著寇仲搬檯移桌，苦笑道：「你眞夠朋友。」

蹄聲漸近，轟傳長街。當寇仲躺上兩張合起來的方桌上，蹄聲止於門外。

一把年輕男子的悅耳聲音在外邊響起道：「你們三個給我滾出來！」他說話的內容雖毫不客氣，聲調卻是溫雅動聽，斯文淡定，跟語意毫不相配。

跋鋒寒雙目閃過森寒的殺機，冷冷道：「來者何人！我跋鋒寒今夜不殺無名之輩。」

那人默然半晌，柔聲答道：「跋兄請恕在下一時衝動之下口出粗言。如若跋兄肯化干戈爲玉帛，交出和氏寶璧，讓在下歸還妃暄小姐，在下願爲剛才惹怒跋兄的話敬酒道歉。」

聲音從緊閉的門縫傳入，揚而不亢，字字清楚，只是這份功力，教人不敢小覷。

徐子陵和寇仲均勻的吐吶呼吸此起彼落，造成奇異的節奏，隱隱中似透出某種難言的道理。

跋鋒寒皺眉道：「我最討厭說話兜兜轉轉的人，閣下究竟是何方神聖，竟要代師妃暄出頭？」

那人發出一陣長笑聲，道：「聽跋兄的語氣，交回和氏璧的事是沒有得商量哩！只好動手見個眞章。」

跋鋒寒搜索枯腸，仍想不到街上是哪個年輕高手，索性不答他，閉目冥坐。

「砰！」舖門四分五裂，化成漫天木屑，撒滿舖內。以跋鋒寒泰山崩於前而色不變的鎭定功夫，亦爲之動容。要知這兩扇門只是虛掩，毫不受力，而對方竟能一拳隔空同時把兩扇門板震碎，其功力已到了驚世駭俗的境地。

一位說不盡風流倜儻、文質彬彬，宛如玉樹臨風的年輕英俊男子出現在破開的入門處，手持畫上美女的摺扇，正輕柔地搖搧著，一派悠然自得之狀，哪像來尋晦氣的惡客。

跋鋒寒一對虎目爆起電芒，盯著來人恍然道：「原來是『多情公子』侯希白，難怪如此致力護花，失敬失敬。」

他以一種極端冷淡漠然的語調說出這番話來，充滿冷嘲熱諷的意味。

侯希白俊臉露出一個無奈的表情，嘆氣道：「實不相瞞，在下一向對三位心儀嚮往，絕不願在這樣的情況下碰頭。咦！寇兄和徐兄不是受了傷吧？還是在睡覺呢？」

跋鋒寒淡淡道：「侯兄不用理會他們，大家初次相識，不如先喝兩杯，然後動手，如何？」

侯希白定神打量跋鋒寒，好一會道：「這叫名副其實的先禮後兵，讓在下先敬跋兄一杯。」大步走過來，在跋鋒寒對面坐下。

跋鋒寒凝坐不動，目不轉睛地瞧著侯希白把摺扇收入袖內，又伸手為他和自己斟酒。

侯希白絲毫不因對方銳利得似能洞穿肺腑的目光而有半分不安，動作瀟灑好看，不愧是能令天下美女傾心的風流人物。

侯希白雙手輕捧酒杯，致禮道：「聞名不如見面，跋兄沒有令在下失望。」

跋鋒寒毫無回敬的意思，淡淡道：「侯兄的摺扇以精鋼為骨，不知扇面是以甚麼材料製成？」

侯希白微笑道：「這個問題我還是第一次碰到，跋兄的眼力果然高明。敝扇乃採天蛛吐的絲織成，堅韌無比，不畏刀劍。」

跋鋒寒哈哈一笑道：「好兵器，只不知上面是否繪有師妃暄的畫像呢？」

侯希白低頭凝望杯中的美酒，苦笑道：「此扇獨欠妃暄小姐，跋兄可猜到原因嗎？」

跋鋒寒從容一笑道：「這個該不難猜，一是她氣質獨特，侯兄感到難以把握；又或侯兄用情太深，反患得患失，無從著墨。」

侯希白頹然道：「跋兄提的兩個原因皆有點道理。在我來說，卻是不知該以她哪個神態入畫，才能表現她至美之態，故一直猶豫，未敢動筆。」

跋鋒寒動容道：「這番話比甚麼讚美更能令人動心，不如侯兄一口氣在扇面上畫出十多個師妃暄來，每個代表她一種姿態神韻，不就可把難題破解？」

侯希白嘆道：「那恐怕要畫無窮盡的那麼多個才成，如此對她可太不敬了。」

跋鋒寒愕然半晌，舉起酒杯，道：「說得精采，跋某人敬侯兄一杯。」碰杯後兩人均一口飲盡，半滴不剩。

放下酒杯，侯希白的目光變得像劍刃般銳利，直望跋鋒寒，聲音轉冷道：「此事能否和平解決？」

跋鋒寒斷然搖頭道：「侯兄少說廢話。」

侯希白不解道：「跋兄一向不過問家國之事，爲何獨要捲入眼下無謂的爭端中，得到寶璧於跋兄有何用處？」

跋鋒寒不耐煩地道：「侯兄不是要動手嗎？跋某正想見識一下侯兄震驚天下的扇藝，這叫相請不如偶遇，侯兄請！」

兩人雙目同時精光大作，毫不相讓的互相凝視。一股濃烈的殺氣，從侯希白身上直逼跋鋒寒而去。

他身上的文士服無風自拂，獵獵作響，倍添聲勢。跋鋒寒卻是靜如淵海，又像矗立的崇山峻嶺般，任由海浪狂風搖撼衝擊，亦難以動搖其分毫。桌面的酒壺杯子顫震起來，情景詭異至極點。兩人再對望半晌，均知難在氣勢上壓倒對方，最後唯只動手一途，以尋出對方的弱點破綻。

「颼！」扇子來到侯希白手上張開，面向跋鋒寒的一面畫了八個美女，各有不同神態，極盡女性妍美之姿。

跋鋒寒一呆道：「扇角那個不是沈落雁嗎？我從未見過她這種神情，也從未想過她可如此引人的。」

侯希白的氣勢有增無減，臉上卻露出溫柔神色，輕輕道：「落雁是個很寂寞的女孩子，那一天當我採來一朵白菊花，爲她插在頭上，她便露出這既驚喜但又落寞的神色。當時她定是想起別人。我不但沒有嫉忌，還把她那一刻的神情畫下來。只有這神情最能代表她。」

「鏘！」跋鋒寒拔劍出鞘，橫斬桌子另一邊的侯希白。

「什！」扇子合起，侯希白瀟灑自如地架著跋鋒寒凌厲無匹的一劍。

兩人同時搖晃一下。雙方無不凜然。

跋鋒寒看似簡單的一劍，事實上極難擋格，在閃電般的速度中，連續變化三次，估量侯希白如何高明，亦要狼狽避退，哪知竟難逃被他擋個正著的命運。

侯希白心中亦泛起難以相信的感受。自出道以來，無論碰上如何威名赫赫，橫行霸道的對手，也找不到能擋他十扇之輩。但他應付跋鋒寒幻變無方的一劍，卻要施盡渾身解數。他表面雖似是輕鬆自如，內裏卻是費盡九牛二虎之力。他天生是瀟灑不群的人，表現於武技也是這樣子，即使被人殺死，臨死前仍會瀟瀟灑灑的，不會像一般人的狼狽。

兩位如若彗星崛起於武林的年輕高手，終於正面交鋒。劍扇凝止桌面上的空間。

侯希白連續擋了跋鋒寒從劍上傳來一波比一波強勁的五道眞氣，動容道：「跋兄比我想像中高明多了。」

跋鋒寒亦是心中暗驚，想不到侯希白高明至此，若非經和氏璧昨晚改造經脈，這刻毫無花假的內勁火拚，自己說不定要吃上暗虧。淡然一笑道：「彼此！彼此！」斬玄劍一收一吐，離開了侯希白的「美人扇」，一口氣隔桌刺出五劍。侯希白的美人扇或開或闔，總能妙至毫巓的擋著跋鋒寒水銀瀉地式的狂攻猛擊。最妙是寇仲和徐子陵仍是熟睡如死，似是絲毫不知兩人正以生死相拚搏。

「鏘！」斬玄劍回鞘。

一聲呵欠。寇仲從「桌床」上坐起來，拭目奇道：「侯希白你這是何苦來由，和氏璧根本不在我們手上，縱然在我們手上，我們也可以撇開他娘的江湖規矩，先聯手把你宰了。」

「什！」「多情公子」侯希白的美人扇以一個賞心悅目的姿態在跋鋒寒前方畫了個半圓，闔起來斜攏胸前。緊盯跋鋒寒道：「此事可眞？」

跋鋒寒冷冷道：「和氏璧的確不在我們處。」

侯希白皺眉道：「爲何你早先不告訴我？」

跋鋒寒若無其事答道：「你有問過我嗎？」

兩人再對望了一會，忽地齊聲大笑。

寇仲正要睡回去，侯希白高舉美人扇，把扇張開，以只畫上婠婠一人的那面遙向寇仲，道：「請問寇兄，這美人兒究竟是誰？」

寇仲斜著睡眼兜過來一看，動容道：「確是維肖維妙，傳神生動，彷如在扇面上活過來般。」

跋鋒寒側頭去看，由衷讚道：「侯兄最令人讚賞處是掌握到她那種難以形容詭秘迷茫的特質，若你的功夫像你那枝畫筆，恐怕所有人都要甘拜下風。」

寇仲仍呆瞪著扇上的婠婠，大奇道：「你這水墨的婠妖女只有黑白二色，爲何我卻有色彩豐富的感覺，眞是古怪。」

侯希白一震闔起美人扇，愕然道：「婠妖女？」

寇仲躺回桌上，呻吟地道：「她正是你的夢中情人師妃暄的頭號勁敵婠妖女。陰癸派繼祝玉妍後最出類拔萃的魔門高手。幸好她不喜採補之道，否則必把你這多情種子採得一滴汁都不剩下來。」

侯希白臉上現出悠然神往的表情，搖頭讚嘆道：「原來是她，難怪有如此獨一無二的氣質，嬌軀還像會噴發香氣似的。」又訝道：「寇仲兄似乎對我很不客氣哩！」

寇仲嘆道：「因爲我妒忌了！」

跋鋒寒和侯希白聽得面面相覷，不明所以。

寇仲夢囈般閉目道：「師妃暄肯做你的紅顏知己，卻指使人來逼害我，兩種對待有天壤雲泥之別，我怎能不妒忌。」

侯希白啞然失笑道：「既是一場誤會，我陪你們在這裏等到子時。橫豎我已三個多月沒有見過她的仙顏。」

跋鋒寒搖頭道：「事情絕非如此簡單，侯兄最好不要牽涉在內，否則以後你不會有好日子過。」

寇仲亦道：「你憑我們一句話就這麼信任我們嗎？」

侯希白哂道：「有甚麼規矩說過不可憑一句話去相信人。不要以爲容易騙我，而是我從跋兄的劍性看出他是個敢作敢爲，絕不介意別人怎樣看他的人。這類人做過的事必不怕承認。寇仲你明白嗎？」

跋鋒寒訝道：「侯兄只是這項本領，可列入奇功絕藝榜上。」

侯希白見寇仲像睡了過去般，目光移回跋鋒寒處，微笑道：「跋兄心中最美的女子是誰呢？」又爲跋鋒寒斟酒。

跋鋒寒不悅道：「侯兄是否沒有聽到我的話，擺出一副要坐到子時的模樣。」

侯希白哈哈笑道：「跋兄的好意在下心領了。不過我這人行事一向意之所至，任性而爲，從來不計較後果。除非跋兄下逐客令，否則我很想趁趁這場熱鬧。橫豎現在洛陽沒有一個地方比這裏更有趣。」

跋鋒寒冷冷瞧著他斟酒纖長白皙如女子的手，沉聲道：「我們三人同心，本是全無破綻，但若多了侯兄這未知的變數，將會擾亂我們的陣腳。這一杯當作送行的酒好了。」

侯希白舉杯道：「跋兄這朋友我交定了，乾杯！」

兩人大笑舉杯，一飲而盡。

侯希白長身而起，深深瞧了從沒有動靜，像一尊大理石雕臥像般的徐子陵一眼，灑然去了。

寇仲坐起身來，道：「給這小子吵得睡意全消，差些想揍他一頓來出氣。」

跋鋒寒瞧著寇仲在自己旁邊坐下，含笑道：「此子確是個令人傾心的超卓人物，手底更是硬得教人吃驚，但爲何你卻像不太喜歡他呢？」

寇仲沉吟道：「我不明白。不過他的畫功無可否認是妙絕當世。嘿！我根本沒資格說這句話，除非我曾遍覽天下古今名家的傑作。不過總覺得很難有人畫得比他更傳神。哈！這小子如果去畫『枕邊畫』，必可引死全天下的所有色鬼。」

跋鋒寒苦笑道：「你最好不要在他面前說這些話，否則他不和你拚命才怪。」

寇仲忽地正容道：「跋兄心目中最美的女人是誰？若是婠妖女最好不要說出來。」

跋鋒寒聽他模仿侯希白的口氣，想要笑時，倏又神情一黯，搖了搖頭，目光投往變成了一個空門洞的店門，喟然道：「或者是石青璇吧！只聽簫音和她甜美的聲音，可想見其人。但相見爭如不見，沒見過而只憑想像出來的才會是最好的。」

寇仲湊過頭來，仔細審視他的神情，見他直勾勾地透過門洞看往杳無人跡的大街，壓低聲音道：「你口上說的雖是石青璇，神情卻像在想別個女人。只恨我欠了侯希白的畫筆，否則就把你這罕有的神態畫下來，像那回沈落雁一邊讓侯希白在秀髮上插花，心中卻想起小陵那樣。」

「寇仲閉上你的狗嘴！」徐子陵憤怒的聲音傳過來。

寇仲和跋鋒寒立時拋開一切，開懷狂笑，連淚水都嗆了幾滴出來。寇仲從椅子彈起來，三步併作兩步的走到徐子陵「床頭」那端的位置，單膝跪下道：「陵少息怒，我還以為你像平時般睡得像頭死豬，哪知竟給你聽到，罪過罪過！」

徐子陵猛地睜開一對虎目，透射出見慣見熟他的寇仲也大吃一驚的懾人異芒，沉聲道：「何方高人，為何有大開的中門而不入，卻要在屋頂上盤桓呢？」

跋鋒寒和寇仲齊齊嚇了一跳。即使他們剛才心神分散，但來人可瞞過他們的耳目來到頭頂，只此本事，當知來人非同小可。

屋頂一陣震耳長笑。「轟！」瓦頂破碎。隨著塵屑木碎瓦片，一個雄偉的影子自天而降，來到舖子中心一張桌子之上。

寇仲拔出井中月，怒喝一聲，全力出手，毫不容情。尚有一個時辰就是子時了。

那人身穿夜行勁裝，臉上戴著一個五彩繽紛，卻是猙獰可怖的木製面具，披散了頭髮，面具邊沿處可見濃密的虬髯，狀極駭人。雖看不到他的廬山眞貌，但緊身衣下顯示出來的體型已有懾人之姿。其高度不但可與寇仲等三人相比，且非常壯碩，這可從他的虎背熊腰、寬闊的肩膀、粗壯的脖頸以及一雙特大的手掌看得出來。他的身體每一個部份分開來看都予人粗獷的感覺，可是揉合起來整體而觀，卻是健美勻稱，有著靈巧矯逸、健美無瑕的完美姿態。手上的兵器是一條渾體烏黑，油亮閃光、長達丈二、粗如兒臂的木棍，也不知是取甚麼木材製成。此時他雙足踏上桌面，寇仲的井中月化作一道精芒，疾斬他下盤。

勁氣漫廳。跋鋒寒雙目掠過驚異神色，但仍凝坐不動，冷眼旁觀。徐子陵卻閉上眼睛，似懶得理會的不聞不問。

「鏘」的一聲，來犯者長棍下挑，正中寇仲的刀鋒處，準確迅疾得令人難以相信。他以烏木棍掃擋寇仲的井中月，寇仲絲毫不會奇怪，因爲他既有膽孤身破瓦而下，自該有此本領，那烏木棍必然也是不怕鋒刃的奇門兵器。但對方能盡破他井中月的所有變化後招，有如命中咽喉要害般只點正在節骨眼處，便無法不使他大吃一驚，銳氣立挫。

罕有匹儔的驚人氣勁，像山洪暴發般從棍端傳入刀鋒內，把寇仲強猛的螺旋勁氣衝得七零八落，差點給他挑得井中月甩手脫飛。

寇仲哪想得到來人強橫至此，幸好他的經脈得到昨晚使他脫胎換骨的改造，故真氣容量激增，補充迅快。舊力剛消，新力又至。急提一口真氣，登時把對方入侵手內的氣勁化去，「唰唰唰」一連三刀，暴風雨般往來人攻去。

那人也是奇怪，一聲不吭的連擋他兩刀，接著一個翻騰，越過寇仲頭頂，烏木棍化作一柱黑芒，朝安坐舖子盡端桌後的跋鋒寒激射過去。

跋鋒寒凝然不動，有若泥塑石雕，直到烏木棍離他面門只餘五尺距離，左手按上桌沿，右手則閃電掣出斬玄劍，「噗」的一聲疾劈烏木棍頭。

桌子夷然不動，桌面上的杯壺也沒有翻側，但剛才侯希白坐過的椅子卻四足折斷，頹破倒地。勁流橫逸。

跋鋒寒上身後晃，臉上抹過一片紅雲。

那人借力升起，往後翻身，手中長棍在電光火石的剎那中再連擋寇仲兩刀，先挑後掃，以令人難以相信的準確，點中刀尖，教寇仲生出有力難施的無奈感覺。

此人武功之高，差可與婠婠相比擬。那根估量重達百斤以上的烏木棍，在他一雙手上如拈稻草般舞動得輕巧自如，只此可知他膂力強絕。此時他足尖點地，烏木棍化作漫天黑影，把追擊而至的寇仲籠罩其中，兩道人影倏進忽退，刀棍交擊之聲不絕於耳。他們均是以快打快，兵器撞擊的聲音密集得像雨點打在瓦片上，清脆動聽。

「鏘！」跋鋒寒劍回鞘內，冷喝道：「來人可是吐谷渾伏允之子伏騫？」

那人發出一陣震耳長笑，再擋寇仲一刀，借勢升起，「嗖」的一聲從瓦頂的破洞衝了出去。接著聲音傳回來道：「領教了！」到最後那了字時，人已在百丈開外，速度迅若流星。

「鏘！」寇仲亦回刀鞘內，駭然瞧往跋鋒寒。

跋鋒寒深吸一口氣道：「想不到他如此厲害，縱然我們三人聯手，恐亦留不住他。」

寇仲情緒平復過來，抬頭仰望破洞外的夜空，皺眉道：「這虬髯小子是甚麼意思？是想顯示實力，還是要害酒舖的老闆賺少一點？」

徐子陵的聲音傳來道：「他不是伏騫，而是影子刺客楊虛彥，只是改用木棍，希望我們猜不中是他罷了！」

跋鋒寒和寇仲兩人愕然互望，反心中釋然。楊虛彥最擅長匿跡藏蹤之術，能避過他們耳目來至近處毫不足奇。

寇仲移到一方，挨牆坐地，瞧著一片混亂，木屑滿地的劫後情景，罵道：「定是李小子派他來殺我的。」

跋鋒寒吁出一口氣道：「他的武功比我猜想中更高明，最厲害是他那飄忽無定，似前實後的身法，教人難以把握。」又瞧往徐子陵：「子陵怎會猜到他是楊虛彥？」

徐子陵坐了起來，與寇仲臉對著臉，中間隔了一地破碎和東歪西倒的桌椅，微笑道：「他雖以種種方法隱瞞身分，既改變身法步法，又捨棄以劍芒惑敵的絕技而改用不會反光的烏木棍，但變不了的是他森冷酷烈的眞氣，所以他甫出手我便知他是楊虛彥。」

寇仲恍然道：「難怪他不去惹你，正是怕給你認出來。」旋又皺眉道：「但他這樣來大鬧一場，究竟於他有甚麼好處？若他以爲如此這般可嫁禍別人，只是個笑話。」

徐子陵瞪著寇仲好一會，緩緩道：「他此來是爲了要殺你。」

寇仲愕然道：「殺我？」

跋鋒寒亦不解道：「若他要殺仲少，該用回他擅長的兵器才對。」

徐子陵仰首望向屋頂的破洞，長長舒出一口氣，淡然自若地道：「因爲他怕李世民曉得他違令捲入今晚和氏璧的爭端中，所以如此藏頭露尾。當他發覺無法以烏棍幹掉仲少，遂順手攻鋒寒兄一招，好惑人耳目。」

三人沉默下來，沒有半點動靜。時間逐分過去，離子時只剩下不到半個時辰。好一會後，挨牆席地而坐的寇仲把井中月連鞘解下，平放在伸直的大腿上，搖頭道：「我差點想破腦袋，也找不到楊虛彥既要違背李世民命令，又要如此迫不及待殺我的原因。」

跋鋒寒沉聲道：「但你卻不得不同意子陵的猜測，因爲他與你交手時殺意甚濃，但攻向我那一棍則純是試探，有殺勢而無殺意。」

寇仲晃晃大頭，似要把所有令他心煩的事驅出腦海之外，道：「管他娘的是爲了甚麼，下次給我再遇上，就把他的卵蛋割下來送酒好了，哈！」

跋鋒寒微笑道：「今晚我們若能不死，絕對是個畢生難忘的經驗，尤其一夜間我們成了天下各方霸主和黑白兩道的衆矢之的，恐怕在歷史上也是從未之有的盛事。」

徐子陵悠然道：「此間事了後，鋒寒兄有何打算？」

跋鋒寒沉吟半晌，淡然笑道：「我將會和兩位分道揚鏢，重返塞外的草原大漠，進行武道上另一階段的修行。當我把這些日子來的得益完全消化，會回突厥向畢玄挑戰，勝敗生死在所不計。」

徐子陵瞧了寇仲一眼，再望向他衷心地道：「我真羨慕你。」

跋鋒寒仰天發出一串震耳長笑，道：「我生性孤獨，從來沒有朋友，只有你兩位是例外。」

兩人心中一陣感動。要跋鋒寒說出這番話來，是多麼的難得。

寇仲皺眉道：「你要走我們自然尊重你的意向。但你不再管瑜姨的事了嗎？」

跋鋒寒長身而起，從容道：「這當然包括在未了之事內。仲少放心吧！跋某人豈是半途而廢的人？」

寇仲彈起身來，右手輕握連鞘的井中月，欣然道：「坐得氣悶哩！到街上走走應是好主意。」

跋鋒寒傲然道：「在激戰之前，不如我們先立下誓約，今晚一就是三人同時戰死，一則是携手安然離開，再沒有第三個可能性。」

寇仲豪氣干雲的大笑道：「那就讓我們以酒立誓，痛飲他娘的三杯，然後出去殺個痛快。」

徐子陵好整以暇的盯著寇仲，冷冷道：「仲少似乎自己把自己弄糊塗了，今晚我們絕不可殺人，若與慈航靜齋結下解不開的深仇，對你夢想的大業並無好處。」

寇仲愕然道：「兩軍對決，若我們處處留手，豈非等同綁著手腳來捱打？」

徐子陵微笑道：「這正是我剛才睡覺的原因。」

說著站起來移到跋鋒寒所坐的那張桌子旁邊，拿起三個酒杯，擺成一個「品」字。

寇仲早走了過來，抓頭道：「這是甚麼？」

徐子陵哪還不知寇仲在採激將之法，逼他多動腦筋，瞧往跋鋒寒道：「鋒寒兄以爲如何？」

跋鋒寒凝注那三只杯子，雙目閃動懾人的精光，沉聲道：「從理論來說，天下間最完美的是圓形，無始無終，來而復往，但卻利守不利攻，皆因沒有特別鋒銳之處。」頓了頓續道：「三角形卻是攻守俱利，皆因每一邊都是鋒稜尖角，但又隱含圓形的特性。子陵是否悟出甚麼陣法來呢？」

徐子陵道：「正是如此。今晚我們三人若各自爲戰，必死無疑，只有靠出人意表的戰略，我們或有一線生機。」接著指向三只杯子道：「我們就是這些杯子，由於我們多番出生入死，在配合上比之操演陣法多年的人亦不會遜色，且不拘成法，能隨機應變，變化無邊。如今唯一要談的，是心法的問題。」

跋鋒寒皺眉道：「甚麼心法？」

寇中嘆道：「我明白了！小陵指的是眞氣互補那方面，像昨晚我們練功時，老跋你成了我們兩人間的天津橋，把被洛水分隔開南北兩邊的洛陽城連接起來，變成一座沒有人可攻陷的堅城。」

跋鋒寒一震道：「我明白了！」

寇仲提起酒壺，把酒斟進杯子裏，道：「這趟洛陽街之戰，將是我們一生人中最大的考驗。若能不死，立即可晉身武林頂尖高手之列，想想都興奮。」

徐子陵首先取酒，舉杯道：「待會我們卻絕不可興奮，飲杯吧！」

三人舉杯互祝，一飲而盡。然後摔杯地下，只發出一下清響。對視而笑。子時終於來臨。

在跨越門檻，穿門下階前，寇仲湊近徐子陵，低聲道：「謝謝！」

徐子陵訝道：「爲何忽然謝我？」

前面的跋鋒寒到了門外石階盡頭處，停下來笑道：「仲少罕有這麼有禮的哩！」

寇仲嘆了一口氣，跨步出門，來到跋鋒寒旁，顧左右而言他的道：「洛陽店舖的門階要比別處高，不知是否怕大雨時洛水泛濫，會淹沒街道？」

跋鋒寒給他引開注意力，沉吟道：「若我是李密，必會趁雨季結束之前引兵攻打洛陽，可收奇效。」

徐子陵此時到了跋鋒寒另一邊，展望長街。這條洛陽最繁榮的通衢大道靜如鬼域，不見半個行人，所有店舖樓房均門窗緊閉，只餘門檐下的風燈斜照長街。洛水在左方千步計外流過，浩然壯觀，具天漢津梁氣象的天津橋雄跨其上，接通這條寬達百步，長逾八里，兩旁樹木羅列的洛陽第一大街。

寇仲哈哈大笑道：「若鋒寒兄肯助我打天下，我何愁大業不成？」

跋鋒寒雙目掠過懾人的精芒，目光從石階移往街心特別以白石板舖成，再以榴、榆與旁道分隔的御道，微笑道：「說到底我畢竟非是中原人，故志不在此，何況憑仲少你的聰明才智，本身便綽有餘裕，何需區區一個跋鋒寒。」

寇仲正游目四視，搜索敵人的影蹤，從容道：「我只是有感而發。不過老跋你雖算外人，但對我國的情況和文化卻似乎比我兩個更爲認識清楚，此事確奇怪之極。」

跋鋒寒雙目神色轉柔，暗蘊悽傷之色，嘆了一口氣，卻沒有答他。領頭步下石階，橫過行人道和車馬道，朝御道走去。

徐子陵和寇仲隨在他身後，寇仲滿懷感觸地道：「昔日楊廣在時，若有人敢施施然在御道漫行，必被治以欺君的殺頭大罪。這御道代表了皇帝和萬民的隔離。不能親躬民間疾苦的人，怎能做得好皇帝？」

徐子陵沒有作聲，盯著跋鋒寒雄偉的背影。

踏進御道，跋鋒寒轉左朝天津橋緩步而走。

寇仲伸個懶腰向徐子陵道：「剛才我謝你，皆因若非陵少你這些日子來戳力相助，我寇仲該早玩完了。而更令我感激的是你若非為了我，絕不會到今天仍去幹這種事。」

徐子陵嘴角飄出一絲笑意，淡然道：「人世宛如一幅攔江的大網，游過的魚兒沒有一條能溜得過去。我既答應你去發掘楊公寶藏，便知會有這種種情況出現和必須全力應付。」頓了頓又嘆道：「但我卻從沒想過會惹來像師妃暄、寧道奇這類可怕的敵人，現在還有甚麼好說呢？」

前面的跋鋒寒似對他們間的話聽而不聞，逕自負手朝天津橋走去。

寇仲啞然失笑道：「你該早猜到有這種種後果的。偏仍是那麼積極助我，除了是對我盡兄弟之義外，是否還有別的因由？」

徐子陵盯著跋鋒寒那似若永不會被擊倒的雄偉背影，默然舉步，好一會才道：「在所有原因之中，其中一個或者是要為素姐出一口氣，要李靖那無情無義的混蛋不能有好日子過。」

寇仲愕然瞧他兩眼，一時說不出話來。他從沒想過徐子陵會因這理由去爭奪和氏璧。

跋鋒寒悠然止步，雙目神光電射，望往天津橋上。

一個修長優美，作文士打扮的人，正負手立在橋頂，憑欄俯眺在橋下來了又去的洛水。

一葉輕舟，剛好駛過。

第七章

河畔洛神

作品集

第七章　河畔洛神

徐子陵虎軀一震，低叫道：「秦川？」

事實上不用他說出對方的名字，寇仲和跋鋒寒也知道前面那人正是化名秦川的師妃暄芳駕親臨。

在踏出酒舖破門的一刻，三人均想過首先會遇上的是誰。最大的可能性當然是淨念禪院的了空大師偕同四大護法金剛與一眾大小和尚空廟而來尋晦氣。其次則是拔鞭相助老朋友的王薄。再其次便是與慈航靜齋有交情的門派，又或剛抵中原的虬髯客伏騫王子。

但卻從沒想過首先遇上的會是繼寧道奇後，最被推崇的絕代高手師妃暄。

她是如此年輕。迎著洛水送來的夜風，一襲淡青長衫隨風拂揚，說不盡的閒適飄逸，俯眺清流，從容自若。背上掛著造型典雅的古劍，憑添了她三分英凜之氣，亦似在提醒別人她具有天下無雙的劍術。從三人的角度瞧上天津拱橋中心點的最高處，明月剛好嵌在她臉龐所向的夜空中，把她沐浴在溫柔的月色裏。份外強調了她有若鍾天地靈氣而生，如川嶽般起伏分明的秀麗輪廓。以三人的見慣美人尤物，亦不由狂湧起驚艷的感覺。

但她的「艷」卻與婠婠絕不相同，是一種「清水出芙蓉，天然去雕飾」那麼自然的、無與倫比眞淳樸素的天生麗質。就像長居洛水中的美麗女神，忽然興到現身水畔。縱使在這繁華都會的核心處，她的

「降臨」卻把一切轉化作空山靈雨的勝境，如眞似幻，動人至極點。她雖現身凡間，卻似絕不該置身於這配不起她身份的塵俗之地。她的美眸清麗如太陽在朝霞裏升起，又能永遠保持某種神秘不可測的平靜。

三人至此方體會到侯希白對她的讚語絕無誇張。師妃暄這種異乎尋常，令人呼吸屏止的美麗，確非塵世間的凡筆所能捕捉和掌握的。三人呆瞪著她，不但鬥志全消，一時間連話都說不出來。

在他們心弦震動的當兒，明麗得如荷花在清水中傲然挺立的美女，以她不含一絲雜質的甜美聲音柔聲道：「妃暄實在不願於這種情況下和三位相見。」

整個天地都似因她出現而被層層濃郁芳香的仙氣氤氳包圍，教人無法走出，更不願離開。在平靜和冷然的外表底下，她的眼神卻透露出彷若在暗處鮮花般盛放的感情，在傾訴出對生命的熱戀和某種超乎世俗的追求。

比對起神態奇異詭艷、邪柔膩美，彷似隱身在輕雲後若隱若現的明月般的婠婠，她就像破開空谷幽林灑射大地的一抹陽光，燦爛輕盈，以寇仲的玩世不恭，徐子陵的淡泊自甘，跋鋒寒的冷酷無情，霎時都被她曠絕當世的仙姿美態所震懾，差點忘了來者不善，善者不來。

天街靜如鬼域，只有河水打上橋腳岸堤的聲音，沙沙響起。在月兒斜照下，四座矗立兩邊橋頭布成方陣的高樓，在街上水面投下雄偉的影子，更添那無以名之的懾人氣氛。

跋鋒寒首先「清醒」過來，深吸一口氣道：「師小姐仙駕親臨，爲的自是和氏璧的事，請問準備如何處理？」

師妃暄並沒有向他們瞧來，丹紅的唇角飄出一絲淡淡的笑意，檀口微啓輕輕的道：「妃暄離齋之後，從未與人動手，今晚卻爲了三個原因，不得不破此戒，你們想聽嗎？」

寇仲哈哈一笑道：「能令師小姐你破戒出手，實是我三人無比的榮幸，不過小弟不才，想破腦袋亦只想到和氏璧一個那麼多的出手理由，請問其他兩個原因又是甚麼呢？」

師妃暄語音轉寒，冷然道：「其中一個原因，是你三位已惹起妃暄警惕之心。」

即使以三人的聰明才智，亦聽得不明所以，滿腦茫然。自師妃暄出現後，徐子陵一直保持緘默，沒有說半句話。

跋鋒寒皺眉道：「師小姐可說得更清楚些？」

師妃暄沒施半點脂粉，但光艷得像從朝霞中上升的太陽般的玉容掠過一個無奈的笑容，輕嘆道：「妃暄豈是喜操干戈的人，只因一統的契機已現，萬民苦難將過。故誠惶誠恐，不敢粗心大意，怕有負師門之託。」

寇仲心中一寒，卻故作訝然的試探道：「這又與小姐應否對付我們有何關係？」

師妃暄輕扭長秀優美的脖子，首次別過俏臉朝三人瞧來，美眸異采漣漣，扣人心弦。接著更轉過嬌軀，面向他們。三人得窺全豹，就如給她把石子投進心湖，惹起無數波動的漣漪。在修長和自然彎曲的眉毛下，明亮深邃的眼睛更是顧盼生妍，配合嵌在玉頰的兩個似長盈笑意的酒窩，肩如刀削，蠻腰一捻，纖穠合度，教人無法不神爲之奪。她的膚色在月照之下，晶瑩似玉，顯得她更是體態輕盈，姿容美絕，出塵脫俗。

此時她那對令三人神魂顛倒的秀眸射出銳利得似能洞穿別人肺腑的采芒，在他們臉上來回掃視幾遍，目光最後定在寇仲處，以平靜的語調淡淡道：「寇兄如肯立即把和氏璧交出來，又或從此退出江湖，我們間一切瓜葛一筆勾銷，此後各不相干。」

寇仲想不到她忽然變得如此直截了當，且是毫不客氣。愕然道：「我是否聽錯哩？小姐不是說如我肯退出江湖，便連和氏璧都不用交出來吧？」

師妃暄不理會他，目光轉往跋鋒寒臉上，幽幽一嘆道：「中原還不夠亂嗎？跋兄爲何不回到域外去？」

跋鋒寒雙目射出凌厲的電芒，與她毫不相讓的對視，眼睛不眨半下，沉聲道：「小姐此言差矣，跋某人要到哪裏去，從來不會受別人左右的。」

師妃暄嘴角逸出一絲苦澀的笑意，語音轉柔道：「這正是你們惹起妃暄警惕之心的因由；三位均爲膽大包天，誰都不肯輕易賣賬的人。從你們踏足洛陽的一刻，立把整個東都的平衡勢力打破，只此一點，已教人不敢對你們輕忽視之。」

接著目光投到默立一旁的徐子陵處，淡然道：「請問徐兄爲何要去盜取和氏璧？」

三人暗叫厲害。

自她現身橋上，所有主動全掌握在她手裏。而他們只能處在見招拆招的下風處。她的說話更深合劍道之旨，有如天馬行空，教人難以捉摸，防不勝防。

徐子陵默默與她互相凝視半晌後，灑然笑道：「聽師小姐的口氣，似是即使和氏璧不在我們手上，師小姐也不肯罷休的了！」

寇仲和跋鋒寒同時生出鬆了一口氣的感覺，更感到徐子陵正在反擊，且把握到師妃暄話語裏唯一的破綻。

自遇上師妃暄，他們有矮了半截和作賊心虛的不利感覺。但假如師妃暄認為即使和氏璧不在他們手上，卻仍要對付他們，那他們抱的將是完全另外的一種心情。

師妃暄用神打量徐子陵好一會兒，輕嘆道：「用劍來治天下，當然是萬萬不可；但以劍來爭天下，卻似是古往今來的唯一方法。妃暄只好領教一下徐兄的絕藝，看看來自《長生訣》的奇功，究竟有甚麼玄秘之處？」

三人哪想到她竟急轉直下，還出乎意表地挑戰徐子陵。

跋鋒寒仰天發出一陣長笑，豪氣干雲地激昂道：「有誰比跋某人更想見識師小姐的劍法？小姐請先賜教！」

「噹！」

一下清脆的鐘音，從後方傳來，響徹月夜下的無人長街，餘音縈耳，久久不去。

接著一把柔和寬厚的男音高宣佛號，平靜地道：「貧僧了空，願代妃暄出戰跋施主。」

三人聽得面面相覷，了空大師竟開金口說話了。

師妃暄嘆道：「這是妃暄不得不動手的第三個理由。只為大師因和氏璧的失竊，自毀了修行多年的閉口禪；使妃暄更覺罪孽深重，只好破例出手。」

寇仲皺眉道：「是否即使和氏璧不是我們取得，今夜的一戰仍是無法避免呢？既然如此，我仲少的對手又是何方神聖？」

師妃暄好整以暇地道：「只要寇兄和跋兄不爭著出手，妃暄怎會冒犯，只是要印證徐兄得自《長生訣》的心法，是否有駕馭寶璧的異力罷了！」

寇跋兩人同時暗罵自己愚蠢，渾忘師妃暄的劍術亦來自玄門的最高訣法《慈航劍典》，說不定眞有識破徐子陵乃盜寶者的能力，那時他們便百口莫辯，唯一的方法是有多遠逃多遠。除非肯定勝過師妃暄，否則再不用現身江湖。

兩人同時又生出僥倖之心，吸取了和氏璧內能量後的徐子陵，其功力心法會否高明如師妃暄者仍「認」不出來呢？不過另一個可能性是甫一交鋒，師妃暄便連徐子陵具有和氏璧內異能的事也看破，那可就糟糕至極點。

兩個想法教兩人矛盾之極，進退失措。不知是該拒絕呢，還是欣然接受。前一種態度是擺明作賊心虛；後者則是患得患失，更怕後果堪虞。師妃暄這人就像她的劍那麼令人難以招架，命中了他們的弱點。

表面上，他兩人當然冷靜如恆，不透露內心的半點消息。

反是當事人徐子陵瀟灑的微笑道：「小姐既有此驗證的絕藝，在下自是求之不得，請！」

師妃暄看似隨意的踏前兩步，登時湧起一股森厲無比的氣勢，把三人籠罩在內。

三人大爲懍然。

她看似簡單的兩步，予人行雲流水，斷水水流的奇異感覺，分明是種暗含上乘深奧訣法的步法招式，否則怎能從區區兩步中，表達出須要大串動作方能表達出的威勢。

他們還感到被她的精神和氣勢緊緊攫抓，只要任何一人稍露破綻，她會立即拔劍進擊，且必是雷霆萬鈞之勢，令人無法抵擋。

剎那間，她掌握了主攻的有利形勢。師妃暄俏臉亮起聖潔的光輝，更使人不敢生出輕敵和冒瀆之意，又深感自慚形穢。

徐子陵虎目忽地爆起前所未有的異芒，踏前一步。

在氣機感應下，師妃暄凌厲的劍氣立時集中到他身上去。

徐子陵一面全力運功抗衡八步許外傲立橋頭的師妃暄，一邊冷然道：「仲少和鋒寒兄請略為借開，讓小弟領教《慈航劍典》天下無雙的劍法。」

跋鋒寒和寇仲趁此機會，左右散開，剩下兩人對峙蓄勢。

晚風從洛河吹來，兩人的衣袂卻沒有絲毫拂揚的應有現象。男的瀟灑飄逸，女的淡雅如仙。望之有如一對神仙璧侶，哪知竟要動手交鋒，甚且以生死相拚。

跋鋒寒和寇仲分立長街兩邊，他們雖對徐子陵的武功和智慧極具信心，可是對手乃來自天下第一聖地出類拔萃的女劍手，又使他兩人患得患失，心焦如焚。

遠方遙對的天津橋長街的另一端，靜立著手托銅鐘的了空大師，默默為師妃暄押陣。至於暗裏還有甚麼人，恐怕誰都弄不清楚。剛才駛過橋下那葉小舟，又駛回來，還停在橋底下，隱約可見有人坐於其上，透出高深莫測的味兒。

與師妃暄對峙的徐子陵又是另一番滋味。直至此刻他終於明白為何以婠婠的高明，仍對師妃暄如此忌憚，不敢輕易出手。因為此女的一身能為，的確達到了以氣馭勢，不用拔劍出鞘，便可以劍氣傷敵的超凡境界。最要命是在她不含一絲雜念、深邃澄明的美眸注視下，很易令人喪失鬥志，大大削減了他本是堅凝無匹的氣勢。她的舉止動靜，一顰一笑，不但令人留下深刻難忘的印象，且優美無瑕，完美無缺，沒有半點破綻。

要知徐子陵的眼力，經多年轉戰天下，再配合他的絕世天資，已臻至宗師級的境界。縱使高明如曲傲之輩，也要被他一眼判別出武功高下的程度，從而定下戰略或逃走。可是面對著這如仙如聖、超凡脫俗的美人，他卻完全沒法把握她的功候深淺，至乎她真正的性情或弱點，因而無從擬定策略。

師妃暄亦在全神打量對手。即使在這兩強爭鋒的時刻，她的心神仍是通透空靈，不起絲毫殺伐之心。嚴格來說，她雖因師門使命而沒有剃度受戒，但她卻絕對該算是帶髮修行的方外之人。除了侯希白外，從沒有年輕男子能在她心中留下半點印象。可是眼前的年輕高手卻有種難以形容的氣質，使她生出憐惜和親近的心。而他的武功亦比她想像中高出很多，是她自出道以來，罕曾得遇的敵手。這些都是她在對峙生出的感受，既不牽動她的情緒，更絕不會影響她的劍法。當她的劍出鞘時，一切心障會隨之煙消雲散，不留半點痕跡。想到這裏，師妃暄暗嘆一口氣，然後收攝心神。

「鏘！」

寶劍出鞘。一股無堅不摧的劍氣，從劍鋒吐出，刺破空氣，向徐子陵攻去。

徐子陵右手探出，畫了一個完美無缺的小圓圈。

「蓬！」

劍氣掌勁交擊，徐子陵劇震一下，往後挫退小半步。

師妃暄則仍是舉止雍容，體態嫻雅。

儘管際此兵凶戰危的當兒，她仍予人似若隱身在濃郁芳香的蘭叢，徘徊在深山幽谷的超然感覺。

寇仲和跋鋒寒哪想得到她的劍氣厲害至可隨意隔空攻敵的地步。但這時擔心也沒有用了。

前者大叫道：「小姐試出來了嗎？」

師妃暄秀眉輕蹙，對寇仲明是來擾亂她心神的喊叫置若罔聞，但對徐子陵的出手卻是芳心大訝。她的劍術乃玄門最高心法，只要和對方交手，立可測知對方的虛實深淺，從而判斷出徐子陵是否有駕馭和氏璧的能力。可是剛才的眞氣交接，徐子陵所發出難以形容的奇異旋勁，卻把她的「探索」完全封擋，令她的眞氣無法鑽入他的經脈去，生出應有的感應。

徐子陵稍放下心來。剛才他趁子時來臨之前靜心潛睡達兩個時辰之久，爲的正是應付目下情境。平日看來，他絕及不上寇仲的智計百出，但卻並非因他才智稍遜，只是他性格不喜與人爭鋒。但每到緊急關頭，他總能想出連跋鋒寒和寇仲也要佩服得五體投地的妙策，只此可知他才智高絕。虛行之的策略雖高明，但徐子陵當時已想及自己這出手盜寶者乃唯一破綻。因外表可以模仿，武功卻沒法騙人。

他原先針對的只是了空，因爲他曾面壁而坐，故深明和氏璧的特性，亦有資格測出他徐子陵有否控御和氏璧的能力。假設他沒有吸取和氏璧異能，此刻他不但絕不懼怕，還樂於讓對方測試。皆因他根本駕馭不了和氏璧，只因不痴那雷霆萬鈞的一杖，因緣巧合下解了他的險境，還給了他莫大造化。可是他現在經脈內充盪著寶璧的異能，接觸下勢將無所遁形。所以他剛才的兩個時辰絕非白睡，而是要藉機把和氏璧的異能和己身眞氣進一步轉化，合成一體，變成連了空或師妃暄也難以辨認的另一種氣勁。眼前雖仍在初步階段中，但高明如師妃暄者，亦要感到難作肯定。不過這是帶有幸運的成分。如非師妃暄以往從未曾與他交過手，此刻定可測出他眞氣的異樣之處。

她目不轉睛的盯緊徐子陵，柔聲道：「妃暄手中劍名『色空』，專求以心御劍，徐兄小心了！」

徐子陵微微一笑道：「師小姐請賜教！」

兩大高手，終於到了以眞才實學互見眞章的時刻。

徐子陵的衣衫忽像迎上狂風般，緊貼前身，袖角衣袂卻向後勁拂狂揚，情景怪異至極點。

師妃暄雖仍平靜如故，但秀眸卻愈呈明亮，色空劍也似發散出燦爛的光輝。

寇仲和跋鋒寒同感駭然變色，知道在氣勢對峙上，徐子陵已落於絕對的下風。

色空劍終於出招。

電光激閃，劍氣漫空。師妃暄的色空劍化作滿天光影，把徐子陵籠罩其中。她卻如翩翩起舞的仙子，在劍光中若隱若現，似被淡雲輕蓋的明月，森寒的劍氣則連遠在三丈外的跋鋒寒和寇仲也感覺得到，其飄搖往來之勢有如狂風刮起的旋雪。

徐子陵早蓄勢靜待，嚴密戒備，仍想不到看來溫柔嬌婉、動人嫵媚的美女那隻欺霜賽雪的纖手能使出這麼有如疾雨狂風般的可怕劍法。他知這是要緊關頭，只要一個封擋不住，給她劍氣侵入經脈，可能會立即生出感應，探悉和氏璧的異能已到了自己體內去。

徐子陵的身體像變成一道影子，在劍影中迅疾閃移進退，左手撮指成刀狀，貫滿眞勁，以普通人肉眼看不清楚的高速，左劈右擋，每一掌都準確無誤的尋上師妃暄色空劍的劍身處。

但誰都知道師妃暄搶制了先機，而對手則完全陷在捱打硬撐的困境裏。

跋鋒寒和寇仲看得瞠目結舌，偏又是無可奈何。

徐子陵一向能憑其靈銳的觸覺把握先機，但此時這優勢卻完全給師妃暄奪去了。在神奇玄奧的招式、飄逸如仙的身法下，師妃暄每劍都能洞悉先機，徹底瓦解了徐子陵伺隙的反攻。

不過二十來招，徐子陵完全被劍法牽制，身不由己的爲對方天馬行空般的劍招所控制和擺布，能移動的方位愈趨窄小，到他避無可避的一刻，將是徹底落敗的時間。

身在局中的徐子陵仍是心無旁騖，心靈靜若井中水月。他雖處在劣無可劣的窘境中，但反激起他爭雄不屈的決心，全心全意去應付師妃暄飛灑幻變，威勢漸增的劍法。

以心馭劍。

師妃暄的劍法絕無成規，每擊一劍，總是針對對方的弱點，每一劍都有千錘百煉之功，巧奪天地之造化。最厲害是她劍鋒發出的劍氣，有如瀉地的水銀般無隙不入，教人防不勝防。

徐子陵忽然閉上眼睛，收回左手，右拳擊出。

「蓬！」

色空劍被徐子陵一拳擊中劍側。勁氣橫洩，激碰揚起街上的塵土。接戰以來，徐子陵尚是首次強攻師妃暄的色空劍鋒。

寇仲和跋鋒寒禁不住同時喝了聲「好」！

劍影消散。

徐子陵鬆了一口氣，正要趁機搶攻，驀地眼前光華大盛，色空劍活像天外驟來的閃電般，破開烏雲密布的黑夜，當胸搠至。

他首次生出對方是個完全無法克勝的敵人的意念，心中更是大為懍然，知道自己在對方強大的攻勢下，信心已失，假如讓這種感覺繼續下去，此戰必敗不在話下，對自己在武道的修行上更會在事後做成無可補救的打擊挫折，會使他畢生難以臻抵巔峰的至境。

想是這麼想，但在師妃暄大有洞穿宇宙之能的劍勢前，誰能不興起無從抗拒的頹喪感覺。看似簡單的一劍，實包含無比玄奧的心法和劍理。似緩似快，既在速度上使人難以把握；而劍鋒震顫，像靈蛇的舌頭般予人隨時可改變攻擊方向的感覺。

在此勝敗立判的剎那，徐子陵深吸一口氣，把一切雜念情緒全排出腦海之外，雙目精光電閃，雙掌合攏如蓮，再像鮮花盛放般，十隻指頭在劍鋒前虛晃出無數指影。

「篤！」

徐子陵左手的拇指頭橫撞劍鋒，身體卻觸電般斜飛開去。

跋鋒寒和寇仲同感震駭。

師妃暄這一劍固是妙絕天下，可是徐子陵的怪招更是精采絕倫，封死了她所有可能欺身進擊的路線，硬擋了她這一劍。

但問題是徐子陵的眞氣始終跟師妃暄自幼修行、精純無比的玄門正宗劍氣仍有一段距離，加上對方佔著主動進擊的優勢，故不吃虧才是奇事。

「嗨！」

身子仍在斜旋飛退的當兒，徐子陵噴出一口鮮血。

師妃暄劍勢一凝，竟沒有乘勝追擊。

徐子陵的武功修爲，實大大出乎她意料之外，不但韌力過人，且奇招迭出，教她久攻難下。眼看剛才一劍，可點上他的穴道，令他失去作戰能力，但竟給他以妙至毫巔的手法破解了，而她卻因此令他受傷吐血，更不是心中所願。

「鏘！」「鏘！」

跋鋒寒和寇仲終於按捺不住，刀劍出鞘。

了空再次敲響銅鐘，發出警告。

「噹！」

就在此時，一道人影從左方樓房箭矢般射下，朝師妃暄撲去。整個空間的空氣都似被突然抽盡了似的，令人難受之極。如此可怕的武功，捨天魔功外哪還有其他。

素衣赤足的婠婠，像從最深邃的黑洞夢裏鑽出來的幽靈般，人未至，右手袖中飛出一條細長絲帶，毒蛇般向心神正因徐子陵微分的師妃暄捲去，聲勢凌厲至極點。絕對可媲美師妃暄適才的一劍。偏是不覺有半點風聲或勁氣破空的應有嘯響。身子仍在凌空的時間，另一手亦以曼妙的姿態輕揮羅袖，射出三道白光，襲向步履未穩的徐子陵和作勢欲撲的寇仲和跋鋒寒三人，令人完全不曉得她是如何辦到，又是那麼迅疾準確。

四道人影隨著叫聲怒叱，分別從橋頭這邊兩座高樓之巔及附近相對的房舍瓦頂竄起，赫然是淨念禪院的不嗔、不懼、不貪、不痴等四大護法金剛。在明月映照下，他們的禪杖因背光特別粗黑，帶起了呼嘯之聲，威勢十足。他們顯然是為此戰在一旁護法，防止其他人闖到附近插手助戰，但卻防不了婠婠這個特級高手。

了空大師口宣佛號，流星趕月般全速飛掠過來。反是被偷襲的師妃暄神色恬靜如常，色空劍上揚，同時飄身斜起，迎往婠婠。

誰都知道婠婠之選擇在此時出手，皆因覷準師妃暄在力戰之後，更因誤傷徐子陵致分了心神，洩去銳氣，對蓄勢已久的她來說實是伺隙制敵千載一時的良機。

最接近婠婠的是徐子陵。可是他自顧不暇，又要應付婠婠射來的暗器，想幫忙亦有心無力。寇仲和跋鋒寒一來離開較遠，兼之又要擋格或閃躲暗器，怎都要慢了一步。其他人更是遠水救不了近火。

在眨眼的功夫間，兩位分別代表正邪兩道的傑出傳人，正面交鋒。

劍尖點上絲帶的端頭。

師妃暄嬌軀輕震，橫飛往天津橋去。

整條長達三丈的絲帶在反震的力道下先現出波浪似的曲紋，然後變成十多個旋動的圈環，隨著婠婠如影隨形的凌空去勢罩向錯飛開去的師妃暄。

寇仲等三人先後避過婠婠射來的飛刀，兩女已在長橋的上空劍來帶去，宛如繁絃急管，在刹那間拚過十多招。

時間雖短，卻是一場激烈無比的戰鬥，招招全力出手，兇險凌厲，在劍光帶影間，兩女從空中打到橋上，人影倏進忽退，兔起鶻落，旁人連她們的面目身形亦難以分辨，更是難以插手，只知隨時會出現有一方要血濺屍橫的結局。

跋鋒寒首先趕至橋頭，正要出手，婠婠和師妃暄倏地分開。

師妃暄飄上橋欄，色空劍指向婠婠，俏臉抹過一陣不尋常的艷紅。

婠婠則以一個曼妙的姿態，騰身而起，落往另一邊的橋頭處。

在她足未沾地時，不貪和不懼兩根重逾百斤的禪杖，凌空掃至，帶起的勁風壓力，吹得她衣衫全緊貼身上，強調出她無限美好的體態線條。

寇仲等心中叫糟，只有他們最明白婠婠厲害至何等程度，兩僧豈是她的對手。

婠婠那對晶瑩如玉的赤足輕點橋頭的石板地，隨即斜衝而起，剎那間破入兩僧的杖影裏去。

嬌笑聲中，不貪、不懼踉蹌跟橫跌開去，婠婠則繼續升騰，然後斜掠到了洛水之上，回眸笑道：「妹子劍術果是不凡，婠婠領教了！」

就在此時，異芒驟閃，一道光芒由橋底的小艇斜衝而上，奔雷掣電似的向空中的婠婠擊去。

婠婠再發出一陣悅耳若銀鈴的嬌笑聲，右袖拂出，掃正扇尖，笑道：「侯兄再非惜花之人嗎？」

攔截者竟是「多情公子」侯希白。

侯希白悶哼一聲扇勢被挫，觸電般下跌尋丈，才止勢掠往堤岸。

婠婠則借力斜飛，隱沒在遠方的樓房處。來去如風，有若鬼魅幽靈，予人夢魘般的不眞實感覺。

不貪、不懼這時才足踏實地，雖再沒有踉蹌之狀，但足音沉重，顯是吃了暗虧。了空掠過停在橋頭的跋鋒寒三人，來到師妃暄之旁，合十問訊。不痴和不嗔則立定在三人身後，暗成合圍之勢。

師妃暄飄身橋上，神色如常，自有一種輕盈瀟脫的仙姿妙態。她深邃的眼神遙眺婠婠消失的遠處，尚未有機會說話，侯希白搶到橋上，關切地問道：「妃暄是否貴體無恙？」

所有人的目光全集中在這位淡雅如仙的美女身上去。

師妃暄露出一絲微笑，悠然道：「天魔功不愧是魔門絕學，千變萬化，層出不窮。」

接著目光落在徐子陵身上，柔聲道：「徐兄傷勢如何？」

徐子陵想不到她在這種情況下，仍會關懷自己這「敵人」的傷勢，心中泛起奇異之極的感受，正容道：「該沒有甚麼大礙，多謝小姐垂注。」

師妃暄「噗！」嬌笑道：「傷了你還要謝我？」

她罕有的失笑彷如鮮花盛放，東山日出，燦爛得使人目眩。除了空仍如老僧入定的樣子外，四大護法金剛也看呆了，寇仲、侯希白等更不用說。

笑容斂去、師妃暄回復止水不波的神情，目光掃過徐子陵三人，淡淡道：「和氏璧一事暫且擱下，他日我看該如何追討。」

再瞧往侯希白，道：「妃暄現暫返禪寺潛修，他日有緣，再與侯兄相見。」

言罷轉身便去。

了空等五僧同時向徐寇等合十施禮，客氣得全不似與三人對敵的樣子，護持師妃暄去了。

跋鋒寒三人你眼望我眼，想不到事情會在這種情況下結束，也不知該感謝婠婠還是該恨她。

侯希白則一副失魂落魄的樣子，口中喃喃道：「妃暄受傷了，妃暄受傷了。」

寇仲向跋鋒寒打個眼色，後者向侯希白道：「侯兄……」

他尚未說下去，橋上的侯希白猛然回首，往他們瞧來，眼神轉寒，冷然道：「他日三位如要對付陰癸派，請勿忘了算在下一份。」

一個縱身，落到橋底的小舟去，順水流走。

四周回復清冷平靜。

跋鋒寒似有所失的嘆了口氣，向徐子陵道：「子陵沒有甚麼事吧？」

徐子陵仰望天上明月，重重吁出一口氣，搖頭道：「剛才還心頭翳悶的，現在好多哩！」

寇仲移到徐子陵身旁，摟緊他肩頭豎起拇指讚道：「小陵眞行，這叫雖敗猶榮，假以時日，我們誰都不用怕了。」又道：「現在我們該幹甚麼呢？例如回到破酒舖繼續喝酒至天明，或是找個清靜些的地方好好睡他娘的一覺？」

徐子陵環顧四周，不解道：「爲何整條天街所有店舖全關上門窗，街上更不見半個行人，你們不覺奇怪嗎？」

寇仲猜測道：「或者是王世充那混蛋怕誤傷旁人，所以下令不准任何人在某時某刻後走出家門半步，諸如此類也說不定。」

跋鋒寒皺眉道：「這是其中一個可能性，但我總覺得有點不對勁。」

寇仲放開摟抱徐子陵肩膀的手，道：「這樣呆站等人來搦戰終不是辦法，要找個去處才成。」

徐子陵哂道：「現在投店不嫌晚嗎？包括你的老朋友王世充在內，洛陽誰會歡迎我們？」

跋鋒寒不知是否想起東溟公主，嘆道：「虛先生的小巢又如何？」

寇仲心中一動，笑道：「不如到賭場大老闆榮鳳祥的華宅躲他一晚，害害這傢伙也好。」

兩人愕然朝他看來。

寇仲解釋道：「董淑妮今晚到榮府參加榮鳳祥的壽宴，還約了我在後門等她溜出來私奔，所以……嘿！你們爲何用這種可怕和曖昧的眼光望我呢？」

跋鋒寒冷冷道：「董淑妮如肯與人私奔，早私奔了過百次，爲何獨對你仲少青睞有加？你不覺得此事可疑嗎？」

寇仲愕然道：「不會吧？我對她也不錯啊！難道她會設陷阱來害我？」

徐子陵道：「你和她是甚麼關係，爲何她會揀中你，她是爲甚麼原因要私奔？」

寇仲嘆道：「總言之我和她是有點關係，不過現在得你們提醒，我也感到有點不大妥當。希望她只是開開玩笑吧！否則其中定有點問題，像她那種愛慕榮華富貴的女子，怎捨得放棄一切，隨我這麼一個人流浪天涯。」接著拍手道：「好哩！閒話休提，我們現在該到哪裏去？」

驀地三人同時眼前一亮。事實上整道天津橋也亮了起來。他們別頭朝洛河瞧去，一艘燈光通明的巨舟，正逆流朝天津橋駛過來。此舟原本沒有半點燈火，忽然變得如此一舟爍然，自需一批訓練有素的「點燈人」。

寇仲嘆道：「老跋你勝了！今晚恐怕我們眞要捱到天明，希望兩位仍記得那個三角陣。」

燈火輝煌，光照兩岸的巨舟繞過河彎，朝天津橋駛來。風帆均已降下，全憑從船腹探出每邊各十八枝船槳，撥水行舟。船沿處每隔一步掛上一盞風燈，密麻麻的繞船一匝，以燈光勾畫出整條船的輪廓，透出一種詭秘莫名的味兒。甲板中心處聳起兩層樓房，在頂層舵室外的望台上，分布有序的站立了十多名男女，可是寇仲等三人只看到其中一人。因爲此人有如鶴立雞群，一下子把他們的注意力吸引過去，再無暇去理會其他人。

此君年約三十，身穿胡服，長了一臉濃密的鬍鬚，身材魁梧雄偉，比身邊最高者仍要高出小半個頭，及得上寇仲等三人的高度。雖是負手而立，卻能予人穩如崇山峻嶽，卓爾不凡的氣概，並有其不可一世的豪雄霸主的氣派。

被鬍鬚包圍的面容事實上清奇英偉，顴骨雖高，但鼻子豐隆有勢，雙目出奇地細長，內中眸子精光電閃，射出澄湛智慧的光芒，遙遙打量徐寇三人。他左右各立著一位美麗的胡女，但在三人眼中，遠及不上這充滿男性魅力的虯髯大漢那麼引人。

寇仲迎著逆流駛至二十丈遠近的巨舟喝道：「來者何人？若是衝著我等而來，便報上名來，我寇仲今夜沒興趣殺無名之輩。」

最後一句，他卻是拾跋鋒寒向侯希白說的豪言壯語，果顯出咄咄逼人之勢。跋鋒寒為之莞爾。徐子陵則默然不語，調息療傷。

師妃暄吐發的乃罕有的先天劍氣，若非他的根底來自道門秘寶《長生訣》，又經和氏璧的異能改造了經脈，恐怕這一世都不會完全痊癒過來。當時他感到師妃暄臨時撤回部份眞氣，若非如此，他恐怕會有幾天好受。

由接戰開始，師妃暄雖看似攻勢凌厲，其實大有分寸，純在試探，絕無傷人之意。此女自有一股不食人間煙火的高貴氣質，與東溟公主、商秀珣那種來自身分、地位的貴氣有異，令她超然於這些美女之上，非常獨特。一陣長笑，使徐子陵從沉思中警醒過來，不由心中懍然。他從未試過這麼用心去想一個女子。

那虯髯男子揚聲道：「寇兄說笑哩！小弟伏騫，特來和三位結交和請安問好的！」

他的漢語字正腔圓，咬音講究，比在中土闖蕩多年的跋鋒寒尚要勝上半籌。三人早從他的形貌和那招牌虯髯猜出他是誰，故聞言毫不訝異，唯一想不到的是他長得如此威武與逼人，豪情蓋天。

巨舟船速漸減，否則若疾衝過來，高出橋頂達兩丈的船桅必定撼橋而斷，船樓上層的項蓋亦將不保。

他沉雄悅耳的語音方落，跋鋒寒微笑道：「伏兄大名，如雷貫耳，跋某萬分仰慕，卻有一事不明，想要請教！」

「嗨！」

吆喝聲從船腹傳出，整齊劃一，三十六人的喊叫，像發自一人口中。三十六枝船槳同時以反方打進水裏，巨船奇跡般凝定在河面上，船首離橋頭只三丈許的距離。而伏騫等十多人立足處剛好平及橋頭的高度，對起話來不會有邊高邊低的尷尬情況。附近周圍燈火黯然，唯只這洛水天津橋的一截燈火輝煌，天上星月立時失色。河水因巨舟的移來，湧拍堤岸，沙沙作響。一切是那麼寧靜和洽。船槳又巧妙的撥動河水，保持巨舟在河心的穩定。

伏騫從容道：「跋兄請不吝下問，小弟知無不言，言無不盡。」

跋鋒寒雙目寒光一閃，冷然道：「伏兄隱舟在旁，出現的時機準確無誤，未知意欲何爲？」

這番說話毫不客氣，但也怪不得跋鋒寒。因爲伏騫與王薄關係密切，很易使他聯想到伏騫用心不良。伏騫身旁的人均露出不悅神色，那兩個吐谷渾美女更是神色不屑，似在怪跋鋒寒不識抬舉。寇仲和徐子陵對跋鋒寒這種甚麼人的賬都不賣的作風早習以爲常，絲毫不感異樣之處。

沒想伏騫亦不以爲忤，哈哈笑道：「原因有三，一是小弟最愛湊熱鬧，今趟到中原來，此實主因。」

三人想不到他如此坦白，明言是趁中原大亂之時，來此湊興，好混水漠魚。寇仲目光掃過他身旁的隨從，年紀最大的不過四十歲，人人太陽穴高鼓，雙目精光閃閃，確是高手如雲，實力不可輕侮。卻不知那晚在曼清院當衆發言的邢漠飛是否其中之一。

當下冷哼道：「湊興有時是須付出代價的，希望伏兄來去都是那麼一帆風順！」

他從宋玉致處知曉伏騫對他們「很有意思」，以宋玉致的精明，能說出這樣的話來，自有一定的依據，非是無的放矢。

伏騫身後的一名年輕漢子正要反脣相稽，卻給這吐谷渾的王族高手打手勢截住，淡然笑道：「小弟到中原來，求的非是遊山玩水的寫意日子，多謝寇兄關心。至於第二個原因，是小弟想破壞鐵勒人的陰謀，不想讓曲傲、突利之流詭計得逞。而最後一個原因，則是想看看三位有沒有閒情時間，移駕到敝船上喝酒聊天直至天明？」

跋鋒寒仰天笑道：「伏兄兩個好意心領了！現在我們只想找個宿處，好好睡他一覺。請了！」

伏騫嘴角掠過一絲笑意，點頭道：「三位果是英雄了得，伏某佩服。」

船槳運轉，巨舟就那麼倒退開去。然後燈火倏滅，沒入河彎的暗黑處。

車輪驢蹄與地面接觸交雜而成的聲音，從下方街上傳來，寇仲伸個懶腰，睜眼坐起身來。徐子陵早起了身，正立在這位於洛河北岸的鐘鼓樓欄沿處，遠眺跨河而過的天津橋，只不知是否仍回想昨夜遇上師妃暄的情景。跋鋒寒在盤膝打坐，似對身外的事無覺無知，斬玄劍平放腿上。寇仲跳將起來，移到徐子陵旁。樓外細雨綿綿，整個洛河兩岸全陷進白茫茫的一片裏。

寇仲大力呼吸幾口清晨夾雜水霧的空氣，俯瞰遠近煙雨迷濛的景象，嘆道：「眞好！我們仍然活著，還睡了一大覺。」

徐子陵見他左手在把玩掛在胸前的鍊墜，奇道：「爲何你對這墜子忽然有興趣起來？」

寇仲欣然道：「忘了告訴你，昨晚我見過它的原主人。」

徐子陵愕然道：「你見過楚楚？」

墜子乃當年在翟讓的大龍頭府，楚楚隨翟嬌避難，臨別時著素素交給寇仲的。想起此事，頗有恍如隔世的感覺。

寇仲當下把昨晚給翟嬌找上的事說出來，然後道：「李密該是氣數已盡，所以出現翟嬌這令他意想不到的大敵。翟嬌有個叫宣永的手下，絕對是個人才。」

徐子陵點頭道：「李密殺翟讓是大錯特錯的一步棋，換了是你仲少，會把翟讓攏上神檯，讓他只佔個虛名，實權則握在自己手裏，到眞得了天下才請翟讓退位，就不致出現下的大漏洞。如今你準備怎樣利用？」

寇仲胸有成竹道：「知己知彼，百戰不殆。我與翟嬌約好，由她供給我所有關於李密動靜的消息。哼！他李密最擅搞情報和伏兵，我這次將會以彼之道，還治其身。只要他中了我的誘敵之計，天下將再沒有他的份兒。」

徐子陵皺眉道：「若王世充因此坐大，對你該沒有甚麼好處吧？」

寇仲笑道：「這恰好是最精采的地方，現在人人認為王世充鬥不過李密，所以獨孤峰敢公然與其對抗。更妙是王世充自己都沒有信心把握，故而秘密與李淵修好，齊抗李密，使李世民那小子敢到洛陽來揚威耀武，哈！可是一旦王世充大破李密，王李之盟將不攻自破，那時王世充唯一可做的事就是擋著李小子不讓他得逞，而我們則可攜寶返回南方，從老爹手中取回竟陵，那時可北可南，天下將是我寇仲的了！」

徐子陵苦笑道：「你打的倒是如意算盤。別忘了我們根本不知道楊公寶藏在哪裏。」

寇仲頹然道：「有很多事不想那麼詳細會好些兒的。所謂成事在天，我等凡人除了盡力而為外，還可以幹甚麼？」接著岔開話題道：「我待會去見王世充，你們又到哪裏去？」

徐子陵壓低聲音道：「我今天怎都要跟緊老跋，因為突利很可能揀他落單時下手。」

寇仲嘆道：「你好像忘了我們是曲傲殺子大仇人的樣兒。昨晚他沒來尋仇，已令我百思不得其解。」

徐子陵凝望進鋪天蓋地，隨風飄降，無邊無際的濛濛雨粉，悠然道：「你的記性不好才真，今晚伏騫將與曲傲在曼清院再決雌雄。此戰關乎到曲傲一生的榮辱和鐵勒人的聲譽，所以曲傲必須養精蓄銳，把其他所有事情拋開，好應付今晚的決鬥。」

寇仲點頭道：「你這番話很有道理，只不知這個突利性情如何？聽說他和李小子交情甚篤，李小子他於太原起兵後，一直戰無不勝，若非有驚天手段，如何辦到。假如他肯定和氏璧在我們手上，說不定大有可能會助他一臂之力。」

徐子陵道：「不知是否因與李世民一向關係良好，致使我們下意識的低估了他的厲害。事實卻是自會對我們採取甚麼雷霆手段。」

寇仲輕鬆地道：「誰敢肯定和氏璧是我們偷的。至少王薄那老小子相信我們的話。」

徐子陵的臉色陰沉下去，冷冷道：「李靖該心知肚明是我們偷的。因為他見過我戴上面具後的樣子，故而知道我有化身其他面目的方法。」

寇仲雙目寒芒一閃，道：「所以如若李世民向我們追討和氏璧，正代表李靖不念舊情，把我們出賣。那時跟他可再沒甚麼兄弟之情好說了。」

徐子陵嘆道：「李靖雖有負素姐，但卻非是賣友求榮的人，我可能只是白擔心。不過師妃暄曾指出李小子下面高手如雲，又成立了個甚麼天策府。所以我們絕不可輕忽視之。」

寇仲呆了半晌，忽然道：「你猜有沒有人知道我們躲在這裏呢？」

徐子陵沉思片刻，肯定地道：「理該沒有。自吸取了和氏璧的異能後，最顯著的進境是在提氣輕身方面，凌空換氣易如反掌。爲今即使是寧道奇想跟蹤我們，亦不容易。」

寇仲忽地一震道：「我們眞蠢，竟不懂利用這優點。假如我們能把這優點盡情發揮，那即使敵方人多勢衆，也圍堵不住我們。」

徐子陵虎目亮了起來，熠熠生輝，但沒有說話。

跋鋒寒的聲音傳來道：「兩位兄弟，有沒有興趣到董家酒樓喝杯熱茶？」

董家酒樓鬧哄哄一片，三人在一角坐下，頗有從地獄重回人間的感覺。

夥計遞上香茗杯筷離去後，寇仲豎耳細聽，笑道：「十桌有八桌人都在談論昨晚的事，戒嚴令的確是由王世充頒下的。這傢伙確不知是甚麼居心，好像嫌我們的敵人不夠方便似的。」

跋鋒寒默然不語，聽若不聞。自今早醒來後，他便似滿懷心事，不愛說話。寇仲和徐子陵知他脾性，哪敢惹他。

徐子陵壓低聲音道：「我猜到一個可能性，可解釋王世充爲何這麼做。」

此時夥計端上糕點，待他去後，寇仲把大頭湊近徐子陵，道：「快說！」

徐子陵嘆道：「王世充可能是應李小子的要求這麼做的。」

寇仲劇震道：「那豈不是李靖眞的出賣了我們？」

這句話乃最合情理的推論。李世民絕非不講情義的人，只有在肯定是他們破壞了他和師妃暄間的好事，始會採取激烈手段對付他們。而環顧洛陽各大勢力中，只有李世民使得動王世充，因爲王世充現在不願開罪李閥，否則就成陷身於東西受敵的惡劣局面。李世民或者仍有點念舊，不想正面與他們交鋒，但爲師妃暄稍作安排，讓她可放手對付三人，卻是可以理解的事。

徐子陵嘆道：「只是個猜測，希望實情非是如此吧！」

跋鋒寒忽然開腔道：「寇仲你見到王世充，不妨直言相詢，看他如何回答。」

寇仲黑著臉站起來，沉聲道：「這世上現在除了你們外，我誰都不會再輕易信任了。」

言罷興沖沖的去了。

寇仲的身形消失在酒樓大門外後，跋鋒寒淡淡道：「今天我們分頭行事，你負責去查探陰癸派人的行蹤，我則去見單琬晶。」

徐子陵愕然道：「該怎麼查探？」

跋鋒寒道：「陰癸派在這裏必有秘巢，也就是上官龍養傷的地方。要查他們有兩個間接的方法，因爲陰癸派一向陰多陽少，且多是美麗的女子，女子愛美乃出自天性，所以只要你留意天街最著名的那幾間專賣胭脂水粉的店舖，說不定會有意外收穫。」

徐子陵點頭道：「果是妙法！另一法又如何？」

跋鋒寒道：「祝玉妍雖有能力治好上官龍經脈的內傷，但事後調補不得不借助培元固本的藥物，所以只要揀最有規模的草藥舖守株待兔，也可能會見到疑人。」

徐子陵悠然道：「橫豎我閒來無事，便依鋒寒兄之言去碰碰運氣。」接而劍眉輕蹙不解道：「但你不是剛和東溟公主吵了一場嗎？還去見她幹甚麼？」

跋鋒寒雙目閃過複雜的神色，低聲道：「待見過她再和你說吧！我去了！」

徐子陵沒有答他，心中已清楚知道他要見的非是單琬晶，而是隨突利來中原那個與他恩怨相纏的舊情人。這是非常危險的事，他該怎樣辦呢？

寇仲甫踏出董家酒樓的大門，一輛馬車駛至，駕車的大漢施禮道：「寇爺請登車。」聲音有點耳熟，愕然瞧去，赫然是巨鯤幫的副幫主，老相識卜天志。

他心知肚明誰在車內，不過想起美人兒師傅雲玉眞乃獨孤策的相好，此女又立場曖昧，走近一步先在帘幕低垂的窗框上敲了三記，笑道：「師傅何不讓小徒瞧瞧你老人家的花容，以慰相思之苦？」

布帘抓起一角，現出雲玉眞宜喜似嗔的玉容，黛眉輕蹙地嬌嗔道：「你這最愛以下犯上的劣徒還不滾進來，是否想爲師把你逐出師門？」

寇仲裝出惶恐萬分的神態，偷瞥一眼肯定車內沒有其他人，推門鑽入車廂。剛關上門，仍未坐好，雲玉眞已撲入他懷裏。溫香軟玉摟個滿懷，寇仲勉強坐到椅上，低頭找她的香唇。馬車開動。在經過了昨夜凶險之極的緊張情況，這番纏綿份外香艷動人。寇仲的嘴巴離開她香唇時，這一幫之主已是嬌喘細細，臉紅似火。

微笑道：「美人兒師傅何時來的？爲何不先通知一聲，好讓小徒稍盡地主之誼。」

雲玉眞把俏臉埋在他寬闊的胸膛上，星眸半閉的嗔道：「你是洛陽哪家的地主？」

寇仲失笑道：「就是剛才那家董家酒樓。爲何你守在門外而不入？難道不知你另一個徒兒也在裏面喝酒嗎？」

雲玉眞嬌軟無力的勉強仰臉瞥他一眼，再把玉頰貼靠他胸膛，發力抱緊他的腰背，妮聲道：「人家昨天才到，想找你還不知多麼困難哩！」

寇仲透帘望往窗外。街上行人車馬，冒著細雨來去匆匆，開始忙碌的一天。隨口問道：「美人兒師傅在哪裏落腳呢？素姐的孩子出世了嗎？」

雲玉眞欣然道：「你素姐和玉山的孩兒又白又胖，不知多麼活潑可愛呢。」

寇仲大喜道：「那眞要謝天謝地，嘿！讓我回去告訴小陵。」

雲玉眞嗔道：「先別急，也差不在那點時間，人家有要事和你商量嘛。」

寇仲再瞥了窗外一眼，皺眉道：「你先告訴我現在是到哪裏去。」

雲玉眞漫不經意的答道：「你怕我把你拐賣了嗎？」

寇仲笑嘻嘻道：「當然怕得要命，現時我寇仲怎都可賣幾個子兒吧。」

雲玉眞哂道：「寇爺你現在身價暴漲，何止幾個子兒，唉！你可否正正經經的聽玉眞說兩句話呢？」

給她軟語相求，寇仲苦笑道：「只要不是要我向獨孤策那臭小子投誠，其他的儘可以斟酌一下。」

雲玉眞猛地在他腿上坐直嬌軀，嗔道：「你想到哪裏去呢？我雲玉眞對你的心意你這負心人仍不相信嗎？」

寇仲怎會輕易信她，表面卻陪笑道：「美人兒師傅且息怒，我只是說著玩玩。哈！你還未答我馬兒要把車子拉到哪裏去？」

雲玉真回嗔作喜道：「見你仍懂哄人，就饒你這次吧！但下不為例。」

接觸到寇仲待答的目光，雲玉真露出一絲大有深意的笑容，湊到他耳旁低聲道：「我要帶你去見一個人。」

寇仲為之愕然。

徐子陵掠進橫巷，提氣輕身，箭矢般衝刺了近十丈的距離，猛然換氣，竟硬是改變方向，翻過左方高牆，穿過不知哪一家人雨粉漫漫的後院，從另一邊院牆翻出，再越屋過舍，最後始從另一條小街轉回天街去。閃入一所成衣舖內，以最迅速的方法買了帽子外袍，再走到天街洛水的路段上，已變成個像不堪雨打風吹故而要把帽子壓至雙目的佝僂老人。

跋鋒寒仍在前方十多丈外施施而行，似乎沒留意和更乏興趣去理會是否有人跟蹤在後。事實當然非是如此。若論老到狠辣，他和寇仲仍及不上跋鋒寒。

跋鋒寒正在找尋獵物。突利的目標既是跋鋒寒，自會遣人嚴密監視跋鋒寒，甚至若知他落單，趁機親身趕來向他下手是大有可能的事。跋鋒寒訛稱要去見單琬晶，只是想撇下徐子陵，好將恨他的人引出來。跋鋒寒忽轉西行，沿著洛水在風雨中漫步，雄偉的背影既驕傲又孤獨。這段路除了兩旁樹木外，再沒有蓬蓋一類擋雨的東西，故行人稀少，只間有車馬經過。

徐子陵倒不是怕被跋鋒寒發現他在跟蹤，而是怕被其他跟蹤跋鋒寒的人發現自己。環目四顧，心生一計，忙躍下堤邊，登上一艘繫在堤岸的無人小艇，駕輕就熟的沿河西上，遙遙眺著正踽踽獨行的跋鋒寒。

在茫茫煙雨的洛河之上，兩邊樓房矗立，河岸泊著大小舟船，徐子陵忽有魂斷神傷的感覺。一本《長生訣》，把他和寇仲的命運徹底改變了。假若事情可重來一遍，他是否仍會把這本東西抓到手上呢？他眞的不知道！如若在太平盛世，他們自然不會遇上素素、李靖等人，弄至現在恩怨難分的局面。貞嫂則仍然在揚州街市賣包子，而不是不知所蹤。他的腦海中又浮現出師妃暄清麗的玉容！她的傷是否嚴重？傷癒後她會不會再來找自己算賬？長長嘆一口氣，輕舟已來到洛陽著名的西苑入門處。

寇仲皺眉道：「要我去見誰？」

雲玉眞避而不答，笑道：「你和子陵兩個傢伙在竟陵城破後溜之夭夭，遺下了一個偌大的爛攤子，自己則到洛陽攪得滿城風雨，使人人恨不得狠狠揍你兩人一頓。」

寇仲笑道：「你的蕭老板該感激我才對。竟陵一戰我雖失去城池，老爹也只得個慘勝。否則今天他的江淮軍早兵逼東都，我和你哪還可以在這車廂子裏親熱纏綿？」

雲玉眞俏臉微紅，橫他一眼道：「你究竟想不想聽下去。」

寇仲久未得聞關於杜伏威的任何事，說不關心商秀珣和逃出竟陵那些曾和他並肩作戰的將士就是騙人的。只好低聲下氣道：「美人兒師傅請說。」

雲玉眞似有點情不自禁的再伏入他懷裏，夢囈般道：「當年初識你們，你們還是兩個乳臭未乾的無知小子，哪知只區區數年，便成了翻手爲雲、覆手爲雨的風雲人物。」

又悠然續道：「杜伏威的確是雖勝猶敗，得的亦只是一座空城，使他暫時無力北上，轉而經略東南。」

寇仲心切問道：「飛馬牧場和四大寇的情況如何？啊！該說是三大寇才對，因爲其中一個叫甚麼焦飯千碗的毛小子給小陵宰了。」

雲玉眞在他懷裏發出一陣銀鈴般的嬌笑，嗔罵兩句，才道：「你和商秀珣是甚麼關係？你有沒有把她勾引到手，快從實招來。」

寇仲暗忖女人畢竟是女人，竟可以在這種情況下仍不忘吃醋，苦笑道：「你當我是色中餓鬼嗎？會隨處勾引女人？快報上軍情，否則在我大刑侍候下，保證你要粉臂開花。」

雲玉眞媚眼如絲的仰起如花玉容，妮聲道：「三大寇首戰失利，飛馬牧場又有地勢之險，故只攻了個多月，便糧盡撤軍。更主要的原因是杜伏威怕三大寇坐大，故不肯發軍往援；而蕭幫主又在大江上游設營立寨，扯他們後腿，令你老爹不敢輕舉妄動，否則飛馬牧場說不定早完蛋了！」

寇仲鬆了一口氣道：「差點給你嚇壞，原來南方仍是一片好景象。」

雲玉眞嘆道：「恰恰相反，南方現在是形勢危急，否則人家不會在這裏任你大佔便宜。」

寇仲一怔道：「究竟發生了甚麼事？」

西苑是以積翠池爲中心，配以各式庭院建築的園林。當跋鋒寒步入西苑，雨勢愈趨綿密，春寒陣陣，遊人絕跡。周圍十餘里的積翠池與煙雨混和在一起，如天地般無邊無際。湖中疊石爲山，其中三座高出水面百餘尺，在茫茫細雨裏，若隱若現，彷彿傳說中被稱爲蓬萊、方丈、瀛洲的三座仙山。最發人遐想的是這三座石山上均建有樓閣，曲橋相連，無限地加強了整個景象的深遠感和空間感。

在湖北處有河道引水入湖，兩岸院舍林立，堂殿樓閣，無不極盡華麗。河道寬約若二十步，上跨飛橋。跋鋒寒神情木然的步過飛橋，前方有座楊柳修竹間雜而成的園林，園心有一小亭，在霪雨下益顯其淒冷迷離之美。跋鋒寒踏足在碎石小徑上，緩緩而行。就在此時，亭內忽然閃了個女子出來。他毫不驚異，仍是不徐不疾的朝小亭走去。

此女身段高䠷優美，米黃色雲紋狀的窄袖袍服，腰繫紅白雙間的寬帶，使她的細腰看來更是不盈一握。頭戴遮雨的斗篷，這時正以粉背向著跋鋒寒，故看不到她的面貌。但誰都會從她美麗的背影，聯想到最美好的事物。女子以突厥語說了一句話，聲音沉鬱動人。

跋鋒寒在離小亭十步許處停下，嘆了一口氣，以漢語答道：「這是何苦來由？」

女子旋風般轉過身子，左手揚起，一道金光若迅雷激電般向跋鋒寒胸口直射過來。

雲玉眞柔聲道：「杜伏威如今和沈法興結成聯盟，準備大動干戈，首當其衝的是李子通。」

寇仲懸著的心鬆弛下來，吁出一口氣道：「我還當是甚麼大不了的事，李子通亦非甚麼好人，讓他們鬼打鬼是最理想不過。」

蹄聲「的答」，馬車繼續在春雨綿綿的長街推進。寇仲對李子通的印象已有點模糊。那是多年前的事了，他們兩兄弟和素素乘著香玉山安排的船到江都，意圖憑著偷自東溟派的賬簿扳倒宇文化及，卻在大渠上給李子通截著，還交過手，不過李子通倒頗有風度，無功而退時還對他們客客氣氣的。

雲玉眞坐直嬌軀，不屑道：「還以爲你是個人物，竟會如此短視。」

寇仲伸手在她臉蛋擰了一把，哂道：「激將法對我仲少是沒有用處的，咦！李子通何時成了你的親威，否則爲何你如此關心他？」

雲玉眞生氣道：「快滾下車，我以後再不要和你這種無知之徒說話。」

寇仲笑嘻嘻道：「再請美人兒師傅息怒，李子通的確是個關鍵的人物，他本身雖不算是甚麼東西，但他手上的江都卻掌握了南北交通的樞紐，還有可循水路進軍北方的方便。唔！的確是一個問題。」

雲玉眞當然知道他在敷衍她，訝道：「你是眞不知還是假不知？若讓杜伏威得到江都，你老爹那時將盡有江東淮南之地，更掌握了大江出海的通道。你曾是江都人，該知那處是如何重要和可賺大錢的地方。」

寇仲舒服地挨在椅背處，伸個懶腰道：「這是假如江都失陷始會出現的局面。老爹現在元氣大傷，否則也不用和沈法興拉關係。而沈法興更和小弟交過手，橫看豎看都不像甚麼材料。李子通雖然亦非甚麼好東西，但撐上他娘的一年半載該沒有問題。現在我滿身煩惱，哪有空去管那麼遠的事？何況也輪不到我去管，蕭銑橫豎閒著無事，讓他去料理好了！」

雲玉眞瞥了窗外一眼，冷哼道：「你這叫既不知己，更不知彼。沈法興本身絕非省油燈，現更出了個英明神武的兒子沈綸，文武雙全，故聲威大振。你老爹的拍檔輔公祏則招募了大批新兵，現正密鑼緊鼓備戰。一旦讓他們攻陷江都，李子通固要完蛋，你的商場主商美人還要立即成第二個目標，你自己去想想吧！」

寇仲皺眉道：「這最多是不知彼吧！又有甚麼不知己的？」

雲玉眞悶哼道：「到了！讓別人跟你說吧！」

車子駛進橫街，轉進一所院落去。

跋鋒寒從容探手，看似緩慢，偏偏卻一分不差的把突厥女郎射來的金光夾在中指和食指之間，原來是一根黃金打製的髮簪。

女子以寒若冰雪的聲音操著流利的漢語道：「這根金簪物歸原主，從此刻開始，芭黛兒以後和你跋鋒寒再無任何關係。」

跋鋒寒凝望指間金簪，心中百感交集，嘆了一口氣，道：「黛兒到這裏來就是爲了把金簪還我嗎？」

比起以前，芭黛兒明顯是消瘦了，但卻仍然有著那令他一見傾心的美麗。當年她只有十五歲，是突利可汗欽定的小妻子，隨著突利和他麾下高手在大漠追殺跋鋒寒，卻遇上一場大風沙，使她在迷途落單的情況下爲跋鋒寒所擒。

她苗條而豐滿的美麗胴體，妖媚得像會說話的大眼睛，不屈而充滿挑戰性的眼神，莫不強烈地吸引跋鋒寒，撩起他深藏的情慾，使兩人發生了最親密的關係。事後芭黛兒死心塌地的愛上他，還隨他在大漠草原上流浪了一段日子。

跋鋒寒的漢語就是跟她學的，也是在那時使他對中原博大精深的文化生出嚮往之心，決定南來。爲了武道的追求，在一個神傷魂斷的晚上，他終於悄悄離開她。芭黛兒是唯一令他感到歉疚的女子。

在斗篷的包裹下，她嫩滑白皙的皮膚每一寸都能勾起他最甜美的回憶！此姝如此吸引他不僅是憑誘人的美貌，還有她的才華，明朗、直爽和少女的天眞，形成一股無比吸引的魔力，使他情不自禁的墜進情網去。而他亦瘋狂地吸引著這本是敵人的美女。

但這一切都變了。芭黛兒該已成了突利的女人，現在她眼中只有恨而沒有愛。從金簪射來的速度和力度，他清楚知道芭黛兒在他離開後的五年勤修武事，憑她過人的天賦智慧，成了他可怕的敵人。

芭黛兒玉容轉趨平靜，直瞪瞪的緊盯他，濃密睫毛下的一對大眼睛燃燒起仇恨的怒火，一字一字地道：「我要親手把你殺死！」

第八章 愛恨情仇

第八章　愛恨情仇

寇仲甫下馬車，一名勁裝疾服的彪形大漢迎上來施禮道：「定揚可汗麾下先鋒將宋金剛，拜見寇兄。」

寇仲聽得一頭霧水。他既不像突厥人，雖有濃重北方口音，但字正腔圓，分明是道地的中土人士。加上隨在他身後的四名慓悍手下，也沒半個似突厥人，偏是稱自己的主子爲甚麼娘的可汗，訝道：「我聽過始畢可汗、處羅可汗、頡利可汗，至乎甚麼剛來洛陽的突利可汗，偏是沒聽過定揚可汗，宋兄不是改了個漢名的突厥人吧？」

他這番話可說是毫不客氣，皆因以爲中了雲玉眞詭計，踏進突厥人布下的陷阱內。

豈知宋金剛毫不動氣，微笑道：「寇兄誤會了！敝主劉武周，只是受突厥人封爲可汗，卻非是突厥人。」

寇仲心忖那即是做突厥人的走狗。同時心中大訝。若照剛才雲玉眞的話推測，在這裏見到李子通他也不會吃驚。但見的是眼前這風馬牛不相關的人物，卻使他完全摸不著頭腦。

雲玉眞和卜天志分別來到他兩旁，前者道：「在這裏淋雨，不如到屋內細談吧！」

宋金剛作出恭請的姿勢，寇仲則是好奇心大起，又感到對方沒有惡意，遂欣然朝大門走去。

芭黛兒長大了，多了以前所沒有的成熟風韻，也失去了以前純眞無邪的特質。

跋鋒寒聽得芭黛兒要殺他，臉容冷靜如岩石，不見絲毫波動，淡淡道：「黛兒回去吧！這是個不適合你的地方，芭黛兒只屬於積雪山峰下的大草原。」

芭黛兒柔聲道：「當我行囊內放有你的頭顱之日，會是我回去之時。」

跋鋒寒凝望她好一會後，驀地喝道：「突利你不敢現身嗎？」

一聲冷哼，來自左方竹林深處，然後一名身穿漢人便服，年約三十的健碩男子悠然走了出來，在跋鋒寒左方二十步許處停下，手上的短杆馬槍收到背後，槍頭在左肩上斜斜豎起，形態威武至極，風度姿態均予人完美無瑕的感覺。

跋鋒寒不用看也知他這枝由波斯名匠打製的馬槍把手的地方鑄有一隻禿鷹，全槍重達六十斤，鋼質絕佳。在突厥，這枝標誌著他武技的「伏鷹槍」已是家傳戶曉，敵人則聞之膽喪。

當年跋鋒寒被他在沙漠追上，曾吃盡他伏鷹槍的苦頭，幸好一場沙暴把整個形勢逆轉過來，亦使他除了是突利的死敵外，更多出個情敵的身分。若非芭黛兒乃處羅可汗的親族，兼之突利眷戀甚深，恐怕芭黛兒早被處死，以消突厥人這類最難忍受的奇恥大辱。

兩人目光相觸，有如兩道閃電在空中交擊，互不退讓。

突利像跋鋒寒般是典型壯碩的突厥人，雖比不上跋鋒寒的俊偉，可是輪廓粗獷，髮如鐵絲，卻另有一股硬朗雄健的男性氣概。他年紀並不大，但臉上粗黑的皮膚和左頰的多道傷痕，卻展示出他曾經歷過艱苦的歲月和凶險的鋒鏑。眼神銳利而冰冷，卻並沒有把仇恨透出來，顯示出高手的深藏不露和湛深的修養。

對視了好半晌後，突利露出一絲森寒的笑意，淡淡道：「區區一個馬賊，竟能使我們勞師動眾，跋鋒寒你也足以自豪。」

他說的是突厥話，跋鋒寒卻以漢語微笑應道：「我們之所以成爲小馬賊，皆拜你們這群大馬賊的恩賜。強者爲王，此乃千古不易的眞理。如今讓跋某人領教你的伏鷹槍法，好完成上趟我們未竟之戰。」

突利哈哈一笑，改以漢語沉聲道：「死到臨頭，仍敢口出狂言。」

轉向芭黛兒道：「黛兒你不是爲這一天苦候多年嗎？現在我便爲你押陣，讓你……」

芭黛兒冷冷打斷他道：「你曾答應我不會來的。」

突利眼中首次掠過憤怨之色，旋又斂去，以完全違背他性格的溫柔聲調道：「我是關心你嘛！」

芭黛兒狠狠道：「有你在場，我絕不會動手。」

再不看兩人半眼，閃身便去。

兩人都猜不到有此變化，先是面面相覷，旋又記起對方乃自己的死敵。

「鏘！」

跋鋒寒斬玄劍離鞘而出，突利的伏鷹槍則移回前方，只以單手拏著，槍鋒遙指對手，左手反負在身後，姿態從容好看。

跋鋒寒跨前一步，劍交左手，一股凜冽的劍氣，像狂風般向突利吹打過去。

突利仰天長笑，手中伏鷹槍顫震不休，發出「嗤！嗤！」槍勁，把跋鋒寒發出的劍氣撞得橫瀉狂流。

霪雨被兩股氣勁衝激，變成一團往四面八方激散的霧氣，把兩人包圍在內，蔚爲奇景。

跋鋒寒劍回右手，主動出擊。

寇仲、雲玉真、卜天志和宋金剛在廳內坐下，寇仲定神打量這位劉武周手下的大將。宋金剛的身型雖是彪悍魁梧，但卻有張修長秀氣的臉龐，配在他的寬肩上似是比例上小了點，但適足強調了他過人的體格。長臉龐上有一雙聰明機靈、卻略帶憂鬱的眼睛和一張多情善感的嘴巴。此時他神色從容冷靜，使人感到他是個守口如瓶，不輕易露出底細，智勇雙全之士。寇仲不由對他生出些許好感。

宋金剛打了個手勢，爲他們奉上茶水的手下立時退個一乾二淨，布置簡單予人「臨時就章」感覺的廳子只剩下他們四個人。氣氛嚴肅起來。一向巧笑倩兮的雲玉真亦斂起笑容。

宋金剛用神瞧了寇仲好一會，哈哈笑道：「寇兄不愧當今英雄人物，耍幾下手段，使北方的形勢頓時改觀，至此方知江湖上對寇兄的讚語，非是誇大之言。」

寇仲微笑道：「只是因緣巧合下，使寇某適逢其會罷了。宋兄是否有事相詢？何不直言。」

卜天志露出親切的笑容，讚道：「寇爺的詞鋒愈來愈厲害哩！」

寇仲一陣感觸，想起當年卜天志只當他和徐子陵是兩個可被利用的傻小子，現在卻寇爺前寇爺後的叫著，這變化大得使他有點不似眞實的感觸。

宋金剛平靜地道：「在洽商要事之前，請容在下探問一句，寇仲與王世充是何關係。寇兄請恕在下冒昧直言。」

寇仲苦笑道：「你眞夠坦白，連我都弄不清楚和王世充是甚麼關係？怕該『互相利用』而已。」

雲玉眞黛眉輕蹙道：「王世充是頭老狐狸，你這頭小狐狸小心給人吃掉。」

宋金剛笑道：「和寇兄說話確是痛快之至，我亦不想再兜圈子，現今天下群雄中，論聲勢自要數戰無不勝的李密，但論實力則以竇建德和杜伏威不相上下，寇兄是否同意在下作此謬論。」

雲玉眞訝道：「李密剛大勝宇文化及的十萬精兵，何以實力卻落於竇建德和杜伏威之後？」

宋金剛瞥了寇仲一眼，微笑道：「看寇仲的神情，便知他最清楚其中情況，不如由寇兄說吧！」

寇仲開始覺得宋金剛此人大不簡單，因爲他顯是剛抵洛陽不久，竟能準確把握李密的軍情，由此可推見其他。

淡然道：「道理非常簡單，王世充敢以二萬兵力進駐偃師，擺出兵脅虎牢的高姿態，可推知李密雖勝宇文化及，卻是元氣大傷的慘勝。不過老杜攻竟陵時亦是損兵折將，何以仍能與竇建德相提並論？」

宋金剛答道：「李密和杜伏威的分別，在於一個要收買人心，另一個只求勝利不擇手段。故前者採行募兵制，而後者則從一開始便強徵平民入伍。因此杜伏威每能在短時間內補足兵源，只要兵器糧馬各方面應付得來便成。此法的弊處兵卒雜而不精，士氣散漫。但在杜伏威嚴苛的手段壓制下，在一般的情況下是不會出亂子的。」

他說的每句話都深深打進寇仲心坎裏，當日就是因杜伏威的人到農村徵民入伍，而使他遇上素素和李靖。

宋金剛再補充道：「杜伏威聲勢雖盛，照我看卻是個沒有大志的人。」

寇仲聽得心中懍然，卜天志訝道：「宋將軍何以有此看法？」

宋金剛冷哼道：「有大志者，眼光豈會如此短淺，只顧目前之利。」

雲玉眞插口道：「李密該算有大志的人了，只看他收買人心的手段，可見一二。」

宋金剛哈哈笑道：「李密確是心懷壯志的人，只是心胸過於狹窄，有一翟讓而不能容；又下蒲山公令追殺寇兄和徐兄，結果偷雞不成反蝕把米，聲威受損不在話下，最大弊處是反而樹立兩個勁敵。」

寇仲連忙謙讓，心中不由因宋金剛精到的眼光和判斷而對他作出更高的評價。不由順口問道：「那麼貴上，嘿！甚麼可汗的該是最有大志的人了！但投靠突厥，豈是長遠之策？」

宋金剛嘆道：「即使李淵據守關中，也要向突厥稱臣，何況我們鄰靠突厥，此乃權宜之計，別無選擇。」

接著岔開話題道：「據我所知，李世民的上策院正著意修改隋朝舊法，新定的稅制名為租庸調法，大概是每丁租二石、絹兩疋、綿三兩、役二十日，不役者每日折絹三尺，簡單易行，一去前朝弊政，這方足稱志向遠大，非只是著眼目前。」

寇仲大為警惕。蓋對政策的認識乃自己最弱的一環，看來也要學李小子般建立個他娘的甚麼府，釐定政法，至少也可予人「志向遠大」的印象。難怪師妃暄要揀選李小子，自己的起步實嫌遲了些許兒，識見也差了些兒。宋金剛的武功若像他的眼光那麼高明，必是一等一的高手。同時他有點糊塗，弄不清楚宋金剛為何要透過雲玉眞來找他？

不禁皺眉道：「宋兄仍未說出今趟找我寇仲，究竟是為了甚麼事。」

宋金剛從容不逼地反問道：「寇兄是否想收復竟陵呢？」

寇仲苦笑道：「當然想得要命。但一來手上尚有幾件更逼切的大事要做，而形勢更不容許，我只好等他娘的一段日子想這個問題。」

宋金剛沉聲道：「兵家爭戰，刻不容緩，豈能久候。現在形勢清楚分明，李密與王世充決戰在即，不論誰勝誰負，免不了大傷元氣。在這情況下，只要杜伏威破李子通取得江都，會循宇文化及的舊路沿運河北上。而唯一不同之處，由於杜伏威有整個江淮作後援，不虞有糧食不繼之患，那時天下誰還能與江淮勁旅爭鋒？」

寇仲愕然道：「你好像漏說了關中李家和夏王竇建德哩！」

宋金剛智珠在握般的悠然道：「新秦霸王薛舉上回被李世民所敗，痛定思變，正密鑼緊鼓準備大舉反攻，那時李淵自顧不暇，哪有能力兼營關外，只能坐看杜伏威耀武揚威。至於竇建德嘛，一天破不了宇文化及和徐圓朗，亦不敢輕率南下，何時輪到他兵逼東都。」

聽到宇文化及之名，寇仲雙目閃過森寒的殺機，冷哼道：「薛舉若攻打長安，宋兄有甚麼大計呢？」

宋金剛雙目神光電閃，微笑道：「我們自然要直搗李淵的老巢，斷他的根本。」

雲玉真和卜天志同時失聲道：「太原！」

寇仲心中一震，完全把握到宋金剛的戰略，更深深感受到宋金剛非凡的手段。李小子這回有難了。

劍槍交觸，發出「嗆」一聲的清脆激響，兩人倏地分開。雨粉仍漫無休止地在竹樹參天的園林上細絮綿綿的飄下來。別看跋鋒寒這一劍看似全力以赴，事實上純屬試探性質。

兩人心中均暗暗吃驚。

突利本有信心可穩勝這情敵，皆因以前已勝他一籌，兼且近年得到畢玄多番指點，屢有突破，自己又從沒在練功上鬆懈下來，連女色也看得很淡，但剛才交手一招，竟不能連消帶打，搶得先機，便知跋鋒寒已全面追上自己。

跋鋒寒亦是心中懍然。暗忖若非得和氏璧之助，今天絕不能討好。不過現在誰勝誰敗，仍在未知之數。

斬玄劍迎風一抖，跋鋒寒心中湧起一往無前的強大信心，凌厲的劍氣，立時瀰漫林內十丈見方的空間內。

可是突利伏鷹槍鋒尖晃動，隱隱封著他所有進攻路線，使他一時仍未敢越雷池半步。

突利是突厥皇族中罕有的武學天才，伏鷹槍法是他在領悟了兵法後創造出來一種專講陰陽、虛實、有無，與大自然的妙理合而爲一的非凡技藝。當年大漠一戰，跋鋒鋒便因把握不到他的槍路而被他刺中一槍，陷於浴血苦戰之局。

突利露出一絲充滿不屑意味的笑容，嘲弄地道：「害怕了嗎？」

跋鋒寒不斷積蓄氣勢，聞言哂道：「你突利萬水千山的來到這裏，難道就是那麼的隔遠舞槍弄棒？說出來也要笑死人。」

突利當然不會爲兩句話衝動得妄然進擊，冷笑道：「跋鋒寒你非是外行人，卻偏說出這種外行話，誰才可笑？」

雨絲飄在臉上手上，一片涼浸浸的。跋鋒寒收懾心神，欺步進身，腳下發出「噗噗」足音，挾著強大的氣勢，筆直向突利逼去。

突利在氣機牽引下，微往左移半步，手中伏鷹槍化爲一道精芒，電疾斜刺，角度之妙，恰好比跋鋒寒此際採取的進攻路線要早上一步刺中對手。

伏鷹槍帶起了一捲雨粉，倍添其驚人的聲勢。

以跋鋒寒之能，仍料不到他變招以攻代守在時間上掌握得如此精到，反擊是這般凌厲，槍勢渾然天成。

跋鋒寒竟被逼採取守勢，騰挪移位，迴劍劈中槍頭。

「錚！」

突利一陣長笑，槍勢展開，在眨眼的高速間，連續刺出三槍，每一槍的角度均針對跋鋒寒的反應而略有變化，凶猛無儔。

跋鋒寒一步不讓的「嗆嗆嗆」連擋三槍，接著斬玄劍化作一片光網，趁突利變招的刹那鋪天蓋地的狂攻過去。

一時劍光槍影，把兩人完全籠罩其中。

落下的雨粉，受勁氣所激，噴泉般往四方飛濺。

「噹！」

槍尖刺上劍鋒。

兩人都使不出下著，倏地分開。

鼓掌聲響。

兩人仍虎視對手，不敢分神。

亭內這時多了個人出來，坐在亭欄處一派逍遙自在的笑道：「可汗的破劍槍法果然不同凡響，該是勝券在握，不過為了省點時間，何不讓我李神通也作個陪客，收拾了這小賊後大家攜手喝酒，不是更痛快嗎？」

跋鋒寒心中大懍。李神通乃李淵之弟，但在江湖威望卻尤過其兄，擅使三戈戟，鉤、啄、割、刺變化萬千，名震北方。若他不顧江湖規矩與突利聯手，自己只有突圍逃走一途。

突利仰天長笑道：「要喝酒還不容易，今天不打哩！」

跋鋒寒和李神通爲之愕然。

宋金剛定神瞧著寇仲道：「寇兄可知自己正身陷險境？」

寇仲暗忖這句話豈非多餘之極，表面卻擺出虛心就教之狀，道：「宋兄請指點。」

宋金剛沉聲道：「不用在下明言，寇兄該知我們和突厥人關係密切，故亦能透過他們得到珍貴的消息。」

寇仲愈來愈感到宋金剛說服人的魅力。事實上直至此刻，宋金剛仍在兜兜轉轉，沒有說到正題。但所有這些枝葉加起來，已產生出強大的壓逼感，使寇仲感到有必要與他親近和合作。明顯地對方看穿了自己有爭霸天下的心意，故每一句都能敲在這節骨眼上，令他不由心動。

皺眉道：「有件事我始終弄不清楚，聽說李閥和突厥關係良好，假如你們和李閥動上了手，突厥人究竟會相助哪一方呢？」

宋金剛好整以暇的答道：「哪一方弱便助哪一方，寇兄明白了嗎？」

兩人對視一眼，同時會心大笑。

宋金剛斂去笑容，肅然道：「寇兄因和氏璧一事，開罪了李世民，以他果斷不移的性格，絕不會輕易放過此事不理。」

寇仲哂道：「他憑甚麼認爲和氏璧在我手上呢？要知此事連當事人的師妃暄亦不敢肯定。」

宋金剛道：「此事本非常奇怪。但李世民卻向突利透露他可包保和氏璧是在你們手上。而他更對寇仲你非常忌憚，明示如不能把你兩兄弟收爲己用，只好斬斷恩義，把你們毀掉。別人不知他手上的實力，但卻絕瞞不過我，故而知道寇兄現在的情況實凶險至極點。」

寇仲心知肚明宋金剛說的是眞話，因爲要編也編不出來。想是李靖的確出賣了他們，否則李世民怎敢一口咬定和氏璧是他們偷的。

寇仲雙目殺機乍閃，沉聲道：「要我寇仲項上人頭的人還會少嗎？何礙多他一個。」

宋金剛淡淡道：「寇兄乃才智之士，但對李世民此人究竟知得多少呢？」

寇仲苦笑道：「正要向宋兄請教。」

雲玉眞和卜天志均露出欣賞神色，肯虛心問道，正是此子所具的一大優點。

宋金剛道：「我從未見過李世民，但對他自太原起事後的行藏卻曾下過一番打聽和研究的功夫，結論是此人果斷進取，立志遠大，且因其堅毅卓絕的性格，又擅用奇兵，每能以弱汰強，於險中求勝，實是罕有難得的軍事長才。」

接著深深瞧上寇仲一眼道：「他從未試過犯錯，這次對寇兄當不會破例。」

卜天志色變道：「李世民此刻在洛陽手上的實力如何？」

寇仲訝然望了卜天志一眼，這人對他的關心似乎不是假的。

宋金剛道：「他目前在洛陽有多少隨從，我並不清楚。不過由他建立的天策府，的確當得上猛將如雲，謀臣如雨兩句話，可見這人很有服人魅力，能使人心歸向。」

頓了頓道：「文的方面我只說一個對他最有影響力的人。他就是房玄齡，此人不懂武功，卻是識見過人。當李世民率軍入關中，房玄齡來到渭北謁見，立被李世民任為參軍，所有表章文書、軍令摺奏，均由他一手包辦。且此人最擅於籌策作戰需要的工作，凡籌措裝備、糧秣器械，均井然有序，雖未能在戰場上殺敵制勝，但對成敗卻起著關鍵性的作用，若我與李世民開戰，定必先設計刺殺此人。」

寇仲心忖如若異日要與宋金剛交鋒，必要先保住虛行之。否則若給刺殺了對他可是個大損失。宋金剛雖然到如今尚沒有直說見寇仲所為何事，但寇仲已大概猜出一個譜兒來。他是要利用自己熟知杜伏威的虛實去助李子通對付杜伏威，而他則可從容揮軍太原，進擊關中。宋金剛當然知道他寇仲不輕易讓人指使，否則何須大費唇舌。

卜天志問道：「武的又有何人？」

宋金剛苦笑道：「那便豎盡手指腳趾都說不完了，以李閥本身來說，自以李神通和李世民三兄弟最是高明。但眞正的實力卻來自依附李家的各方高手，其中約有十多人，憑甚麼說都是一等一出類拔萃的高手，江湖稱之為天策府上將。這批上將級的人物，居首的卻竟是個女人，誰都不知道她的名字，因其兵器是一根紅拂，故呼之為紅拂女而不名。」

寇仲訝道：「她比楊虛彥更厲害嗎？為何竟排得首席之位？」

宋金剛顯然不知楊虛彥是李世民的人，動容道：「寇兄從何處得知楊虛彥加入了關中軍呢？」

寇仲心想原來你非是無所不知的，解釋兩句後道：「可否與宋兄約個後會之期再商討大事，我現在必須立即入宮見王世充，否則他會心生懷疑呢。」

宋金剛知道已打動了他，不再相強，約期後讓寇仲離開。

跋鋒寒凌空躍起，輕輕鬆鬆的落在徐子陵的艇上，坐在船頭處，淡淡道：「該是還艇給人家的時候了。」

徐子陵有點尷尬的道：「你怎知道我跟在你背後？你明明從沒有回頭張望的。」

跋鋒寒手掌翻開，原來掌心處暗藏一面圓鏡。

徐子陵這才恍然，跋鋒寒問道：「你全聽到了嗎？」

徐子陵俊臉微紅，邊划艇邊道：「我還以爲你們會以本國的方言交談，哪知說的竟是漢語，嘿！對不起！」

跋鋒寒點頭道：「我是爲你而說漢語的，何用介懷。因愛成恨的女人有時比洪水猛獸更可怕，最大問題是你不忍心對她下辣手。我本以爲當時她這麼年輕，對甚麼事都不會太認眞的。現在才知道錯得很厲害。噢！小心點！」

徐子陵早聽到破浪之聲，忙把小艇划往一旁。

一艘快艇迅速駛過，操艇者是個與任何道地洛陽人沒有顯著分別的漢子。

兩人的眼睛同時亮起。

跋鋒寒道：「你嗅到嗎？」

徐子陵肯定地道：「是生草藥的味道。」

兩人同時想起上官龍。那艇已沒進茫茫雨絲的深處。徐子陵船槳打進水裏，心中暗對艇子的原主人道歉，因為他必須把艇子多借上一段時間。

寇仲與雲玉真回到車廂裏，仍舊由卜天志負責駕車，朝皇城進發。

雲玉真低聲問道：「你覺得宋金剛這人如何？」

寇仲皺眉道：「他是你介紹的，卻來問我。」

雲玉真嗔道：「我只是奉蕭當家的指令行事吧！」

寇仲笑道：「美人兒師傅莫要認真，照我看宋金剛將會是李世民的勁敵，這場爭天下的遊戲愈來愈有趣。哼！劉武周定曾對突厥人有很大的承諾，否則突厥人不會捨李小子而偏幫他們的。」

雲玉真道：「這或者是近者親遠者疏的道理。劉武周等幾支在北疆的起義軍，都受突厥人的策封而稱臣，李淵始終因距離遠了點，所以突厥人不太信任他。」

寇仲思索道：「為何宋金剛一句不提梁師都，他是劉武周的師兄弟，都是鷹揚派獨當一面的高手，理該休戚相關，共同進退。」

雲玉真哂道：「親兄弟也可以反臉成仇。杜伏威和輔公祏不是刎頸之交嗎，現在還不是互相猜忌。聽說李世民和太子李建成亦是弟兄失和，每逢牽涉到帝位，甚麼倫常人情會變得一錢不值。」

寇仲回想起杜伏威想認自己為子之時，的確沒有提過輔公祏，似完全不把他放在眼內。想起雲玉真以消息靈通著稱，微笑道：「若我將來舉事，美人兒師傅肯否全力助我？」

雲玉真瞥他一眼，嘆道：「那時再說好嗎？人家如今的心不知多麼煩哩！」

寇仲直覺感到她是爲男女之事而心煩，不敢問下去，隨口道：「獨孤家有幾個高手完全沒有露面，比如那個獨孤霸更像失了蹤似的，知否他們到哪裏去了？」

雲玉眞無精打采地道：「我怎麼知道。到了！下車吧！」

小舟載著徐跋兩人，泊在一道小橋之下。在煙雨的籠罩中，除非有人坐艇穿過橋底，又或者是刻意查看，否則該不會發現他們。若這是像洛水般的主要航道，他們的小艇當然是頗爲礙眼。不過他們目下置身的只是向洛渠的一道小支流，位於城西南的宜人坊內。那艘小艇泊在後靠水流一座院落後的小碼頭附近，碼頭處另外還泊有三艘有篷的快艇。在洛陽，水道交通貫連全城，比車馬行走於陸上更要方便迅捷。

跋鋒寒遙望著那院落緊閉的後門，沉聲道：「我有把握殺死突利。」

徐子陵愕然道：「此話怎說，以我剛才所見，你兩人頂多是勢均力敵，平分秋色之局。」

跋鋒寒搖頭道：「這只是表象，你覺否昨晚對上師妃暄，自己有遠超平時水準的表現？」

徐子陵一震道：「我沒有眞正想過這問題，但你現在說起來，似乎確是如此。」

跋鋒寒雙目神光閃閃，以充滿憧憬希望的聲音道：「這正是和氏璧的妙用，使我們突破和超越了以前體能的限制。現在我們需要的是挑戰和磨練，才能把開啓了的潛能發揮出來，變成己有。現在洛陽臥虎藏龍，而我們則四面受敵，天下間還有比這更好的練武場所嗎？」

徐子陵低頭細看雨點落進河水，變成河水一部分的情景。

點頭道：「我們等如一條開闊了的河流，每次與人戰鬥，有如刮起一場風雨，使河水更爲豐盛，想想都教人心動。」

跋鋒寒道：「有人出來！」

徐子陵早生出警覺，忙隱好身形，朝院落後牆瞧去。兩道人影越牆而出，落到其中一艘快艇上，迅速解索朝另一方向駛去。這正是徐子陵細心處，把小艇泊在通往洛水的另一端，否則此刻就要被敵人發現了，因爲敵人要往市中心的機會當然是最大的。

跋鋒寒目送快艇去遠，欣然笑道：「此次我們是誤打誤撞，竟尋上曲傲的臨時巢穴，難怪剛才嗅到雪蓮的味道，那是鐵勒人療傷的聖藥。」

徐子陵亦認出剛才那對男女是曲傲的二門徒美女花翎子和三門徒庚哥呼兒，心想又會這麼巧的，奇道：「不知他們中誰人受傷？」

跋鋒寒道：「不用有人受傷也可辨貨吧！這叫未雨綢繆，作好準備。」

徐子陵見跋鋒寒雙目神光電閃，問道：「鋒寒兄不是要硬闖進去，大殺一場吧！」

跋鋒寒微笑道：「子陵眞知我心意，試想想看，院內究竟有甚麼人？實力如何？我們是一無所知，那種硬闖龍潭虎穴的痛快刺激，已教人興奮莫名。我們能否成爲寧道奇、畢玄、傅采林那種級數的高手，正好是還看今朝！」

兩人此際同時心生警兆，朝河道通往洛水的方向瞧去。一艘快艇挾著風雨迅速駛至，除一人在艇尾操舟外，艇頭挺立的大漢披散長髮，臉目猙獰，肩寬腰細腿長，外相威悍可怖。

徐子陵忙收回目光，雖相隔近三十丈，仍怕惹起對方的警覺，低聲道：「是獨孤霸，獨孤閥的一流高手，獨孤峰的親弟。」

跋鋒寒訝道：「獨孤閥不是與李密合作嗎？爲何又暗中勾結上鐵勒人？去吧！」

徐子陵正回想起當日離開滎陽城時，獨孤霸趁沈落雁心神分散藏在雪堆裏猝然暗襲得手，還想向沈落雁施暴，最後被自己偷襲傷遁的情景，聞言一呆道：「甚麼？」

跋鋒寒已一掌拍往水面，撞起一股激濺四灑的水柱。小艇箭矢般破開河面，滑出橋底，朝獨孤霸的快艇迎去。

寇仲跳下馬車，與卜天志打個分手的招呼，後者彈指射出一個紙團。寇仲愕然接下，馬車掉頭離開。他邊往皇城中門走去，邊閱看卜天志給他的紙團，上面除了寫上暗中見面的地點、時間，再沒有其他說話，禁不住心中嘀咕。卜天志分明是想瞞著雲玉眞和他暗通消息，究竟是甚麼一回事？但又隱隱感到卜天志沒有惡意。

入皇城後，守門的將領把他帶到尙書府，等了好一會，又有人把他領往大廳，甫進門爲之愕然。只見王世充高坐於大廳南端主座處，十多個席位平均分布兩旁，全坐滿人。右邊六席寇仲認識的有「美胡姬」玲瓏嬌、可風道人、「鐵鉤」陳長林，居於王世充右邊首席的是歐陽希夷，郎奉和宋蒙秋則陪於末席。另一邊的六個人全是首次見面，居末的兩人貌肖王世充，看來該是他的兒子。

寇仲哪想得到忽然遇上這樣的陣仗，王世充長身而起，大笑道：「寇仲你來得剛是時候，我們正商討大計。來！坐下喝盅熱茶再說。」

衆人紛紛向他抱拳爲禮，只有冷若冰霜的胡女玲瓏嬌對他愛理不理的略一頷首，算是打過招呼。

歐陽希夷似對寇仲特別有好感，招手道：「不用加席，來與老夫同坐吧！」

自有侍從在這前輩高手几旁之下加設一張太師椅，讓寇仲坐下，又奉上香茗。

擾攘一番，王世充介紹左方首次兩席身穿將服的男子予寇仲認識，一叫張鎮周，另一名楊公卿，乃王世充倚之爲左右臂助的大將，地位比之郎奉和宋蒙秋要高，一向駐守外防，爲王世充與各方起義軍作戰。

寇仲知道這才是王世充的眞正班底，特別留心打量兩人。

張鎮周身材頎長，瘦削的臉龐顯得精明自信，神態冷靜自若，罕有露出笑容，高高的額頭微微隆起，好像內中蘊藏無窮的智慧。年紀在三十五、六間，似是個一絲不苟的人。

楊公卿年紀稍大，中等身材，臉上永遠掛著點溫和的笑意，細長的眼使寇仲感到他是個城府甚深的人。尖嗓門，說話時慢條斯理的，予人若斷若續的感覺。

末座兩人分別是王玄應和王玄恕，是王世充的長子和次子，前者臉上帶有傷疤，說話舉止有些粗野魯莽，眼神有種狠毒的意味，教人不敢恭維，略嫌矮短的身型已有點發胖，令寇仲猜他是耽於酒色的人，否則這般二十來歲的年紀，該不會有此情況出現，看來縱是得王世充親傳，也成不了甚麼氣候。反是乃弟身體結實，容光煥發，英氣勃勃，雖及不上寇仲的高度，也算身長玉立，但稚氣未除，仍須一段歷練才可獨當一面。

另兩人是王弘烈和王行本，均屬王世充的親族，看外貌應非甚麼非凡人物。

在座八名王世充軍系的核心人物，佔了一半是與王世充有親屬關係的人，除王玄恕像點樣子外，其他均非人才，如此任用私人，對軍心士氣當有一定的影響。

用過茶後，王世充向寇仲笑道：「能見小兄弟無恙歸來，我等無不歡欣雀躍。」

寇仲心中暗罵，一句不提昨夜的宵禁令，笑道：「究竟發生了甚麼事，須驚動尚書大人和諸位在此商討大計？」

王世充道：「晁公錯剛抵此處，我們準備先發制人，務令南海派全軍覆沒，永不翻身。」

寇仲駭然道：「萬萬不可！」

包括王世充在內，人人為之愕然。

徐子陵要運勁划艇，跋鋒寒沉聲道：「儘量不要惹起他的注意，現在我們是進行刺殺，絕非甚麼依足江湖規矩的決戰。」

徐子陵垂下頭來，不讓獨孤霸看到他的樣貌，船槳徐徐撥在水內，看似無甚勁力，還透出一種閒適安逸的味兒。

獨孤霸的眼光箭矢般往兩人瞧來。由於跋鋒寒背向他坐在船頭，兼之細雨飄飄，故感覺不到他特別雄偉的身型。徐子陵臉部則被帽子遮蓋，並且佝僂起身體，只像個普通的船伕。獨孤霸只瞪他們一眼，心神分到其他事物上去。

若兩人的小艇是從後面趕上來，他的警覺性定會大幅提高，而且他剛與花翎子兩師姊弟碰過頭，自然更不以為意。跋徐兩人也沒想過會神推鬼扯的碰上獨孤霸，更何況是他本人。

此時獨孤霸的小艇離小碼頭只有二十丈許，而徐跋的艇子則從碼頭另一端河道近三十丈處駛來，以洛陽頻繁的水道交通而言，實是最平常不過的情況。跋鋒寒早把斬玄劍連鞘放在腳下，務要獨孤霸不起絲毫戒心。

獨孤霸的小艇首先接近碼頭，此人顯然性格急躁暴戾，連等艇泊碼頭的耐性都沒有，兩腳輕撐，越過丈許的距離，落在碼頭處。

徐子陵不待跋鋒寒吩咐，倏地運勁。艇子剎那間竄前近三丈，離碼頭只有五丈的距離。

爲獨孤霸划艇的大漢愕然朝他們瞧來，喝道：「霸爺小心！」

跋鋒寒已用腳挑起斬玄劍，往後翻騰。

獨孤霸猛然回過身來，窄長臉孔上那對細長陰狠的眼睛露出愕異之色。

「鏘！」

斬玄劍出鞘。

獨孤霸反應亦是一等一的快捷，趁跋鋒寒仍在水面上兩丈許的高空，扭腰沉身坐馬，一拳凌空擊出，務要令對手難以近身。

同一時間徐子陵把船槳從水裏抽回，揮手擲出，喝道：「著！」

船槳先一步來到跋鋒寒腳下，他與徐子陵數番出生入死，已明其意，單足點上，再一個騰翻，不但避過對手能摧心裂肺的拳勁，還渡過餘下的距離，飛臨獨孤霸的上方。

徐子陵在擲出船槳後，沒有浪費半絲時間，追在跋鋒寒之後往碼頭掠去。

爲獨孤霸操舟的大漢一聲發喊，拔出佩刀，往碼頭躍去。

獨孤霸一拳擊空，知道不妙，最糟是那根船槳，作用本只是助跋鋒寒改變騰躍的去勢，可是經跋鋒寒腳尖點中，不但改變了角度，直朝獨孤霸射來，還被他把眞勁加注在徐子陵本身發出的勁道裏，速度激增，閃電般朝獨孤霸射至。

獨孤霸若硬擋船槳，便應付不了跋鋒寒迎頭斬下來的一劍；但若是移身閃避的話，勢將失去先機和主動之勢。

在權衡輕重下，唯有選擇後者。

閃電橫移。

跋鋒寒一聲冷笑，斬玄劍化作漫天劍氣劍影，像早洞悉獨孤霸會躲往哪個方向般把他籠罩其中，雙腳同時觸上實地，左掌準確無誤的及時拍在船槳處，把他擅長一心二用的獨門絕技發揮得淋漓盡致。

徐子陵此時踏足碼頭邊沿處，記起此人的劣行，下手豈會容情，從另一邊往獨孤霸後方欺去，雙拳先後重擊而出。

獨孤霸的隨從仍在凌空的當兒，改變方向並加重了力度的船槳已向他當胸射至。他仍不知厲害，運刀便劈。

「叮叮噹噹！」

連串金鐵交鳴聲在跋鋒寒和獨孤霸之間響起，原來他袖中滑出兩枝護臂，吃力地抵擋跋鋒寒一劍比一劍快，力道亦越趨強勁，像狂潮巨浪般衝擊他的可怕劍法。

最令他難以捉摸是跋鋒寒玄奧的步法，使他出劍的角度變化萬千，極盡詭奇的能事。

徐子陵凌厲的拳風從後攻至。

「篤！」

那隨從雖劈中船槳，但卻像蜻蜓撼石柱般難以動搖其分毫，眼睜睜瞧著槳頭撞上胸口，反掉進河裏胸骨盡碎而亡。

碼頭上的獨孤霸在跋鋒寒和徐子陵兩大高手夾擊下，亦到了生死存亡的關頭，於此最凶險的情況中，獨孤閥這在江湖威望上僅次於尤楚紅和獨孤峰的獨孤閥高手，表現出他眞正的實力和千錘百煉而來的求生本領。

就在前後壓逼的窄小空間裏，他身體往左右迅疾無倫的晃動幾下，右手斜挑跋鋒寒當胸搠來必殺的一劍，左手將護臂從脅下脫手往徐子陵彈出。

「噹！」

跋鋒寒改刺爲斬，仍被獨孤霸右手護臂架著，但卻把他整個人震得橫跌兩步。

徐子陵一旋身，護臂貼身而過，右掌掃在失去勢子的獨孤霸左臂處。臂骨折裂的聲音應掌而起。

獨孤霸再一個踉蹌，跋鋒寒的斬玄劍又來了。

徐子陵則被他護體眞氣反震之力彈得後退半步。

獨孤霸無奈下脫手擲出僅餘的護臂，激射跋鋒寒，同時騰身而起，往這時剛飄至碼頭對開三丈許外的小艇落下去，帶起了一蓬雨粉。

兩人想不到他如此強橫，在這樣的劣勢下仍能殺出重圍，落艇逃命。

「嗆！」

跋鋒寒擊掉他射來的護臂，正要追擊，河面上傳來獨孤霸的一聲驚呼。

兩人定神瞧去，都看呆了眼。

王世充奇道：「爲何萬萬不可？」

寇仲嘆了一口氣道：「我們現在要做的唯一事情，是示敵以弱，李密愈輕敵、愈看不起我們就愈是理想。」

和他僅一几之隔的歐陽希夷不解道：「戰場還戰場，對付晁公錯乃江湖上的決勝爭雄，否則若任由他和獨孤閥聯手伺機行刺世充兄，鬧得大家終日提心吊膽，我們還用辦其他事嗎？」

廳內大部分人點頭讚同。

只有可風道人一揚手上塵拂，微笑道：「寇兄弟必有獨特見解，何不說來一聽。」

寇仲從容道：「首先我想知道李密的情況如何？」

王世充點名道：「鎮周！李密方面的情況，由你來說吧！」

張鎮周道：「自我們開始在偃師築橋置倉，李密立即著手調集糧草兵馬，又命大將邴元眞率軍進駐洛口，程知節進駐金墉城，單雄信守河陽，乍看似是要進軍偃師，也可以是李密想南面以黃河為屏障，北守太行，東連黎陽，寓守於攻，使我不敢冒然出兵挺進。」

寇仲只聽他這番話，便知他是個饒有謀略眼光的兵法家，心忖王世充能守得住洛陽這中原核心之地，確非僥倖。

見人人的目光集中在自己身上，乾咳一聲道：「我只聽過王伯當和裴仁基，或沈落雁、徐世勣、祖君彥，卻未聽過甚麼娘的單雄信、邴元眞和程知節，這三人在李密軍中屬甚麼級數的人物？」

衆人見他語中夾雜粗話，不禁莞爾。只有玲瓏嬌露出不屑之色，冷哼一聲，表示不悅之意。

楊公卿道：「李密手下確是人材濟濟，寇兄弟剛才提的五個人，因為在江湖上較有名望，故廣為人知。但其他的文臣武將，稱得上是人物的亦大不乏人。程知節、單雄信和邴元眞均為名將，其中尤以程知節最勇猛出色，此人本名程咬金，發了跡後嫌這名字不好聽，請李密的首席謀臣魏徵爲他改了這個文雅的名字。」

王世充那外貌令人不敢恭維的長子王玄應接口道：「李密尙有兩個猛將羅士信和秦叔寶，均爲武功不凡，精擅兵法的戰將，遇上時不可不留神。」

寇仲點頭道：「多謝指點，不過我想知道的，是這群將領中，誰曾是翟讓的舊部？」

衆人瞿然動容。本有輕視之意的，立即收起蔑視的心。

王世充凝視寇仲好半晌，吁出一口氣道：「單雄信和邴元眞都是在李密未崛起時隨翟讓打天下的宿將，向與李密的一群心腹不大和睦，但若要煽動他們背叛李密，卻非易事。」

寇仲悠然道：「尙書大人請恕我直言，現今天下群雄並起，參與各路義軍者，不外爲了功名富貴，或是造福萬民。以前之所以有這麼多人向李密投誠，又或翟讓被殺後以其所部改投這傢伙，無非希望買大開大，跟中了未來的眞命天子。所以只要我們向這些人顯示出眞命天子非是李密，他看似牢不可破的瓦崗王國勢將四分五裂，皆因其中破綻處處，人心不穩。」

接著一字一字，擲地有聲的道：「現在形勢清楚分明，誰先出手，誰便要吃敗仗；但假若相持下去，待李密恢復元氣，尙書大人勢將危矣。」

大廳中一陣沉默，呼吸聲也似歇止了。

體型彪悍的陳長林道：「聽寇兄的話，似乎對逼令李密先行出兵一事已有定計，何不說出來讓大家參詳？」

所有目光全集中在寇仲身上，一向對寇仲不屑一顧的玲瓏嬌也不例外。

寇仲大感滿意，知道自己在王世充的軍事集團中剛確立了地位。從容一笑道：「所以我們不但不可以主動對付南海派的人，還要利用他們。」

就在獨孤霸要落在快艇之際，艇子像給隻無形之手在艇下托動般，倏地橫移三尺。正是這三尺之差，決定了這凶人的命運。

一道金光從水內射出。

獨孤霸在被重創之後，又一腳踏空，完全失去計算，臉上露出驚駭欲絕的表情。

躲在水中的刺客在時間上更是拿揑得無懈可擊，刺中獨孤霸咽喉的一刻，剛是他大半截身子正落進水裏去，連死前呼喊一聲都辦不到，就那麼沒進水裏。

殺他的是一隻拿著金針的美麗玉手。

跋鋒寒和徐子陵哪想過會有此變化，呆瞪著雨粉飄飄下回復平靜的河水。

沈落雁的美麗俏臉從水面冒出來，向兩人展露一個甜美的美容，道：「多謝兩位援手之德，否則也難以雪此辱恨，但千萬不要告訴人是我幹的。曲傲不在這裏，而是在陰癸派一個秘巢內，若你們肯答應為我守密，我便告訴你們算作回報。」

寇仲成竹在胸的油然道：「若尚書大人能佯作被刺受傷，包保李密會立即大舉進犯，我們的機會立即來了。」

王世充臉露難色道：「現在我們防範猶恐不周，若故意給人機會，一個不好，吃了大虧豈不是弄巧成拙。」

張鎮周不知是否給李密打怕了，插口道：「李密戰無不勝，即使童山一戰元氣大傷，但實力仍在，爲何寇兄弟這麼肯定可擊敗李密呢？」

寇仲知道若不先增強諸人必勝的信心，王世充這自私自利的人絕不肯去冒這個大險，語調鏗鏘的侃侃而言道：「上兵伐謀，而孫子兵法也有知敵的一項。諸位大人該清楚我的底細，翟讓的女兒和我一直有聯繫，通過她的關係，李密打個噴嚏也瞞不過我，只要李密中計出兵，我們便以誘敵、暗襲、伏擊的戰術戳破他戰無不勝的神話。」

又展露笑容，續道：「我已聯絡上夏王竇建德的首席大將劉黑闥，請他虛張聲勢來援，所以只要尚書大人肯冒這個險，李密不中計才怪。」

衆人爲之動容。

王世充精神一振道：「可否讓我見翟嬌的人？」

寇仲拍胸道：「見翟嬌也沒有問題，不如就今天吧！」

王世充至此哪還有懷疑。但楊公卿卻道：「不過安排被刺一事必須計劃周詳，以保萬無一失。待見過翟小姐後，我們再從長計議。尙書大人意下如何？」

王世充拍案道：「就是如此。」

寇仲心下大快，心想李密這回你若能逃出此劫，我寇仲威震江湖的大名就倒過來寫。心中同時想起埋在城外秘處的面具，應可大派用場。若沒有跋鋒寒和徐子陵之助，他絕不敢讓王世充去冒被刺之險。因爲對手實在太強横了。

小艇在綿密的細雨下緩緩滑過水面。徐子陵神情肅穆地把由別艇取來的槳子操舟，劍眉深鎖。

坐在船頭戴上竹帽穿了簑衣的跋鋒寒環目掃視兩岸的民房，道：「你在想甚麼？是否想不通沈落雁為何要殺獨孤霸呢？」

徐子陵點頭道：「沈落雁一向把李密的事看得比自己爲重，故不該在李密正要與獨孤閥合作的當兒，殺害獨孤閥的人。不過這只是想不通的其中一件事。」

跋鋒寒沉吟道：「我們只要弄清楚沈落雁是跟蹤獨孤霸來此，抑或是早伏在那裏作探子，還是適逢其會順手報仇，便可猜出個大概。」

徐子陵想也不想便答道：「當然是早便伏在那裏，否則怎知曲傲不在屋內。」

跋鋒寒道：「沈落雁監視這屋子該有一段時間，可能見到曲傲離開，又或跟蹤他到了她說的那個地址，更證實了那是陰癸派的秘巢，故可以向我們提供消息。但她這麼大方應是不安好心，只想借我們的手去對付曲傲。」

接著沉吟道：「她趁機殺死獨孤霸可能兼有公私兩個原因，只看獨孤霸要秘密來見鐵勒人，可知獨孤閥對李密仍有很大顧忌，而與李密合作對付王世充只是一時權宜之計。最理想自然是只殺死王世充和他的親黨，再把兵權接收過來。否則若讓李密得了東都，他獨孤閥有好日子過嗎？」

徐子陵道：「曲傲既不在，獨孤霸要來見誰？」

跋鋒寒道：「或者他也不知曲傲不在那裏，又或長叔謀之類的人物正在屋內等他，但照我猜現時那只是一座空屋，至多有一個半個武功低手在留守，連最後留下的兩個高手花翎子和庚哥呼兒亦剛剛離去。否則我們的打鬥聲應會驚動屋內的高手。」

徐子陵嘆道：「事情異常複雜，令人想不通的一件事是沈落雁憑甚麼跟蹤曲傲而不被發覺。呀！我明白了，該是長白雙凶兄弟，他們武功既高，又都是跟蹤別人的大行家。」

兩人四目交投。

跋鋒寒沉聲道：「怎麼樣？曲傲可能去與祝玉妍開秘密會議。我們眼前有兩個選擇：一是在曲傲離開時和他狠鬥一場；另一則是不動聲息，摸清陰癸派秘巢內的實力和底子後，再設法探聽你瑜姨的消息。」

徐子陵忽道：「你和沈落雁是甚麼交情？」

跋鋒寒微怔道：「這方面的事和目前的事有何關連？」

徐子陵若無其事道：「我只是想猜猜這是否沈落雁布上的另一個陷阱。」

跋鋒寒警覺地視前頭的另一艘中型貨船，答道：「她曾邀我加盟李密，秘密當她的刺客，當然是許以厚酬，不過卻給我斷然拒絕，事後還結伴同遊了整整一天，不能否認她私底下是個頗爲動人的女子。」

徐子陵苦笑道：「但她對李密的忠誠卻肯定凌駕在其他事上，所以我一點不信任她。李密追殺我和仲少的蒲山公令絕不是鬧著玩的，現在更變成李密心中的一根刺。」

跋鋒寒道：「你的話不無道理，所以我們須分頭行事，你去與寇仲會合，我則去踩盤子，看看是否眞屬陷阱。」

徐子陵皺眉道：「你不覺得太冒險嗎？惹出祝玉妍又或婠婠，再加上鐵勒人，恐怕寧道奇也不易脫身。」

跋鋒寒微笑道：「我只採隔岸觀火式的監視方法，絕不會蠢得闖進去送死，只要沈落雁沒有騙我們，總會有些蛛絲馬跡可尋。」

又笑道：「泊岸吧！」

寇仲趕到天津橋對開的洛堤，徐子陵等了他有小半個時辰。他躍落艇內，徐子陵立即操槳開出。

寇仲回頭張望道：「我已用了多種方法撇開想追蹤我的人，咦！這艇從哪裏偷來的？」

徐子陵笑道：「本是偷的，後來卻變成是一錠金子交易的成果，故我已名之爲雙龍號，有它代步，誰都休想跟蹤我們。」

寇仲接過他遞來的竹笠簑衣，欣然道：「你倒是準備充足，老跋到哪裏去了？唉！董淑妮那小婆娘眞是騙我的。」

想解釋時，一人由岸上凌空飛至。兩人嚇了一跳，誰敢如此膽大包天，公然以雙拳對付他們的四手呢？即使來人是祝玉妍，在如此廣闊的河面攻擊有艇爲憑的他們，亦須三思而後行。看清楚些，才知來者竟是宋玉致口中該已南歸的宋師道，因他頭頂竹笠，故一時認不出是他。

這多情種子挾帶風雨落在艇心，喜道：「找你們眞辛苦，又怕被人看見我和你們接觸，所以從皇城一直跟小仲到這裏，才敢和你們見面。」

寇仲苦笑道：「你的跟蹤術眞不錯。」

徐子陵訝道：「二公子不是回南方去了嗎？」

宋師道淡淡道：「君婥的師妹有難，我怎可袖手不理。」

徐子陵船槳一擺，舟子轉往左旁的支道，加速前進。

宋師道續道：「君瑜的事，我已有點頭緒。」

兩人愕然，他們明查暗訪，仍得不到半點消息，而宋師道前晚方知道此事，怎可能這麼快有成績？

宋師道也是玲瓏剔透的人，見到兩人疑惑的神色，道：「我宋閥和這裏幾個較小的幫會，早有緊密的聯繫。其中一個更與洛陽幫勢成水火，故無時無刻不在密切注視上官龍的動靜。正因爲有上官龍這條線索，給我探到珍貴的情報。」

寇仲和徐子陵同時精神大振。

宋師道吁出一口氣，像在整理腦中的資料，半晌後緩緩道：「五天前，上官龍孤身單騎出城，到黃昏時始見他回來，他身後還有一輛低垂帘幕舖滿塵土的馬車，隨車同行的四人有兩個女的，都罩上面紗，行藏閃縮。車子最後到了城東南角伊水旁永通坊的一所院子裏。而上官龍到翌晨才離開。」

徐子陵運槳操舟，沉聲道：「我們必須立即找到跋鋒寒，我敢肯定沈落雁所說的那所房子，裏面等的絕非曲傲，而是『南海仙翁』晁公錯那傢伙。」

寇仲驟然聽來雖覺一頭霧水，但卻知道宋師道已間接揭破了沈落雁的一個陰謀。

跋鋒寒步出橫巷，拉低帽子，低頭疾行。街上雖不乏行人，但因雨勢轉大轉密，人人匆匆來去，少有注意其他人。沈落雁說的地點是新中橋北面的承福坊，但他卻故意繞上一個圈子，看看有否給人吊在身後。在這種天氣裏，跟蹤別人非易事，但要覺察有否被跟蹤亦難度倍添。他本身雖驕傲自負，但對徐子陵的才智卻非常看重。徐子陵若認定沈落雁不安好心，必有他的道理。跋鋒寒雖明知可能是個陷阱，心中卻沒有絲毫懼怕。自培育他成長的馬賊群被殲後，他一直獨來獨往，仇讎遍地，已慣於應付各式各樣的陰謀詭計。就在此時，他忽然停步。

雨水打在竹笠上，發出充滿節奏感的「淅瀝」清脆響音。身穿男裝的東溟公主單琬晶剛從一輛馬車走下來，手持雨傘，在前方二十步許處冷冷瞧他。跋鋒寒差點掉頭便走，猶豫片刻，朝這美女走去。不一會他已和她面面相對，熟悉的體香令他生出無數回憶的片段。

單琬晶輕嘆一聲，玉容解凍，泛起幽怨無奈的神色，輕輕道：「陪琬晶走兩步好嗎？」

跋鋒寒微一頷首，領前緩步，道：「你是湊巧在這裏碰上我的？還是聞訊而來。」

單琬晶道：「誰人有本事跟你們而不被發覺呢？只是湊巧碰上吧！我本已準備不再理你們的事，但老天爺總愛作弄人，又教我在這裏遇上你。」

跋鋒寒瞥了傍在右側緩步的單琬晶一眼，目光再次注視前方，雨水從她的雨傘滑下來，滴在他的竹帽和早已濕透的寬肩處，令他感覺到兩人間類似某種的微妙關係。

單琬晶低聲道：「我剛見過世民，他想好好和你們詳談，看看可否和平解決你們和他間的問題。」

跋鋒寒微笑道：「我跋鋒寒一向不看別人的臉色做人，他要談，便要看寇仲和徐子陵是否有興趣了！」

單琬晶嘆道：「我不想再和你爭吵，一次夠了。不過卻要提醒你一句，世民手下高手如雲，只是他一向低調，等閒不會讓人摸清他的底子罷了！」

跋鋒寒淡淡道：「我剛曾遇過李神通，他該算其中之一吧？」

單琬晶道：「長孫無忌和尉遲敬德又如何？你總該聽過他們的名字。」

跋鋒寒心中微懍，這兩人均是新一代的高手，在北方赫赫有名，雖及不上他般爲萬人矚目，但都是有實力的年輕高手，想不到竟都歸附了李世民。

單琬晶道：「還有一個叫龐玉的人，你或者未聽過他的名字，但此人無論才智武功，均不會在你們之下。」

跋鋒寒知她定是剛見過此人，故印象特別深刻。以單琬晶的眼力，自然不會看錯，照她的性格，更不屑虛言恫嚇。

啞然失笑道：「事情像是愈來愈有趣，你有否見到李靖呢？」

單琬晶訝道：「誰是李靖？」

跋鋒寒眞的吃了一驚，單琬晶顯然並未曉得李世民今次來洛陽的全部實力，但已爲他們擔透心事。

跋鋒寒岔開道：「有沒有陰癸派的消息？」

單琬晶道：「據消息說，陰癸派已將你們三人視爲師妃暄之外的頭號大敵，務要在下次出手時，一舉把你們殲滅。唉！鋒寒你不如離開中原吧？爲何要和那兩個不知天高地厚的小子蹚渾水？弄得四面受敵，現在連娘和我都感到難以居中插手調停。」

跋鋒寒欣然道：「有琬晶這句話便夠了！有一事我必須向你聲明，寇仲和徐子陵乃我跋鋒寒眞正的肝膽之交，和他們出生入死的這段日子，我將永誌不忘。待君瑜的事水落石出後，不用人逼我也會返回大草原去，那是我出生的地方，死也要死在那裏。」

單琬晶嬌軀微顫的靠近了他一點，和他肩頭微碰即離，柔聲道：「陰癸派尚有幾個元老級高手，將會應召增援，祝玉妍不但想毀掉師妃暄，更要殺死擋在路上的任何人。她之所以不惜開罪傅采林來對付傅君瑜，皆因以爲她也知道楊公寶藏的秘密。」

跋鋒寒默默聽著，感受身旁美女語氣中的關切。這趟雨中漫步，可能是他們最後一次的聚首。沉聲道：「你甚麼時候回琉球去？」

單琬晶好一會才答道：「該是這天的事，以後我們會儘量減少到中原來。」

跋鋒寒停了下來，單琬晶仍繼續多走三步，停步轉身，把素黃色的傘子斜斜打在身後，襯托起她湖水綠色的擋雨披風，玉骨冰肌、亭亭俏立，有種惹人憐愛的動人美態，使人無法聯想到她一向固執剛烈的脾性。

跋鋒寒定神細審她這罕得一見的姿態表情，吁出一口氣道：「一路順風！」

硬起心腸，轉身便去。

走了約五步，單琬晶在後面嬌呼道：「鋒寒。」

跋鋒寒沒有停步或回頭後望，只揚揚了手，道：「別了！」逕自去了。

跋鋒寒好不容易尋到承福坊的入口，一輛馬車迎面駛來，駕車的是個面目陌生的漢子，叫道：「跋爺請上車！」

跋鋒寒大感愕然時，寇仲的大頭從車廂探出來，擠眉弄眼道：「跋小子你滾到哪裏去了！還不上來！」

跋鋒寒立時把離別的傷感拋開，哈哈一笑鑽進車廂去，才知除寇仲和徐子陵外尚有宋師道，難怪馬車，車夫一應俱全。

寇仲扼要地解釋了來龍去脈，道：「現在我們要殺到那裏去，但先得研究清楚院子的布局，再以迅雷不及掩耳的方法破門碎窗入屋，只要婠婠或祝玉妍不在，而瑜姨又確給她們藏在那裏的話，我們該有很大的成功機會。」

宋師道忙道：「但卻絕非萬無一失。所以我們必須謀定後動，機會失去了就永不回頭。」

跋鋒寒冷哼道：「沈落雁太狡猾了，竟敢這麼來害我，若非我不喜歡殺女人，定要拿她來試劍祭旗。」

寇仲道：「與李密的鬥爭，豈在朝夕，遲些就有她好受的。」

宋師道已清楚整件事，提議道：「何不把沈落雁刺殺獨孤霸的事放出去，好破壞獨孤峰和李密的關係，至少也可累得沈落雁大費一番唇舌。」

寇仲笑道：「千萬不可，否則我的戲法就不靈了！現在我的招數叫盡長他人志氣，徹滅自己的威風。連那晁公錯我們也要好好尊敬他老人家，不拔他半根毫毛。」

跋鋒寒素知他的手段詭計，也沒閒情去管，轉向宋師道道：「二公子有沒有辦法可偵知曲傲躲在哪裏？」

宋師道點頭道：「這個容易，駕車的小張是這裏青蛇幫的人，我對他們的幫主任恩有過點恩惠，只要我說句話，而又是他們能力所及，都會義不容辭。洛陽的事，少有瞞得過他們這群地頭蛇的。」

寇仲壓低聲音道：「他們是洛陽幫的死對頭，我們扳倒了上官龍，使洛陽幫在群龍無首下陷於四分五裂之局，等於間接幫了他們天大的忙，現時他們對我等不知多麼感激。」

徐子陵瞥了窗外一眼，道：「雨停哩！」

駕車的小張叫道：「四位大爺到了！」

第九章

送卿萬里

黃易作品集

第九章　送卿萬里

四人在坊門外下車，觀察形勢後，翻上瓦面，竄過幾所屋子後不片刻目標中的院子出現前方，中間只隔了一條小巷。

一看下，都心知不妙。屋前的空地上，雖泊有一輛馬車，卻不見拉車的馬兒。這所前後三進，以兩個天井相連的房子門窗緊閉，沒有半點有人居住的樣子。

寇仲頹然道：「糟了？妖婦妖公妖女全部給我們嚇走了。」

宋師道出奇平靜，低聲道：「我們入屋看看，說不定會有所發現。」

跋鋒寒嘆道：「我看也是白費心機，陰癸派一向以行蹤隱秘見稱，哪會留下任何可追尋的線索，否則早給人追上老巢去。」

宋師道搖頭道：「這回是不同的。我幾可肯定她們是前晚上官龍被揭穿身分後匆匆轉換地點，是爲怕被人尋到這條線上。這是一種小心駛得萬年船的措施，在這種心理下，難免會有疏忽。我們便有方法找出來了。」

三人無不動容，頓然對宋師道刮目相看。

宋師道一聲「來吧」，領先躍往院子裏。廳內布置講究，牆上還掛有書畫一類的裝飾，不過不出跋鋒寒所料，一切乾乾淨淨的，除傢俬用具外沒有留下任何東西。

宋師道卻不肯放過任何一吋地方。當三人意興索然，他卻從地上撿起一些茶葉的碎屑，送到鼻下嗅吸一番道：「若我沒有瞧錯，這該是黃芽葉，挺直勻齊，色澤黃中帶綠，細嫩如毫，形似鴨舌，乃茶葉的極品。」

三人聽得目瞪口呆，心想只有他這種出身高門大族的世家子弟，方能憑一片茶葉說出這麼多道理來。

徐子陵皺眉道：「縱然知道這是甚麼芽葉，又能起甚麼作用？」

寇仲插口道：「照我看陰癸派的妖女不會把茶葉隨身帶備，該是上官龍預備好來孝敬她們的。」

宋師道欣然道：「這個可能性非常之大。天街有幾間茶舖，其中三間有黃芽茶賣，但只有山景居賣的是金剛台生產的一等黃芽葉，我和他們的老闆這些日子混得頗熟，很容易查出上官龍是否只酷嗜此茶。倘是如此，我們便多得一條線索。」

三人聽得心服口服。茶有茶癮，喝慣了某種茶，儘管會間中換換口味，但總不會一下子全改變過來的。上官龍應是在養傷期間，若碰巧他遣人去買茶，他們便有機會了。

宋師道再巡察一番，沒有新的發現後，朝內進走去。三人因他這種「查案」本領而對他視若神明，忙追在他身後。宋師道進入其中一間臥房，睡床羅帳低垂，內裡被褥凌亂，應了他們的預料，不但走得非常匆忙，且是在半夜離去。若是在日間，一切被褥便該是執拾整齊。三人學宋師道般仔細觀察時，他卻揭帳坐在床沿，拿起被舖枕頭用神嗅吸。三人唯他馬首是瞻，耐心靜候他發言。

宋師道見三人呆瞪他，放下被枕莞爾道：「實在沒有甚麼大不了。只是我一向長在講究生活的家庭，而湊巧陰癸派的人對這方面的要求亦是頗爲講究，才給我認爲可憑此看出些甚麼事來。」

跋鋒寒動容道：「二公子這話非常管用，一向以來，江湖中人總以爲陰癸派躲於深山窮谷之中，但現在看來則更有可能是把老巢隱於繁華的大都市內，教人料想不到。否則絕不會如此事事講究。」

寇仲也謙虛地問道：「究竟是怎樣的講究呢？」

宋師道答道：「這睡帳和被褥被一般香料薰過，但枕頭帶著的則是另一種香氣，那該是來自那女子本人喜歡使用的香料。」

跋鋒寒道：「那麼睡這房子的該不會是君瑜，她從不用香料的。」

宋師道道：「薰於被帳上的是採自馬尾松的松香，不要以爲這只是追求享受，它實際上還有防潮、防腐、驅蟲的好處。」又道：「至於枕上的香氣應是從桂花的極品丹桂花提煉製成的香料，普通人家都花費不起。在洛陽雖有十多家香料舖，但只有平福老店出售這類貴格貨。」

跋鋒寒奇道：「二公子對洛陽的各行店舖眞是瞭如指掌。」

宋師道微笑道：「我先後來了洛陽五趟，閒來沒事上街亂逛，藉便幫助一下洛陽的經濟發展，明白嗎？」

徐子陵道：「既然有了茶葉香料兩條線索，我們下一步該怎樣走呢？」

宋師道道：「看遍其他地方再說吧！不過跋兄說得對，可以帶走的東西，她們是不會留下來的。」

車子開出，往天街駛去。在追尋傅君瑜這事情上，宋師道已搖身一變成了他們的領袖。

寇仲不解道：「我始終不明白，爲何數次與婠婠交手，她都不拿瑜姨來要脅我們？」

宋師道道：「這反而顯示了君瑜眞是落在他們手上，所以怕給人知道。就算祝玉妍如何肆無忌憚，對傅采林也總有幾分顧忌。非到逼不得已，該不會用君瑜來要你們供出楊公寶藏秘密的。」

午後的陽光破雲而下，在下了半天雨後，分外使人感到明朗清新。宋師道藉機閉目養神，三人不敢擾他，靜靜坐著，或是瀏覽沿途的風光。到了天街，宋師道溜下車去，而小張則把車子駛進一條橫街等候。跋鋒寒乘機囑咐小張替他找尋鐵勒人落腳的地點。

小張傲然道：「跋爺放心，這等小事小人必會給你辦得妥妥當當。」

說畢跳下車子去了。剩下三人在車中等候。

徐子陵記起早先未說完的對話，問寇仲道：「你說知道董淑妮騙你，究竟是怎麼回事？」

寇仲狠狠道：「此事說來話長。」

接著解釋了要王世充詐作被刺傷的前後經過，然後道：「我爲了安定和加強王世充的信心，帶翟嬌和屠叔方去見王世充，這老狐狸立即歡容滿臉，和我商量安排被刺的事。哼！他娘的，你可知他有甚麼提議？」

兩人當然只有搔頭表示不知道的份兒。

寇仲模仿王世充的聲音語調道：「後天榮鳳祥會在府中設宴賀壽，洛陽有頭臉的人都會去湊熱鬧，我本想不去，現在卻不能不去，否則晁老頭哪來行刺我的機會。」

徐子陵和跋鋒寒聽得面面相覷，後者道：「這是怎麼一回事？榮鳳祥的賀壽不是在昨晚舉行了嗎？」

寇仲苦笑道：「所以我說那妮子在騙我。眞不知她是何居心？」

徐子陵沉聲道：「她要布局殺你，而這事與王世充沒有半絲關係。」

寇仲一呆道：「她爲何要殺我？可能只是想擄走我，但這樣對她有甚麼好處？她不怕王世充惱她嗎？」

跋鋒寒失笑道：「除了董淑妮外，這問題怕要老天爺懂得如何答你。你這小子究竟對人家姑娘做過甚麼喪盡天良的事呢？」

寇仲叫起撞天屈道：「那算得甚麼呢？何況還是她主動的。不要看她年紀輕輕，她的經驗比我們三個人加起來都要豐富。」

見到兩人目光灼灼的瞪著他，寇仲攤手道：「我是男人嘛？逢場作戲是人之常情，對吧？」

徐子陵道：「以董淑妮的情性，此事必與男女之事有關。」

跋鋒寒笑道：「你可能遇到了一個妒夫，而董淑妮則貫徹她一向視愛情爲玩遊戲的本性，信不信由你。」

寇仲正要說話，宋師道回來了，一臉興奮的道：「終於見到曙光！」

小艇駛到洛水和運渠的交匯處，西面是橫過洛水三座大橋之一的浮橋。兩岸處大小小數十個碼頭，泊了近三百艘各類形式的船舶。船隻往來不絕，水道交通頻繁熱鬧。小艇在兩艘貨船間停下。

由於要讓出河道通路，而碼頭則數目有限，所以船隻都是緊貼靠泊，故他們的行動不會惹起注意。

寇仲瞧往岸旁起卸貨物的忙碌情景，訝道：「只看到眼前繁華景象，誰能想到處處有人在割地稱王，弄至戰火連綿？」

宋師道道：「這類貿易往來可帶來當地大量稅收，且能解決需求供應，所以大家會儘量予以方便。

假若誰不識相，封鎖水路，又或沒收財貨，商旅便改到別處做生意，最後的損失仍是自己而已。」

跋鋒寒緩緩掃視衆船，大感頭痛道：「究竟是哪條船？」

剛才宋師道聯同青蛇幫的幫主任恩，去茶葉舖和香料舖探問，果然有人於昨天清晨來訂購了一批特定的香料和茶葉，且與宋師道認出來的黃芽茶和丹桂香料吻合無間。最妙是由於平福老店內的丹桂香只有少量存貨，故必須到城東的貨倉提取，來訂貨的漢子囑他把貨送至這處其中一個碼頭，再用小艇載走，所以他們追蹤到這裡來。

寇仲接口道：「雖是在這裏的碼頭接貨，但卻可以是轉運到廣闊河域上任何一條船，唉，這眞是個船船的迷魂陣，陰癸派眞會揀地方。」

宋師道卻胸有成竹道：「我家一向做水運生意，最熟悉這方面的問題。此處的船大概可分商船、客船、漁船三種。由於怕給敵人滲透，所以船船出入檢查嚴格，記錄詳盡。我已使任恩找人想辦法，看看有哪艘規模似樣點的大船，至少在這裏泊了兩天，但又沒有上落客貨。如此雖不中亦不遠了！」

寇仲心悅誠服道：「難怪師妃暄要來找二公子，像你這麼思慮精密周到的人，我還是首次遇上。」

宋師道苦笑道：「我宋師道算得甚麼？連自己心愛的人都保護不了。」

徐子陵怕他傷情下誤了大事，忙道：「我尚有一個想法，是這艘船必像我們現下的小船般是泊在碼頭的最外圍處，俾可隨時開航。」

跋鋒寒虎軀微震，目光迅速瞧往剛才曾惹起他注意的一艘三桅大船，道：「這艘船特別可疑，看似泊在兩艘船的中間處，但三艘船上都不見半個人影，與其他船上忙碌的情況大不相同。」

三人隨他目光瞧去。只見對岸的其中一個碼頭處，泊有三條船，中間的一艘比其他兩艘大上一倍，只甲板上便有兩層，且果然三條船上都不見有人走動操作。

宋師道道：「如此更不用浪費時間，我著任恩派人專查這三條船，立即可以有結果。」

四人坐在河旁一間樓房的二樓處，窗外可見到碼頭上落貨的情景，左方不遠處就是那三艘可疑的船隻。樓下是間專做鹽貨生意的店舖，屬青蛇幫所有。事實上洛陽的大小幫會，都大做水運生意。一向以來，各幫會均有自己專門的生意，獨佔利潤，各有各的勢力範圍。洛陽幫之所以招惹眾怒，皆因常要插手到別幫的業務去，又恃勢大，要各幫會每月奉獻孝敬，破壞了各不相干的規矩。任恩做的既是鹽貨，自然和宋閥有千絲萬縷的關係。

寇仲忽然道：「假若祝玉妍和婠婠全在船上，我們該怎麼辦？」

徐子陵道：「先弄沉她們的船，再在混亂之際搶人。」

跋鋒寒道：「那就要擬好逃走的方法和路線，否則有誰落單被追上，便大事不好，不但救不回君瑜，怕還要賠上小命。」

以跋鋒寒的高傲自負，竟說出這番話來，可知他對遇上祝玉妍和婠婠連保命的把握都沒有。

宋師道微笑道：「你們這種情況，叫關心則亂，假設祝玉妍和婠婠是上驥，那我們頂多只是中驥，以中驥對上驥，必敗無疑。」

寇仲道：「我不是沒想過這問題，只是我們根本不知她兩人是否在船上，更不敢去冒失查探，所以無法實行以中驥對下驥之策。」

宋師道淡然道：「所以我說你們是關心則亂。今晚曲傲與伏騫要在曼清院進行那場未竟之戰，祝玉妍等絕不會錯過這種難得的機會，順便看看伏騫是甚麼料子，那時我們的機會就來哩！」

寇仲點頭道：「這是唯一可行的方法，唉！只好爽約了！」

徐子陵皺眉道：「你約了誰？」

寇仲答道：「這個人只聽名字便已有些苗頭，叫宋金剛，你服不服？」

宋師道和跋鋒寒同時動容。

前者道：「這人不但是北疆武林不可多得的高手，還智勇兼備，乃劉武周手下的頭號猛將。」

跋鋒寒道：「我也聽過他的名字，在北方他和劉黑闥齊名，都是威震一方的名將，從來沒吃過敗仗的。」頓了頓思索道：「他該是隨突利來的，找上你爲了甚麼事？」

寇仲笑道：「會有甚麼好事。他雖沒有說出來，想來都是要我去當刺殺杜伏威的刺客，難道會請我率軍打仗嗎？」

四人雖在說話，因是對窗而坐，目光沒有半刻離開那艘疑船。

宋師道道：「宋金剛怎會對你大材小用？況且杜伏威若那麼容易被刺，早死過百多遍，包括楊虛彥在內，也是無功而返。照我看他是另有周詳計劃，絕不會白白浪費像你這般人物。」

跋鋒寒心中一動，問道：「二公子知否楊虛彥乃李世民的人，隨他到了這裏來，還與我們交過幾招。」

宋師道愕然道：「我倒不知他和李世民有關係。只知他迷戀這裏的賭場大豪榮鳳祥的女兒榮姣姣，此消息極端機密，我們費了很大功夫查出來的。」

寇仲一震道：「董淑妮說過榮姣姣乃她的閨房密友。會否……嘿……」

跋鋒寒點頭道：「以董淑妮的隨便，兩女侍一男絕不稀奇，東都一向是舊隋皇族聚居的地方，楊虛彥乃士族中人，和兩女搭上是舉手之勞的易事。」

徐子陵拍腿道：「楊虛彥那傢伙見你沒有中計，所以尋上來動手。」

宋師道聽得一頭霧水，問道：「你們在說甚麼？」

幸好此時任恩一臉喜色的走上來，坐下劈頭便道：「幸不辱命，我可以擔保找對船了！」

宋師道欣然道：「任兄說得這麼肯定，當是有所發現。」

任恩年在四十許間，五短身材，外表像個道地的生意人，但能當上一幫之主，自有他的本領。他露出一個眞誠的笑容，點頭道：「果然如此。因爲有人曾目睹一些戴有面紗的女子從船上走下來，且在晚間。雖只見過一次，但因那些女郎身段極佳，故留下深刻的印象。」

跋鋒寒道：「肯定不會是祝玉妍或婠婠，以她們的身手，怎會輕易讓人見到。」

宋師道從容道：「任兄請爲我們安排些菜餚，酒則免了，我們就和陰癸派的妖婦妖女比比耐性吧！」

任恩答應後，向跋鋒寒道：「有鐵勒人的消息了，曲傲落腳的地方在城東北興藝坊的一間房子處。此宅屬呂梁派的杜干木所有，而杜干木則是越王侗手下。」

跋鋒寒嘆了一口氣道：「有勞貴幫！不過現在我無法分身，希望曲傲可擊敗伏騫，否則我也沒興趣挑那敗軍之將來交手。」

任恩雙目射出崇敬神色，告退下樓。

四人的目光始終沒有離開過那三艘船。

太陽最後一道餘暉消失在西方的空際，洛陽城已是萬家燈火，江邊船舶停泊處，更像一條條燈龍般沿岸盤繞延綿。不知是否因下過雨的關係，夜空特別澄明通透，空氣清新。雖仍有人挑燈卸貨，但碼頭區大部分的地方呈現一片忙碌後的平靜。蹄聲沓響，數騎一車沿江馳來，抵達其中一個碼頭，勒馬停定。其中一人嘬唇哨響，似乎在招呼泊在碼頭處那艘船上的朋友。

正對這一帶緊密注視的寇仲欣然道：「小陵，老朋友來了！竟可時刻碰到熟人。」

徐子陵瞪了一眼，愕然道：「這不是獨孤策嗎？」宋師道道：「他左旁的人是名氣頗大的『河南狂士』鄭石如，其他的全是這裏的著名世家子弟。」

寇仲一呆道：「竟然是他，我對他的聲音熟悉，樣子還是初次見到。」

當日他曾躲在畫櫃內偷聽李密等人和他及錢獨關說話，想不到終於見到他的廬山眞面目。這有狂士和智者之名的高手衣著有點不倫不類，在文士服之外卻加穿一件武士的罩衣，散髮披肩。年紀在三十許間，相格粗放狂野，樣貌大致上算不錯，留了一撮山羊鬚，別有種不修邊幅的魅力。

跋鋒寒道：「他爲何會與獨孤策混在一起？」

徐子陵則道：「看獨孤策的神情，該仍未發現乃叔給人宰了。」

四人居高臨下指點談論之時，那艘船的船艙走出一位國色天香的麗人，嬝嬝亭亭的，只步姿已能予人羸弱動人的美態。兩名俏婢侍候她下船。

跋鋒寒與徐子陵交換了個眼色，同時失聲道：「白清兒！」

赫然是錢獨關的愛妾白清兒，跋鋒寒曾從她類似婠婠的氣質推斷出她是陰癸派的妖女。白清兒登上馬車後，獨孤策、鄭石如等擁著馬車美人，趾高氣揚的呼嘯去了。

跋鋒寒瞧著兩婢回到船艙，一震道：「好險！我們差點誤中副車。」

寇仲和宋師道不解地瞧向他。

徐子陵點頭道：「這艘船才是眞命天子。」

白清兒的客船與那三艘疑船只隔了數百步，中間泊了十多條其他的船舶，假若白清兒確是陰癸派的妖女，這當然不會屬於巧合。

跋鋒寒略作解釋道：「事實上我心中一直難以釋懷，因爲這三艘泊在一起的船實在過分礙眼，不似陰癸派一向的作風。現在我肯定這三艘船都是空船，也是陰癸派精心布下的陷阱，看看會否有人中計。又或根本是針對我們而設的。」

宋師道心中一動：「不如我們來個將計就計，說不定可反收奇效。」

跋鋒寒笑道：「若陰癸派知道我們能從白清兒身上推斷出這麼多事來，定然非常後悔。兄弟們！行動的時間到了！說不定尙有時間趕及下一場好戲呢。」

跋鋒寒和徐子陵坐上快艇，在船隻間靈活自如地穿插著，一副尋找某個目標的模樣。這些日子，寇仲爲了慫恿王世充來對付李密，忙得難以分身。剩下兩人相機行事，現今只他兩人出動，該不會惹起敵人的戒心。而且去了寇仲，實力減弱，更易誘敵人對他們下手。

跋鋒寒皺眉道：「陰癸派的人確狡猾如狐，避到河上，還要耍一記這樣的手段，若非我們有些運道，定會中計。」

徐子陵道：「我們是否就那麼闖上船去？三艘船都沒有燈火，只是這點，已引人注目。至少會惹來盜賊垂涎，現在並非是太平盛世。」

跋鋒寒笑道：「洛陽現在走到街上亂闖亂撞，皆有可能碰上高手，識相的人會避避風頭，不敢在這段時間出動。咦！到了！就在前方，裝作小心翼翼的靠過去吧！」

徐子陵忽地壓低聲音道：「那邊有人在注視我們。」

跋鋒寒壓下望向白清兒那艘豪華客船的衝動，欣然道：「這就最好！我們上去立即動手砸船，看看他們那邊有甚麼反應。假若不見陰癸派的人出現，便代表了他們船上沒有足夠的實力來對付我們。那只要君瑜眞在船上，我們就可把她救回來。」

說到這裏長身而起。三桅船在前方不斷擴大。徐子陵收起船槳，亦站起來。跋鋒寒打個手勢，兩人同時騰身而起，躍離小艇，輕若飄羽的落到那大船船首和艙房間的甲板上。

兩人裝出迅速行動的樣子，破門而入，然後衝進其中一個艙房去，透過窗子剛好看到白清兒那艘大船。只見船上人影連閃，近七、八個人騰躍而起逢船過船，疾往他們這方面趕來。人影綽綽，看外形佔了大半是女人，兩人暗喜調虎離山之計果然生效。

徐子陵從來人中只認得其中一個是「銀髮艷魅」旦梅，沉聲道：「既沒有祝玉妍和婠婠，邊不負也不在其內，她們仍一副吃定我們的樣子般來勢洶洶，可知其中定有兩三個人是陰癸派剛抵此處的元老級高手。」

跋鋒寒雙目殺機連閃，從容道：「我們下手絕不能容情，陰癸派的妖人少一個，世上便少了很多被害的人，教他們嘗嘗和氏璧潛能的滋味吧！」

六女兩男，以鬼魅般的身法落到甲板上，其中一女長得特別高䠷，一頭長髮垂在背後，長可及臀，烏黑閃亮，誘人之極。她的美麗更可直追婠婠，膚色勝雪，黛眉凝翠，桃腮含春。年紀橫看豎看都不該超過二十五歲。那對翦水雙瞳，更像蕩漾著無限的情意，顧盼間勾魂攝魄，百媚千嬌。

此女顯然在來人中身分最高，打了個手勢，包括旦梅在內的五女立即散開。有些躍往艙頂，一些則移往船尾，扼守各個戰略要點。剩下的兩名男子分左右立在該女背後，都長得軒昂英俊，年紀不過三十。背後揹著長刀，頗有威勢。

跋鋒寒昂然從漆黑的艙子走出來，負手冷然道：「祝玉妍到哪裏去了？爲何只派些嘍囉來送死。」

那美女露出一閃即逝的訝色，顯然她智慧過人，從跋鋒寒冷靜的神態感到情勢並不尋常，亦沒有因跋鋒寒擺明看不起她而動氣，反嫣然一笑，媚態畢露的輕啓朱唇柔聲道：「我出道江湖的時候，恐怕你仍在牙牙學語，所以不知道我聞采婷是誰是合乎道理的。」

跋鋒寒微微一笑，目光掃過她身後的兩名男子，見他們微露出妒忌的表情，心中一動道：「你既有面首隨侍左右，在陰癸派中身分自然不低，故此在動手之前，跋某人有一事相託，請前輩你代爲轉知祝宗主。」

聞采婷雖是狡計百出之人，亦被他前倨後恭的神態弄得有點糊塗，更猜不透他有甚麼話要說。她的魔功路徑有異於祝玉妍和婠婠，專走媚功幻術。通常男人見到她，會被她迷惑得渾忘一切，而她則趁機使出辣手取對方性命，屢試不爽。但跋鋒寒心志堅剛如岩石，一點不受到她媚惑的影響。

聞采婷輕搖秀髮，動作不大，姿態卻悅目非常，令人覺得她平添了無限的魅力，恨不得立即把她摟入懷裏，恣意愛憐。

她幽幽嘆了一口氣，道：「爲甚麼大家不可以坐下來談談呢？」

她的語氣透出一種純似發自眞心的誠懇味道，又是那麼溫柔體貼，神態婉轉可人，除非是鐵石心腸的人，否則怎能不被她打動。後面兩名男子眼中已射出不能控制的妒忌神色。

跋鋒寒仍是完全不爲她所動，一字一字地道：「請轉告祝宗主，我們已救回傅君瑜，你們中計了！」

以聞采婷的修養，仍不由立即色變。

「鏘！」

就在她心神微分之際，跋鋒寒拔劍出鞘，化作長虹，激射這陰癸派元老級的媚功高手。

事實上由跋鋒寒踏出艙門的一刻，兩人已正式交鋒過招。

跋鋒寒可說是從戰鬥中長大，無論眼光經驗，均無比豐富。一眼看出這看來綺年玉貌的女子，實是祝玉妍那一輩的魔門元老高手，魔功深厚。

若在正常的情況下交手，勝負難料。何況對方尚有七個高手隨行，武功縱及不上聞采婷，但亦不可輕視。尤其在聞采婷這種狡猾險詐的女魔頭主持大局下，他即使加上徐子陵也難以討好。所以他必須先以雷霆萬鈞之勢重創聞采婷，使人多勢衆的敵人難以發揮眞正的力量。

他又從兩男妒忌的神態推斷出聞采婷已久未和人動手，若是經常慣見，當不會因聞采婷向自己施展媚功而憤然不悅。

所以他大耍手段，令她生出莫測高深的好奇心，然後再以傅君瑜的事分她心神，搶先出手。

兩男怒喝一聲，拔刀搶前，迎向跋鋒寒。但已遲了一線。

聞采婷尚是首次遇上沒有絲毫憐香惜玉之心，會猝然對自己痛施辣手的男人。最糟是她發覺自己忽然由獵人變成獵物，那種突變和窩囊的感覺，更令她心散神弛，難以發揮出一向的功力水平。

跋鋒寒迎面劈來的一劍，看似簡單，實已到了大巧若拙的境界，封死她反擊和閃退的路線，其中暗藏的變化，更使她測不破瞧不透。

不過她表面上仍是巧笑倩兮的，絲毫不露出心內的驚駭，纖手微揚，抖出一把金光燦然的短劍，身子飄動，金刃似攻非攻，教人全然無法捉摸她究竟是要硬攖對手鋒銳，還是要退閃挪移。

「砰！」

同一時間，徐子陵撞破船艙樓頂的天花，來到守在艙頂四女的上空，剎那間拍出四掌，分襲敵人。

兩邊的戰場，同時拉開戰幕。

「叮！」

聞采婷的金劍挑上跋鋒寒的劍鋒，嬌軀劇顫，猛往後移。

她的後撤早在跋鋒寒算中。他看準像聞采婷這類女魔頭，生性自私自利，只會犧牲旁人來成就自己。不過她的確比他想像中更要高明。剛才那下身法妙至毫巔，以他的能耐仍感到難以捉摸，使他難以挾先手之勢得竟全功，所幸已令她吃了暗虧。

兩道刀光分由左右襲至，封著他直攻聞采婷的前路。

艙頂上的四名女子均是陰癸派新一代好手，個個美艷動人。她們正要下去圍攻跋鋒寒，忽然陷在徐子陵強大森寒、奇異無比的螺旋掌風下，自顧不暇，哪還能分神去理會甲板上的戰況。

旦梅此時從船尾趕上來。仇人見面，分外眼紅，一言不發加入戰團，向徐子陵痛施殺手。

下面的跋鋒寒倏地後退。待兩男刀氣暴漲之時，跋鋒寒忽又衝前，撞入兩人刀鋒間的間隙去。這種改變，除了神奇的步法外，還須眞氣和力道的變換配合，絕對違反常理。在得到和氏璧的異能前，跋鋒寒或可勉力做到，但卻絕不如目下變化的自然和迅快，兩男立時陷於險境。

高手過招，首重判斷。

兩刀同時擊空。

跋鋒寒一聲冷哼，斬玄劍閃電劈往右方魔男，而肩頭則硬撞上左方那男子胸脅處。

在外人眼中，他只是身子晃動一下，身法迅捷無倫。

右方魔男慘叫一聲，應肩仆開尋丈，跌出甲板，往河中墜去。

另一人慘叫一聲，在劍光疾閃下頹然倒地，再不動彈。

跋鋒寒似是從沒有停滯過般，手中斬玄劍化作一團劍影，隨著玄奇深奧的步法，追擊聞采婷。

聞采婷哪想得到兩人擋不了跋鋒寒一招，而對手的氣勢挾勝利之餘威，更是有增無減，驚人的劍氣，縱是在十步開外的自己，亦如身在冰窖，寒冷得血液也似凝固了。

她心知肚明自己在氣勢的較量上已一敗塗地，哪敢逞強，尖嘯一聲，迎著跋鋒寒虛刺三劍，再飄身後退，以一個曼妙的姿態，落在鄰舟的甲板上。

他們的打鬥叱喝聲，早驚動附近船上的人，不過人人只躲在艙裏偷看，有些還弄滅了燈火，怕殃及池魚。

跋鋒寒揮劍擋過她射來的三道劍氣，亦是心中暗駭，長笑道：「請恕晚輩不送！」

聞采婷嬌哼一聲，眼中射出怨毒無比的厲芒，一言不發地掉頭朝白清兒的那艘客船掠去。

跋鋒寒還劍入鞘，朝艙樓頂瞧去。

徐子陵環抱雙手，微笑道：「此戰如何？」

與他混戰的旦梅等眾妖女，聽到聞采婷的尖嘯，早立時四散逃走，徐子陵樂得如此，亦不留難。實際上在敵眾我寡的情勢下，他佔不到多大便宜。

跋鋒寒搖頭道：「仍未夠痛快，希望曲傲不會令我失望吧！」

跋鋒寒和徐子陵故意繞了個大圈子，肯定沒有人跟在背後，來到與寇仲和宋師道約好會合的地方。那是城南門附近的一間房子，青蛇幫的秘巢。兩人越牆而入，進入前廳，寇仲和宋師道正愁眉不展的對桌呆坐。他們禁不住大吃一驚。

寇仲苦笑道：「不要誤會，瑜姨已給救回來。」

徐子陵在他身旁坐下，皺眉道：「是否見到救她的是你這小子，所以一怒走了。」

宋師道嘆道：「若她可以用自己兩條腿走路，我們何用在此唉聲嘆氣。」

跋鋒寒駭然道：「陰癸派竟敢向她下辣手？」

寇仲慘然道：「確是非常辣手，但卻非你想像中殘肢斷腿的一類辣手，你們到房內一看便明白。」

傅君瑜花容如昔，只是像沉睡多年的美麗女神，秀眸緊閉，雙手交疊按在胸口。最駭人的是她口鼻呼吸之氣斷絕，體內經脈也沒有絲毫真氣往來之象。一般人在這種情況下，早死去多時。但她仍是身體柔軟，皮膚潤滑而光澤照人，沒有半點死亡的氣息。

宋師道嘆道：「陰癸派的妖人眞厲害，不知使了甚麼妖法，竟能使她像冬眠的動物般長睡不醒。」

寇仲痛心不已的道：「我和二公子已施盡渾身解數，但總不能令她有絲毫反應。最糟是不知她能這樣捱上多久，說不定有個期限，過了限期瑜姨就嗚呼哀哉，那我們便只好乖乖的把她送回虎口裏。」

正探手按在她天靈穴上的徐子陵頹然道：「她體內生機盡絕，使人無從入手，魔門功法，確是秘不可測。這比當日婠婠的昏迷不醒，更使人無從捉摸。」

宋師道斷然道：「天下間若有人能解救她，就只石青璇一人，她的針灸之術天下無雙，說不定有破除妖術的方法。」

寇仲愕然道：「石青璇原來不只是吹簫的高手，且是濟世的良醫，她住在哪裏？近不近哩？」

宋師道愛憐的細察傅君瑜的如花玉容，緩緩道：「石青璇的住處乃江湖上一大秘密，但由於家父和她的母親碧秀心曾有一段交往，所以方知她長期隱居在四川一處叫幽林小谷世外桃源般的地方。」

徐子陵心中暗忖：碧秀心必然是個既多情又引人之極的美女，否則不會有這麼多顯赫不凡，名震一方的前輩名家高手，拜倒在她的石榴裙下。

宋師道雖說得含蓄，亦等於表示了以刀法冠絕天下，武功穩居諸閥之首的「天刀」宋缺，也像歐陽希夷和王通般，與碧秀心有段沒有結果的戀情。

挪回按在傅君瑜頭蓋的手，問道：「她的醫術是否得乃母眞傳呢？」

宋師道道：「她的醫藝傳自她爹石之軒，簫藝才是傳自娘親。」

寇仲大感意外的道：「原來碧秀心是正式的嫁了人，爲何這麼多人仍對她餘情未了，嘿！我只是指歐陽老頭和王通，再沒有其他意思。」

宋師道毫不在意道：「此事說來話長，事實上……唉！待有機會再談吧！現在我要立即把君瑜送往四川。唉！她的氣質就像君婥般獨特動人。」

跋鋒寒直到這刻才收回爲她把脈的手，臉上忽晴忽暗，似在內心處掙扎交戰。除宋師道目光沒法從傅君瑜的俏臉移開外，只有寇仲和徐子陵發覺跋鋒寒神態異常。

寇仲奇道：「老跋你爲何不說話？」

跋鋒寒長嘆一聲，苦笑道：「因爲我知道她發生了甚麼事，故內心非常矛盾。」

三人精神大振，同時又大惑不解。

宋師道焦灼之情逸於言表，急道：「還不說出來。」

寇仲奇道：「爲何會感到矛盾？」

跋鋒寒目光落到傅君瑜身上，神色回復一貫的冷峻，沉聲道：「她現在情況絕非陰癸派的人做的手腳。」

三人爲之愕然。

跋鋒寒道：「這是類似婠妖女那種閉絕經脈呼吸的功法，卻又迥然有異，乃傅采林得自天竺高僧的一項奇技，名爲龜息胎法。」

徐子陵道：「你敢肯定嗎？」

跋鋒寒道：「至少有九成把握，因爲君瑜曾親口向我提起過這奇異的功法，說能把人長期保持在沉眠不死的狀態，由於不用消耗能量，故長時滴水不進也不會出問題。」

宋師道喜道：「那她有否說出解法？」

寇仲思索道：「瑜姨定是因被敵所擒，不願受辱，更不想被逼說出心中的秘密，遂以此消極的方法對抗，娘的師妹的確是了不起。」

徐子陵責道：「不要岔到別處去，現在最緊要是如何把瑜姨弄醒。」

跋鋒寒道：「當時我問她能否自行回醒，她說天下間除那天竺高僧外，就只傅采林有方法使她醒過來。」

徐子陵猛一咬牙，斷然道：「待我為寇仲取得楊公寶藏，立即把她送回高麗，讓傅采林大師救醒瑜姨，鋒寒兄不用為此煩惱。」

跋鋒寒露出感激神色，知道徐子陵明白他的意思。一向以來，跋鋒寒追求的是拋棄一切，專志武道，回突厥挑戰在域外至高無上的「武尊」畢玄。但在道義上，他卻不能對現在等待救援的傅君瑜袖手不理，故內心痛苦矛盾。

跋鋒寒再露出一絲苦澀的笑意，深沉的道：「問題在從沒有人試過這奇異的休眠功法，故誰都不知她可以捱得多久。又或可能過了某個期限，即使傅采林亦乏回天之術，救她不醒。」

徐子陵正要說話，宋師道截入道：「你們不用為此煩惱，此事交在我宋某人身上，今夜我帶她趕往高麗，其他事看老天爺的意旨好了。」

三人同時一震，往他瞧去。宋師道深深凝視傅君瑜，臉上現出一往無前的堅決神色。三人心中感動。要知宋師道乃宋閥新一代最重要的人物，被譽為天下第一刀法大家「天刀」宋缺的當然繼承人，權力財富美女對他都像有如拾芥般容易方便。從這裏到高麗，隔著的是萬水千山，恐怕幾個月都到不了那裏去，何況還要帶著一位睡美人。其中艱苦，可想而知。而他尚是首次見到傅君瑜，嚴格來說根本沒有絲毫關係。

宋師道微微一笑道：「說來你們也不會相信。我自從聞悉君婥的死訊後，我從未試過像這一刻般歡欣鼓舞，感到天地再次充滿生機樂趣，生命竟能如此可愛動人。」

跋鋒寒瞧了他好半晌，嘆道：「你如此捨棄一切的走了，你的家族會怎樣想？」

宋師道一對眼睛亮了起來，長長吁出一口氣道：「實不相瞞，我對那種規限重重的生活方式，在多年前已感到索然無味，厭惡之極。寒家雖在南方赫赫有名，但爭天下始終是以洛陽爲中心這黃河流域爲主的戰場，那是我家勢力難及的地方。」

接著轉向寇仲道：「我們宋家絕沒有要做皇帝的野心。只要小仲能令家父感到在天下統一後，我們宋家仍能保持在南方的地位，到那時終會把三妹許給你。可是你必須答應善待她才行，否則我宋師道第一個不肯放過你。」

寇仲老臉微紅，低聲道：「二公子放心吧！我寇仲豈是始亂終棄的人。」

跋鋒寒道：「二公子放心，我和子陵會盯著他的。」

宋師再叮嚀了寇仲一會，在三人幫助下，小心翼翼的用被子把傅君瑜捲起，扛在肩上，道：「我現在先設法出城，到城外找輛馬車給她乘臥，立即北上，你們再不用想君瑜的事，我定能及時把她送到高麗的。」

跋鋒寒一揖到地，肅然道：「跋某一生還是首次心悅誠服的向另一個人施敬禮，宋公子保重。爲安全計，我們將護送公子出城，免生意外。」

宋師道道：「萬萬不可，我們四個人走在一起太顯眼了，只要子陵送我便行。放心吧！我們宋家在這裏頗有點勢力，又有任恩幫手。跋兄不是要找曲傲試劍嗎？祝你一戰功成，名揚天下。」

接著哈哈一笑，和徐子陵灑然去了。

跋鋒寒和寇仲送別宋師道後，回到廳子坐下，都有欲語無言的沉重感覺。

好一會跋鋒寒搖頭嘆道：「只有宋師道這種情深一往的人，才配被天下女子鍾情，我和你都不配。」

寇仲頹然道：「宋二公子令我感到渺小和慚愧。唉！像你現在這種心情，怎向曲傲挑戰？」

跋鋒寒苦笑道：「所以我回到這裏來悶坐。是了！在妖船上沒有遇上高手嗎？」

寇仲道：「高手都傾巢而出，到了你們那處玩兒，剩下的幾個婢僕連我們逐房查看仍懵然不知，我們還見到上官龍，差點想順手了結他。」

跋鋒寒沉思道：「陰癸派的高手眞個多不勝數，我們遇上的聞采婷，絕對不遜於邊不負，若不能盡殲陰癸派的妖人，我回到突厥或可以不予理會，但你卻睡難安枕。」

寇仲道：「你倒說得輕鬆容易，現在祝妖婦婠妖女等不來煩我們，我們已可酬謝神恩，哪還敢去惹她們。」

跋鋒寒道：「人是不能這麼沒志氣的，這又叫苟且偷生。現在我們最緊要是一無所懼的面對強敵，再從實戰中不斷尋求突破。若左閃右避，終不能成爲寧道奇那般級數的高手。」

寇仲駭然道：「你不是提議我們現在大搖大擺的到街上去，讓人來找我們當靶子吧！」

跋鋒寒哈哈笑道：「果知吾意。就當這是爲君瑜做的，只有這樣，可把陰癸派的人吸引著，而宋二公子便可安然攜美離開了。」

寇仲呆了半晌，終明白跋鋒寒的意思。陰癸派一向以睚眥必報的作風震懾江湖，故無論多麼有實力的門派，等閒不敢去招惹她們。現在他們公然捋陰癸派的虎鬚，在她們手中搶回傅君瑜，此事若傳到江湖上，對陰癸派聲譽的打擊，會是嚴重至極點。可以想像當祝玉妍接到君瑜被救走的消息，將會拋開一切顧忌考慮，改把殺死他們列爲首要之務。在這種情況下，宋師道能否安然送走傅君瑜，實是未知之數。跋鋒寒正是要不顧安危，把陰癸派的主力牽制在城內。

寇仲倏地起立，一拍背上井中月，大喝道：「事不宜遲，我們去吧！但要先知會他們。」

宋師道和徐子陵躲在天津橋旁碼頭其中一艘客船上，靜候任恩的消息。床上是深眠不起的高麗女劍客傅君瑜。

宋師道微笑道：「這幾年來我的心神尚是首次可從你娘處移到別人身上，那就像一個渾身精力的人，找到工作的目標和方向，充滿生機。」

徐子陵點頭表示明白，卻不知說甚麼話才好。

宋師道接著又問起傅君婥的事，聽徐子陵講述與傅君婥結識的經過，津津有味，大感興趣。間中又不住提問，使徐子陵被逼要記起很多被淡忘了的細節。宋師道愈聽愈興奮，徐子陵卻是愈說愈魂斷神傷。

這時任恩回來了，向兩人道：「現在風聲很緊，不時有面目陌生的女子在市內和洛水河岸間出現，該是陰癸派的妖女。」

宋師道道：「打通城防的關節沒有？」

任恩面有難色道：「這方面不是問題，問題是如何可神不知鬼不覺的出城，最好待明早河關開放後，我們坐漁船離城，如此可保萬無一失。」

宋師道搖頭道：「救人如救火，怎可浪費時間。」

任恩道：「宋爺可否再待一會，剛才跋爺通知我們，他和寇爺會設法牽制陰癸派的主力，那時我們將有機會離開。」

徐子陵和宋師道同時色變。

跋鋒寒和寇仲在行人疏落的街道上昂然舉步。此刻剛入亥時，卻仍是華燈處處，別有一番繁華大都會的氣氛。

跋鋒寒道：「你約了宋金剛甚麼時候會面？」

寇仲答道：「伏騫和曲傲的決戰在今晚子時舉行，他說亥時中會在曼清院聽留閣的西院頂樓，到時去找他便成。哈！看來是去不成的了！」

跋鋒寒揚臂舒展一下筋骨，笑道：「世事往往出人意表，未到該刻，誰知道會發生甚麼事。」

寇仲沉聲道：「我非是害怕，而是眼前形勢不同。師妃暄正避靜療傷，陰癸派再無任何顧忌，若這次她們肯放過我們，太陽將改從西山昇起。」

跋鋒寒知他所言屬實，微笑道：「這正是生命的樂趣。若你知道可輕取對手，那還有甚麼刺激。只有置諸死地而後生，從不可能的形勢下取得勝利，才使人回味無窮。」

寇仲欣然道：「這正是我和小陵最欣賞和佩服老兄你的地方。不知我們是否逃命慣了，遇上困難，首先想起的是如何逃避，有了你後，這思想傾向始逐漸改變過來。」

接著岔開道：「你說婠妖女美還是師妃暄美呢？」

跋鋒寒哂道：「你竟還有此閒心。」

接而沉吟道：「我的確未見過比她們更動人的美女。但師妃暄顯然多了幾分仙逸之氣，似若高不可攀的天上女神，而婠婠比起來總及不上她的秀氣。」

寇仲點頭道：「這叫英雄所見略同。」

跋鋒寒淡淡道：「不過你千萬莫要為她們任何一個動情，她們的心神都不會放在男女的感情愛欲之事上，愛上她們只會失望收場。」

寇仲哈哈笑道：「你當我寇仲是甚麼人？男兒生於亂世，自應以國事民生為重，其他的算得甚麼？」

跋鋒寒狠狠盯他一眼，提醒道：「記得你答應過二公子甚麼事，不要弄到他找你算賬哩。」

寇仲不由想起素素，頹然道：「我是天生不會對女人狠心的人。海沙幫有個叫『美人魚』游秋雁的女人，屢次想害我，我都把她放過，可見其餘。」

跋鋒寒語重心長的道：「有些人無論你如何善待他，不但不知感激，還會涼薄無情的不斷欺凌你甚至要陷害你。」接著皺眉道：「我好像聽東溟公主提起過游秋雁這女人，『龍王』韓蓋天被你們擊傷後，無力處理幫務，就由此女負起主理海沙幫之責。你若回南方，最好小心點，女人恨起一個人來時，比男人更難對付。」

寇仲想起宋金剛的話，只不知杜伏威和沈法興聯手對付李子通，海沙幫有否參與其事。此時兩人轉上天街，千步許外是橫跨洛河的天津橋。行人車馬驟然多起來。佔大部份是慓悍豪雄的武林人物，無不對兩人偷偷行注目禮。街上酒樓與青樓林立，笙歌盈耳，車馬喧逐，輝煌的燈火下長街亮如白晝。

寇仲笑道：「陰癸派一向不肯見光，我們這樣出現在市內最繁盛的大道，她們還能有甚麼作爲？」

跋鋒寒極目前方，悠然道：「我仍未能忘懷昨夜師妃暄驀然現身橋上的動人情景，只有仙女下凡差可比擬。今晚我們會否再有奇遇？」

寇仲笑道：「守株待兔在歷史上只發生過一次，咦！我的娘！」

兩人同時看到在天津橋上，幽靈般俏立著具有絕世姿容的美女婠婠。在人潮中她是如此與世格格不入，雖站在那裏，卻似來自另一個空間。行人被她奇異的閒定和傾國的艷色所懾，全在偷偷看個不停。她不染一塵的赤足，更令人驚疑不已。深幽的目光，緊鎖不斷接近的兩人。

跋鋒寒和寇仲分開少許，仰天長笑道：「其他人給我跋鋒寒滾開，我要與陰癸派的妖女決一死戰。」

嘹亮雄壯的聲音，一時響徹大橋兩岸。

跋鋒寒向寇仲道：「你給我押陣！」

「鏘！」斬玄劍出鞘。跋鋒寒大步踏上橋頭，朝婠婠逼去。路人四散奔逃。一時殺氣漫天，大戰一觸即發。

婠婠如夢似幻，像蕩漾著最香最醇的美酒般的一雙美眸，完全漠視四周因懍於形勢氣氛駭人而爭相走逐避難的男女老少，只凝注著剛步上天津橋頭離她至少尚有百多步的跋鋒寒身上，玉容靜若止水。

寇仲落後在跋鋒寒後十步許處，盯著每一個朝他們方向奔離天津橋畔的路人。

當跋鋒寒踏著奇異的步法，來到婠婠面前二十步處立定，天津橋除了這雙對峙的男女，就只有爲跋鋒寒押陣的寇仲一人。

婠婠向跋鋒寒微一頷首，似是無限惋惜的嬌嘆道：「跋兄本有機會晉身天下頂尖武學宗師之列，只可惜不識時務，妄想以螳臂擋車，落得如此下場，實是咎由自取，與人無尤。」

跋鋒寒尚未答話，後面悠閒地坐上橋欄的寇仲已啞然失笑道：「眞是笑話。有哪一次你婠大小姐不是像吃定我們的樣子；但有哪一次你不是棄甲曳兵落荒而逃，眞虧你仍厚顏狂吹大氣，可不是天大的笑話嗎？」

婠婠黛眉輕蹙，瞧往寇仲道：「人最緊要是懂得自量。寇兄或者不肯相信，但奴家以前每次對你們的出手，其實總是留有餘地，令奴家投鼠忌器的當然是爲了楊公寶藏。可是現在縱使把你兩人擊斃，仍有一個知悉這個秘密的徐子陵，我下手再不用留情，便讓你們見識一下來自《天魔秘》的絕技吧。」

寇仲和跋鋒寒均心叫妖女厲害。寇仲先前的話絕非無的放矢的譏罵，而是要勾起婠婠前數次敗退的陰影，使她強大的信心受到挫擊。豈知婠婠寥寥數語，連消帶打，反令兩人感到她以前眞個並沒有使出十足功夫，而這次則大不相同了。

婠婠接下來嫣然笑道：「若以爲憑你們兩人，可把我陰癸派牽制在此，讓徐子陵把人運往城外，那才眞的是天大笑話。」

她巧笑倩兮的娓娓道來，聽在兩人耳中卻像突來的一記晴天霹靂。

跋鋒寒倏地感到婠婠氣勢增強，忙深吸一口氣，收攝心神，沉聲道：「陰癸派不嫌太過分嗎？君瑜現在生死難卜，你們仍鍥而不捨，是否眞要置她於死地才稱心。」

婠婠心中大訝。以跋鋒寒一向的驕傲強狠，絕不會說出這種帶點求情意味的話來。

就在此時，跋鋒寒殺氣陡增，斬玄劍電光突閃般，隨著他急衝而前的迅快動作，橫斬過來。

寇仲本亦有多少困惑，但此刻見到跋鋒寒威勢劇增，又主動出擊，始心中恍然。在馬賊群中長大的跋鋒寒，整輩子在向各式各樣的權勢挑戰，而陰癸派正是邪派魔道中至高無上的權威。跋鋒寒那番話正是要激起自己對婠婠欺人太甚的鬥志，亦使自己湧起護持弱小的義憤之心，故能氣勢如虹，含「恨」出擊。

婠婠寬袖中左右各飛出一條白色絲帶，同時只以右足拇指尖向地面一點，撐起嬌軀，整個人陀螺般旋動起來。

她那對纖纖玉手以奇異曼妙的動作，交叉穿梭地揮動絲帶，織出一個幻變無方，充滿波紋美感的渾圓白網，把她緊裹中，成了一團白影，彷如天魔妙舞。

如此魔功，確是聞所未聞，見所未見。

跋鋒寒本有一往無前的拚死之心，但在這要命的剎那竟有無從入手的頹喪感覺。要知高手相爭，進攻退守，均於電光石火中尋瑕覓隙，以求命中對方要害，又或退避其鋒銳。可是現在婠婠把「圓」的特性發揮至登峰造極的境地，織出的護體網紋平均而一致。根本沒有任何強弱疏密之分，頓使他生出不知該攻何處的無奈感覺。

若他妄然進攻，必主動盡失。以跋鋒寒的悍勇，竟也被逼往後猛退。

寇仲也看呆了眼。

絲帶倏消，回到了婠婠羅袖之中。

和婠婠屢次交手後，直到這刻，他們仍沒法摸清楚婠婠的底子，甚至她最擅使的是甚麼武器亦弄不清楚。只知一時只以纖手御敵，或揮動「天魔雙斬」的一對短刃，又或單帶雙帶、羅袖飄香，其層出不窮，變化無方處，正深合天魔幻變之道，教人全無預擬應付之法。

總之她隨手拈來，均是曼妙無方的殺著。此時她要停便停，動靜的對比，已能使身在局中的跋鋒寒，與作爲旁觀者的寇仲心生寒意。

最奇怪的是天津橋兩邊天街南北兩段，所有路人竟走得乾乾淨淨，沒有人留下來遙看熱鬧。而在橋的兩邊河堤處，卻分別泊有兩艘大舟，此時都烏燈黑火，不見人影，透出神秘兮兮的味兒，當然不會是好路數。這種不正常詭異的情況，自是人爲而成。

婠婠並非是單獨來的，而是有人在暗中代她「清場」，且布下包圍網，務要置他兩人於死地。兩邊的水道交通也被截斷。形勢明顯對他們非常不利！

婠婠以她那種令人心寒的篤定神態，冷然瞧著後退撤回原處的跋鋒寒，幽幽嘆道：「你們不是一向自詡智計過人，怎會想不到無論如何，我們都不會容傅君瑜返回高麗。」

她這幾句話證實了他們的猜想。這回陰癸派是因楊公寶藏而出手擒下傅君瑜，務要千方百計保守機密，就像他們在盜取和氏璧後來個矢口不認的情況如出一轍，因爲後果實太嚴重了。無論陰癸派如何橫行無忌，對被譽為天下武林最頂尖兒的三大高手之一的「奕劍大師」傅采林亦要深感忌憚，等閒不願把他惹出來，招致無窮的後患。現在寇仲等把傅君瑜救出，等於人贓並獲，在這種情況下，陰癸派自然不惜一切手段殺人滅口，好使傅采林永遠不曉得這件事。這也是婠婠不讓其他人在附近「旁聽」的原因，正是禁止洩出任何風聲的措施。若非師妃暄受襲被傷，退於淨念禪院，陰癸派亦不敢猖獗至此。寇仲和跋鋒寒到此刻才真正體會到自己的處境。

宋師道失聲道：「糟了！」

徐子陵眉頭深鎖，默默思量，心內矛盾，難以決斷。

宋師道向任恩道：「請任幫主立即吩咐下面所有兒郎偃旗息鼓，不要再有任可行動，任幫主亦不宜再來見我們，以後由我們看情況來找你。」

任恩愕然道：「事情不致這麼嚴重吧！」

宋師道嘆道：「比你想到的還要嚴重！小仲和跋兄這樣等於明著告訴敵人我們是要立即出城，對方必會傾盡全力來阻截我們。故任幫主絕不能讓對方知道貴幫參與此事。」

任恩感動地道：「二公子真夠朋友，我會靜候佳音，等待二公子進一步的指示。」

任恩去後，徐子陵道：「陰癸派會怎樣反應呢？」

宋師道分析道：「陰癸派乃有近千年歷史的魔門第一大派，只是面子問題已令他們難嚥下這一口氣。而實際上她們更不會容許任何人，特別是傅采林曉得君瑜為她們所擄一事，故當會以雷霆萬鈞之勢，先一舉殲滅小仲和鋒寒兩人，另一方面則全力攔截我們。由於她們為了對付師妃暄，把主力集中到洛陽來，應付我們該是游刃有餘。」

徐子陵思索道：「我們至少仍有一個優勢，就是對方應尚未猜到有二公子在幫我們的忙。所以只要我於此時現身，她們定會猜忖我把瑜姨藏好後，再出來和她們拚命，那二公子逃出的機會勢將大大增加。」

宋師道嘆道：「或者會好一點。唉！不如我和你一道去和他兩人並肩作戰吧！只要把君瑜交給魯叔，他怎也會有方法把她送往高麗的。」

徐子陵正要說話，忽地心現警兆。

宋師道也有所覺。

一把悅耳的女子聲音在艙外傳進來道：「徐子陵！我有話要和你說。」

跋鋒寒劍尖垂下，雙目卻射出無比銳利的精光，盯著婠婠道：「婠小姐這雙飛帶有沒有名堂？」這兩條帶寬只一寸，但卻似有伸縮彈性，長時可達三丈，極難防範。

婠婠淒迷的美目深深的瞧了跋鋒寒一眼，柔聲道：「奴家這帶子乍看似是一雙，其實只有一條，名曰『白雲飄』，跋兄到了黃泉之下，切勿忘記。」

跋鋒寒似漫不經意似隨口問道：「只不知是由何物製成？」

婠婠微笑道：「有些事總要保持點神秘才見味兒，跋兄何不猜猜看。」

旁邊的寇仲心中奇怪，在這等劍拔弩張，箭在弦上一觸即發的時刻，一向爽脆俐落的跋鋒寒，爲何竟斤斤計較起對方武器的質料來？他當然知道以跋鋒寒的爲人，絕不會無的放矢。

婠婠又幽幽嘆了一口氣。

她無論任何一個表情，均能顯露出一種扣人心弦的內心感情，配上她風華絕代的美艷丰姿，確是萬種風情，令人目眩神醉。即使跋鋒寒和寇仲與她是敵對的立場，更清楚她心狠手辣，殺人不眨眼，但仍忍不住有這種賞心悅目的感覺。

她朱唇輕啓的道：「或者你們不肯相信，但奴家眞有點捨不得毀了你們。你們去後，婠婠會有失落和寂寞的難過；但偏又無法不對你們下手，所以心中矛盾之極。唉！看招！」

翠袖揚起。露出光芒閃爍的一對短刃「天魔雙斬」。

跋鋒寒的斬玄劍尚未有機會攻出，婠婠已欺至身前八尺之內。雙斬像兩條爭逐的魔蛇毒舌，以令人無法捉摸揣測的方式，在虛空中劃出奇異玄奧的徑道，朝他攻來。婠婠本是披垂香肩的秀髮，飄揚起來，既動人又無比詭異。周圍的空氣似是給一下子抽乾了，周圍方圓兩丈許的空間像變成個無底的深洞。

跋鋒寒首次感覺到婠婠全力出擊的駭人威力。她沒有說謊。上幾次她的確是留有餘地。

跋鋒寒際此生死關頭，心中卻是出奇地冷靜，全沒有因對手的強橫而心生懼意。體內被和氏璧改造後的經脈眞氣在瞬間的高速攀上至極限。他的眼神亮了起來，清楚把握到在一般人眼中變成只是幻影般的天魔雙斬每一下微細的動作。

就在這生死對決的一刻，他生出奇異的感應。他感應到婠婠體內的眞氣在不斷變化，不斷遊移，有時集中往右手的天魔斬，忽然間又移往纖足，顯示出她可在電光石火的高速內改變攻擊的方式和殺招。如此魔功，確是可怕之極。

跋鋒寒倏地退後半丈，再飛身衝前反擊。凌厲至令人窒息的劍氣像閃電裂破烏黑的濃雲般，迎向朝他猛施殺手的陰癸派新一代最傑出的傳人。

徐子陵步出船艙。在洛河兩岸幽暗的船舟燈火掩映下，一個曼妙美好的身形正背著他俏立船首處，勁裝疾服，背佩古劍。

徐子陵愕然道：「原來眞的是公主芳駕光臨。」

東溟公主淡淡道：「你聽不出我的聲音嗎？」

徐子陵來到她身後半丈許處立定，負手道：「怎會認不出來。只是不敢相信吧！請問公主怎知道在下在這裏呢？」

單琬晶不答反問道：「徐子陵你信任我嗎？」

徐子陵呆了半晌。這簡單的問題卻是非常難以回答。他既沒有不相信她的理由，但也沒有非信她不可的道理。說到底他們的關係一向都不大和睦。

單琬晶轉過身來，不悅道：「男子漢大丈夫，心胸竟是如此狹窄嗎？」

徐子陵苦笑道：「公主息怒，我只是摸不清你這句話的含意罷了！」

他的笑容灑脫好看，在他帶點憂鬱的俊秀顏容上更別有一種無人能及的超然出衆的動人味兒。單琬晶芳心一顫，竟說不出話來。

徐子陵雙目透射出智慧澄明的光采，瞧著她柔聲道：「我從來沒有想過公主會害我，這該能代表我是信任你的吧？」

單琬晶有點怕他看破自己芳心歷亂的銳利眼神，無力地垂下螓首，輕輕道：「那可以告訴我爲何陰癸派的人要傾盡全力來找你們呢？」

徐子陵道：「因爲我們成功把瑜姨從他們手上救回來。」

接著解釋了眼下進退兩難的情況。

單琬晶聽罷道：「原來有宋家二公子暗中爲你們出力，難怪這麼不可能的事都給你們辦到。」

接著沉吟半晌，嘆息道：「現在怕只有我們才有辦法把人送走，此中情由很難用三言兩語來解釋；總言之我娘是祝玉妍忌憚的人之一，又深識她們的手段。」

再幽幽瞥了他一眼，續道：「本來我要你們把和氏璧交出來作交換的。但這樣乘人之危只會令你更恨我，罷了！把人留給我。快到天津橋去與你兩位兄弟並肩作戰吧！他們給陰癸派截殺於該處呢。」

徐子陵愕然瞧了她半晌。

宋師道的聲音傳出來道：「子陵去吧！」

徐子陵向單琬晶一揖到地，縱身上岸，疾馳而去。

《大唐雙龍傳》卷五終

新人間叢書 112

大唐雙龍傳修訂版〈卷五〉

作者—黃易
主編—葉美瑤
編輯—邱淑鈴
校對—邱淑鈴．黃易．蘇祥慧．林瑞霖
企畫—王嘉琳
董事長
總經理—趙政岷
總編輯—余宜芳
出版者—時報文化出版企業股份有限公司
10803台北市和平西路三段二四〇號三樓
發行專線—（〇二）二三〇六—六八四二
讀者服務專線—〇八〇〇—二三一—七〇五．（〇二）二三〇四—七一〇三
讀者服務傳真—（〇二）二三〇四—六八五八
郵撥—一九三四四七二四 時報文化出版公司
信箱—台北郵政七九～九九信箱
時報悅讀網—http://www.readingtimes.com.tw
電子郵件信箱—liter@readingtimes.com.tw
印刷—盈昌印刷有限公司
初版一刷—二〇〇二年九月十六日
初版十一刷—二〇一七年四月十四日
定價—新台幣二五〇元

時報文化出版公司成立於一九七五年，
並於一九九九年股票上櫃公開發行，於二〇〇八年脫離中時集團非屬旺中，
以「尊重智慧與創意的文化事業」爲信念。

ISBN 978-957-13-3756-0
Printed in Taiwan

國家圖書館出版品預行編目資料

大唐雙龍傳修訂版／黃易著．--初版．-- 臺
北市：時報文化，2002〔民91- 〕
冊；公分．--（新人間；112）

ISBN 978-957-13-3756-0（卷5：平裝）

857.9 91013842